WOLFGANG WINKEL

Schwarze Geschichten

WOLFGANG WINKEL

Schwarze Geschichten

LANGEN MÜLLER

© 1997 by Langen Müller
in der F. A. Herbig Verlagsbuchhandlung GmbH, München
Umschlaggestaltung: art-wings Uschi Schmitt, München
Satz: Verlagsservice G. Pfeifer/EDV-Fotosatz Huber, Germering
Gesetzt aus 10/12 Walbaum
Druck und Binden: Graphischer Großbetrieb Pößneck GmbH
– Ein Mohndruck-Betrieb –
Printed in Germany
ISBN 3-7844-2608-5

Für Sophie von Hollen (†)
und Power-Jo

Nunquam retrorsum

Inhalt

Inhalt

Der Jäger und die Katzen

Setzen wir uns auf die Fährte eines Jägers, der vierzig Jahre alt ist. Das Leben hat noch keine Zeichen an ihm hinterlassen, die man gegen ihn deuten kann. Er ist ein Mann, der auf sich hält und die Jagd niemals aufgibt. Er ist Junggeselle und sucht es zu bleiben. Sein Name ist Roland Skriver.

Die Objekte seiner Jagd sind unterschiedlicher Natur. Frauen jagt er aus Freude, Männer, weil er Überzeugungen hat. Die Frauen nennt er »Meine Katzen«.

Mancher mag in seiner unbeschwerten Lebensweise einen Grund sehen, ihm keine Sympathie entgegenzubringen, aber er ist ein attraktiver, handfester Typ, nie wirklich unfair und immer darauf bedacht, dem Leben die besten Seiten abzugewinnen. Und wer ihn kennt, nimmt ihm seine Schwäche für die Frauen nicht übel.

»Wer die Katzen mag«, sagt er, »den mögen die Katzen.«

Für Haustiere hat er nichts übrig.

Roland Skriver sucht alle zwei Wochen Unterhaltung in einer nahe gelegenen Großstadt; dort ist er dann zu Gast in einen Lokal, das »Lili Marleen« heißt. Drei Jahre kommt er schon hierher, immer an Freitagen, aber man rechnet ihn keineswegs zu den Stammgästen; auf einen Kontakt mit den Betreibern des Etablissements ist kein Wert zu legen. Skriver will hier nicht nur Musik hören, sondern auch eine Katze umgarnen; auf beides freut er sich.

Wie er es sich zur Gewohnheit hat werden lassen, erscheint er früh am Abend, und erst eine Handvoll Gäste ist anwesend. Die Mitglieder der Band, die um zweiundzwanzig Uhr aufspielen wird, überprüfen Instrumente und Technik mit ein paar Hits aus den Sechzigern; das bringt Kurzweil. Hinter der L-förmigen Theke bereitet die Bedienungsmannschaft ihren Großeinsatz vor; um Mitternacht werden die Gäste dichtgedrängt stehen.

Das Lokal will mit seiner Ausstattung eine maritime Atmosphäre vermitteln; die entsteht trotz eingerahmter Segelschiffe, gespannten Tauwerks und einiger Messingbeschläge allerdings nicht. Immerhin stellen Decklaternen ein angenehmes Halbdunkel sicher.

Der Jäger nährt sich mit Genuß und Phantasie von einem Glas Wein, das er langsam und andächtig leert. Die Art zu trinken gibt Ruhe, kräftigt den Leib und belebt die Vorfreude.

Um zehn Uhr hat der Schnauzbart an der Zapfanlage gut zu tun, und von seinen drei Kolleginnen beginnt sich eine mit ihrem Tablett durch die Gäste hindurchzuzwängen; sie ist jung, ihre Haut dunkelbraun, und sie schiebt gutgelaunt durch das entstehende Gedränge – ein niedliches Kätzchen. Von hundert Leuten sitzen nur vierzig. In einer Ecke des Lokals haben die Musiker auf kleiner Bühne Aufstellung genommen. Eine winzige Erhöhung und eine instabile Reling wahren eine unbedeutende Distanz zum Publikum, das von der guten Band rasch eingenommen ist. Musik und lebhafte Gespräche verschmelzen zu einer angenehmen Geräuschkulisse. Zahlreiche appetitliche Damen parfümieren die warme Luft. Über den Köpfen kreisen zwei langsame Ventilatoren.

Die Stücke werden von einem lässigen Sologitarristen angesagt, den zwei halbstarke Mädchen anhimmeln. Das Durchschnittsalter der Anwesenden liegt bei dreißig.

Der Jäger genießt die Unterhaltung, ohne ein Gespräch mit den Umstehenden zu wollen. Sein Platz am Tresen eignet sich hervorragend für die Beobachtung einer Szene, aus der sich im Laufe der Stunden etliche Personen verabschieden, während neue hinzuströmen.

Um ein Uhr nachts bleiben dicht neben dem Jäger zwei Frauen stehen, eine wendet ihm den Rücken zu, die andere blickt ihm schon nach wenigen Minuten direkt ins Gesicht: Ihre Augen sind kornblumenblau. Die blonden Haare trägt sie kurz und sportlich, den weißen Pullover eng. Ihre Brüste bilden eine lockende Bastion, von ihrem klaren Gesicht geht eine Faszination aus, die ihresgleichen sucht. Die Körperhaltung ist selbstbewußt, die Hüften scheinen schmal, die Bewegungen der Hände deuten auf eine Nervosität hin. Mit den Augen sucht sie den Jäger in den Bann zu ziehen.

Wenig später stehen sie sich hautnah gegenüber; bisweilen berührt ihre Brust die seine. In der Gesprächstechnik sind sie sich ebenbürtig, aber das spielt eine untergeordnete Rolle, denn der Flirt hat beider Gefühle aufwallen lassen und in eine Richtung gelenkt: Lächelnd lädt sie ihn ein in ihr Haus auf einen »Nachtkaffee«. Beinahe überstürzt verlassen sie »Lili Marleen«.

Sie fährt rasant, und es macht ihm Spaß, ihr zu folgen. Er weiß nicht, wohin es geht; so gefällt es ihm. Sie heißt Sonja und mag eben fünfunddreißig Jahre alt sein. Bald haben sie die Lichter der Stadt hinter sich gelassen; wie mit kurzen Sprüngen geht es durch ein paar Dörfer ins dunkle Land. An einem Ortsrand wird sie langsamer; ein schlechtbefestigter Weg führt durch ein unbeleuchtetes Tor, das beider Wagen auf eine enge Zufahrt zwingt. Man hält im Lichte einer trüben Außenleuchte.

Wie eilig sie es hat, denkt er schmunzelnd, als sie durch den Vorraum eines wohl modernen Hauses vorausgeht, um ihm die Tür zu einem einladenden Salon zu öffnen. Das angenehme Licht eines vielarmigen Leuchters, ein eigentümlich gedämpfter Schein, erhellt den Raum in anheimelnder Weise.

»Bitte entschuldigen Sie mich für einen Moment, ich möchte mich frisch machen. Fühlen Sie sich wie zu Hause, Getränke finden Sie dort drüben an der Bar.«

Der Jäger will nichts trinken, er sucht die Frau mit sanfter Gewalt an sich zu ziehen, aber sie entschlüpft ihm mit leisem Lachen. »Bis gleich! – Wenn Sie Lust haben, bringen Sie doch den Kamin in Gang.«

Ihm ist warm, und er braucht kein Kaminfeuer, nicht jetzt. Bei der Berührung hat er die Kraft ihrer Arme gespürt, und ein erotischer Schauer löst sich in seinem Nacken und fällt über den Rücken mit abertausend feinsten Funken.

Für einen Augenblick steht er regungslos, er atmet tief durch und zähmt seine Ungeduld, indem er den Blick über die Gegenstände der Einrichtung wandern läßt: die Möbel und die Teppiche, die Vorhänge und die Bilder, der Kamin, die Bar, eine kleine Musikanlage mit zwei Lautsprechern oberhalb eines Bücherbords – alles ist von sicherem Geschmack aufeinander abgestimmt, und doch beschleicht ihn das unbestimmte Gefühl, der Raum beziehe seine schöne Wirkung ausschließlich von dem warmen Licht.

Er macht ein paar Schritte, um vor dem Bild einer norddeutschen Flußlandschaft zu verweilen; zehn Minuten steht er wohl davor, er genießt die realistische, vielleicht ein wenig romantische Darstellung, die Natürlichkeit der Farben, die Gewissenhaftigkeit und den Ernst der Arbeit, den Ausdruck der Liebe zum Motiv, aber dann interessiert er sich mehr für seine Uhr: Wo bleibt diese Frau?... Was putzt sich die Katze so lange?

Seine Verwunderung gilt auch der Stille, die im Hause herrscht – nicht das kleinste Geräusch ist zu vernehmen.

Er tritt zu einem der beiden Fenster und schiebt erst den Vorhang, dann die Gardine ein Stück zur Seite: Hinter dem Glas kreuzen sich die Stäbe eines Gitters. Am anderen Fenster stellt er die gleiche Sicherung fest, ohne daß ihn dies beunruhigt, denn das Haus liegt eher abgelegen, und die Polizei wird der Einbruchskriminalität längst nicht mehr Herr.

Als er zur Tür gehen will, streift ihn eine Katze von mittlerer Größe; er hat sie vorher nicht bemerkt, erschreckt auch nicht, als sogleich eine zweite, dann eine dritte Katze auftaucht – und plötzlich streichen fünf Katzen um seine Beine, die alle wachsam zu ihm aufblicken.

Mit schnellen Schritten ist Skriver an der Tür, findet sie verschlossen. Er klopft, aber niemand reagiert. Er klopft lauter und ruft, doch eine Antwort bleibt aus. Er dreht sich mit dem Rücken gegen die Tür und legt den Kopf leicht zurück: Was geht hier vor?

Inzwischen haben einige Katzen es sich auf der Garnitur bequem gemacht, eine hockt vor dem Kamin, eine andere auf einem Bord, zwei halten sich mit gewölbtem Rücken neben ihm – er zählt ihrer zehn, und sie spiegeln sich im Glas der großen Vitrine.

Eigentlich kann das nicht wahr sein! denkt er, aber es ist wahr, und der Jäger ist ein wenig belustigt.

Woher kommen die Tiere? Wie durch ein Laufgitter
scheinen sie in den Salon gelenkt; ihre Augen beschäftigen sich ausschließlich mit ihm. Er registriert die
Bewegung eines Vorhangs, und im nächsten Moment
tauchen zwei weitere Katzen mit hochgestelltem
Schwanz auf: Sie beginnen sofort zu miauen und fixieren ihn unruhig, indem sie in einem Abstand von drei
Metern in der Breite eines diagonal gelegten Teppichs
hin und her gehen.
Auch die anderen Katzen miauen jetzt, nicht in einem
fort, sondern in einer erkennbaren Abfolge, ganz als
treffe man eine Absprache. Der Jäger möchte nach der
Frau rufen, aber er bekommt die Zähne nur auseinander, um durch den Mund zu atmen; tatsächlich ist sein
Atem deutlich hörbar geworden, er ist zu kurz und zu
flach. Schweiß steht auf seiner Stirn; daß er stark
schwitzt, merkt er am ganzen Körper, dessen Muskeln
angespannt sind.
Zwei große, bullige Kater geraten aneinander und beginnen, halb wirkt es wie ein Spiel, halb wie unnatürli-
cher Ernst, sich durch den Raum zu jagen. Von den anderen Katzen geht kaum eine Reaktion aus, sie scheinen die ihnen zukommenden Plätze eingenommen zu
haben; das Miauen wird seltener, erstirbt aber nicht.
Die beiden Kater beruhigen sich und besetzen jeder ein
Fensterbrett. Endgültig gilt aller Erwartung nun dem
Mann an der Tür.
Vergebens späht dieser nach einem Kamingeschirr,
einem handlichen Feuerhaken aus. Er fühlt eine Angst
in sich wachsen, die ihm so unbekannt ist wie die Situation, in der er sich befindet: Reiß dich zusammen!
Skrivers verkrampfte Glieder lockern sich ein wenig,
als sein Auge an einem hohen Kerzenständer hängen-

bleibt, der einen stabilen Eindruck macht und auf Grund seiner Form gut in der Hand liegen wird, ein eigenwillig gestalteter Kunstgegenstand, der als Schlagwaffe geeignet ist. Aber er steht vier Meter entfernt mitten auf dem Tisch, und der Tisch steht mitten im länglichen Raum, und mitten im Raum heißt: inmitten aller Katzen.

In seinem bisherigen Leben ist er wirklichen Katzen nur mit Gleichgültigkeit begegnet, weder mag er sie – noch rufen sie in ihm ein Gefühl der Abneigung hervor. Auf einem Bauernhof findet er sie nützlich, in einem Ziergarten schädlich, in eine Wohnung gehören sie seiner Ansicht nach überhaupt nicht. Ihre Geschmeidigkeit ist ihm aufgefallen, ihre schnelle Reaktion und ihre Sprungkraft. Und natürlich kennt er die Geschichten von ihrer Zählebigkeit, aber wann hat er in seinem Leben jemals eine Katze auch nur mit der Hand berührt? Seine Vorliebe galt von jeher den Großkatzen – als Dreißigjähriger verbrachte er einige Monate in Afrika, durchstreifte im Kreise kundiger Männer die Wildnis, das Zelt aufschlagend zwischen den Fährten von Löwen und Gazellen.

Sein Mund ist völlig trocken, die linke Hand beginnt leicht zu zittern, und er ballt sie zur Faust; daß ihm dies gelingt, verändert seine Stimmungslage. Sein Blut gerät in Wallung, er spürt sein Herz, schnell und hart schlägt es, da er mit großen Schritten zum Tisch geht und den Kerzenständer nimmt, dessen eiserne Schwere seinem Arm Kraft gibt.

Die beiden Katzen an seinen Beinen fauchen fast unhörbar, jene auf der Garnitur haben die Köpfe leicht angehoben, doch ehe eine Erleichterung von ihm Besitz ergreift, durchfährt ihn ein jäher Schreck: Wenn das Licht ausgeht, bin ich...! – Nein, das Ganze kann ja nur der geschmacklose Scherz einer psychopathischen Frau sein.

Die Katze vor dem Kamin gibt ihren Platz unwillig auf, da er niederkniet und ohne Rücksicht auf das, was hinter seinem Rücken vorgehen könnte, ein Feuer mit dem bereitliegenden Papier und Kleinholz entfacht. Nach zwei Minuten brennt es bereits so, daß er drei große Scheite auflegt.

Es ist unglaublich, welche Begeisterung das lodernde Feuer in ihm auslöst! Daß der Kamin hervorragend zieht, gibt ihm Sicherheit, und vor dem Feuer hockend, gleichsam zum Sprung bereit wie eine Katze, sucht er nach einem Ausweg.

Die Tür ist schwer und mit einem Schloß versehen, das er nicht knacken kann, die Zimmerdecke ist offensichtlich dicht, und die Fenster lassen sich nicht öffnen – nichts im Raum, was sich als wirkungsvoller Hebel einsetzen ließe, und der Holzvorrat reicht für höchstens drei Stunden, in drei Stunden aber würde es draußen hell werden. Sollte er also überhaupt etwas unternehmen?

Tatsache ist, daß er kaum etwas in Gang setzen kann und der Laune einer Frau ausgeliefert bleibt, der er ohne jeden Argwohn folgte.

Sie kann sich nicht in Luft aufgelöst haben, was plant sie? Ist es albern, mit einem Angriff der Katzen zu rechnen?

Attackieren sie ihn überfallartig und gleichzeitig, ist seine Chance zu überleben gering; die Hälfte von ihnen könnte er gewiß töten, vielleicht sieben, acht – dann blieben immer noch vier, die ihm die Kehle aufreißen und sein Lebenslicht auslöschen könnten: Welch absurde Vorstellung angesichts einer Katzenschar, die so friedlich lagert...

Nach und nach, in einem Abstand von etwa einer halben Minute, kommen nun die Tiere dicht an ihn heran, beäugen ihn, beschnuppern ihn und streichen mit ihren warmen Körpern an seinen Beinen vorbei, um sich anschließend um ihn zu gruppieren, ohne feindselig zu wirken. Sie miauen nun nicht mehr, ihr Gespräch ist beendet, sie nehmen eine sehr bequeme Haltung ein, und es scheint, als würden sie schläfrig.

Ihre Augen schließen sich bis auf einen schmalen Spalt, aber kurz bevor sie ganz zufallen, öffnen sie sich wieder. Die Pupillen bilden schwarze Schlitze in einer grünen Iris: Sie halten sich zusammen wie eine Löwenfamilie.

Rolands Knie schmerzen, und so richtet er sich auf – als würden sie elektrisiert, heben die Katzen zuerst ihre Köpfe, dann kommen sie ruckartig auf die Tatzen, und sie blicken ihn mit einer Aufmerksamkeit an, die etwas Vorsichtiges und Berechnendes hat.

Ihrer Erscheinung nach gleichen sie sämtlich gewöhnlichen Hauskatzen mit grau und ockerfarben gestreiften oder schwarzweiß gefleckten Fellen, aber es ist mehr als unnatürlich, wie sie nun alle kleinen Statuen gleich dastehen und den Kerzenhalter von einer Hand in die andere wechseln sehen. Und als der Mann zum Fenster schreitet, weichen sie zurück, ohne ihn aus den Augen zu lassen. Das Fenster besitzt weder einen Griff noch einen Hebel, mit dem es sich manuell öffnen läßt; Scharniere sind vorhanden.

Er preßt sein Gesicht an die Scheibe und meint hochgewachsene Koniferen zu erkennen, die den Blick zum Himmel versperren; überdies müssen sich seine Augen an die Dunkelheit draußen erst gewöhnen.

Ein Fauchen läßt ihn herumfahren: Die beiden großen
Kater beharken sich erneut, und die Heftigkeit ihres
Abtausches macht ihn nicht sorgloser. Mit einem Auf-
atmen wischt er sich über das Gesicht. Was wäre, wenn
er eine Katze aufnähme und sie streichelte! Vielleicht
ließe sich aus der Reaktion die Harmlosigkeit der Tiere
ablesen: Nie könnten sie für mich eine Bedrohung sein.
Er traut sich zu, in einer Blitzaktion eine von ihnen tot-
zuschlagen – welche Konsequenzen hätte das?
Die Katzen, als läsen sie seine Gedanken, werden mit
einem Male unruhig, mehrere beginnen im Raum her-
umzujagen. Die meisten scheinen ihm eher jung; wie
sie miteinander toben, mögen sie Halbstarke sein. Nur
drei oder vier interessieren sich in diesem Moment für
Skriver, und er nutzt die Gelegenheit, den Raum abzu-
gehen, Fuß- und Deckenleisten zu mustern, die Vorhänge beiseitezuschieben, die Gardinenkästen zu untersuchen, hinter die Bilder zu schauen und unter die
Glasvitrine. Die Tapeten sind ohne jeden Kratzer, die
Teppiche sauber und fleckenlos, die Möbel weisen
kaum Spuren der Benutzung auf. Vom Rahmen des So-
fas wie von den beiden Sesseln hängen Fransen bis auf
den Boden, und er ist sich, da Wände und Fußboden keinen Hinweis liefern, sicher, daß die Katzen
unter oder hinter einem Möbelstück hervorgekommen
sein müssen. Ratlos verschiebt er die Sessel, findet aber
nur ein paar Haare.
Ein seltsames Weinen läßt ihn in seinen Überlegungen
jäh innehalten: Zwei Katzen kopulieren miteinander,
die andern beginnen sich mit ähnlichem Interesse zu
umwerben.
Den Jäger überfällt eine ihm unbekannte Art von Übelkeit, und er hätte sich übergeben, wäre er nicht rasch

ans Feuer getreten; mittlerweile brennt es gut. Er legt einige große Scheite so nach, daß sie an einem Ende Feuer fangen, während er das andere jederzeit mit der Hand wird greifen können.

Eine jähe Erkenntnis läßt ihn zu einem der beiden Fenster eilen und mit der Faust leicht gegen das Glas schlagen: dickes Sicherheitsglas! Wenn er einen Sessel hineinstieße, würde sich bestenfalls ein Riß abzeichnen.

Vorübergehend weichen Ekel und Angst einer ohnmächtigen Wut. Er steigt auf den Tisch und schlägt mit dem Kerzenständer gegen die Decke, als gäbe es dort einen Ausstieg – es löst sich ein Brocken Putz, und Staub fällt ihm ins rechte Auge, das sofort zu tränen beginnt: Das verdammte Weibsbild soll mich aus dieser Falle lassen!

Der Spaß ist ihm zu derb. Wieder und wieder stellt er sich die entscheidende Frage: Worin besteht der Zweck seiner Gefangennahme?

Er begreift die Inszenierung nicht und geht die letzten zwanzig Jahre seines Lebens durch, um zu überlegen, welcher Mensch einen Grund habe, ihn in dieser absurden Weise ... zu prüfen, unter Druck zu setzen, einzukassieren, auszuschalten – was auch immer.

Er kennt ein paar Männer, die ihn gern zermürbt sähen, aber eine Methode dieser Art gewiß nicht wählten: Aber kann man da sicher sein?

Und welche Frau hat er eigentlich so mies behandelt, daß sie Lust bekäme, eine Folter sui generis an ihm zu vollziehen? Keine.

Aber auch in diesem Punkt verschafft ihm sein Nachdenken keine Gewißheit. Das Schicksal hat ihn in dieser Stunde in den Mittelpunkt einer wohlkalkulierten Perversion gerückt, eine andere Erklärung mag er nicht finden.

Mit einem Gefühl der Niedergeschlagenheit setzt er sich in einen der breiten Sessel und wiegt den Kerzenhalter unschlüssig in der Hand: Er fühlt sich der Lächerlichkeit preisgegeben. Und vielleicht ist es das, vielleicht will die Frau einen Mann der selbstbewußt und gewinnend auftritt, nur lächerlich machen.

Wenn ich Glück habe, ist es nicht mehr, sagt er sich, andererseits: Wird sie das Risiko eingehen, ihn morgen bei Tagesanbruch einfach wieder ziehen zu lassen in der Gewißheit, er nähme dieses seltsame Lehrstück hin und unterlasse es, für die erlittene Schmach eine Wiedergutmachung einzufordern?

Die Grenze des Erlaubten ist weit überschritten, und sobald er Herr der Lage ist, wird er eine Klarstellung verlangen – und seinem Ärger Luft machen.

In diesem Moment geht das Licht aus, und seine Linke krallt sich in die Lehne, während das dunkle Gußeisen des Kerzenhalters in das Fleisch der Rechten schneidet. Sein Herz beginnt wieder schneller zu schlagen, und er ist froh, den Kamin in Gang gebracht zu haben. Und dann erkennt er, es gibt keinen Zweifel, eine Veränderung im Verhalten der Katzen, über die er sich am liebsten keine Gedanken mehr gemacht hätte: Eine nach der anderen begibt sich – nicht hastig, aber zielbewußt – zum Kamin, dessen Feuer einen Lichtschein wirft, in dem die größeren Dinge des Raumes gut auszumachen sind; und jetzt wird auch die Hitze spürbar, die das offene Feuer abstrahlt.

Der Boden vor dem Kamin besteht aus einem Feld dunkelroter Fliesen, die ein Messingband einfaßt. Hinter dem leuchtenden Band lagern sich die Katzen in einem

Abstand zueinander, der von einem unsichtbaren Zentimetermaß bestimmt scheint: Genau eine Handlänge trennt ein Tier vom anderen; ein makelloser Halbkreis ist entstanden.

»Das wird ein böser Traum«, murmelt Skriver, ehe ihn eine Furcht ergreift, die ihm die Eingeweide zusammenzieht: Wenn ich nicht klaren Kopfes bleibe, wird diese Nacht meine letzte sein.

Der Satz füllt sein Gehirn, und ein sonderbarer Laut quetscht sich aus seinem Mundwinkel, so daß die Katzen die Köpfe zu ihm herumwerfen, aber sogleich drehen sich ihre Augen wieder dem Feuer zu, und sie schenken dem Mann auch keine Beachtung, als er unbeholfen aus dem Sessel hochkommt und zur Bar neben der Vitrine stakst. Ein Dutzend Rotweinflaschen steht dort umrahmt von verschiedenfarbigen Spiegeln, und über den Flaschen funkeln Kristallgläser, in deren Facetten ein feiner Regenbogen schimmert, eine eigenartige Erscheinung. Skriver zieht eine Klappe auf, hinter der zwei Whiskyflaschen stehen. Er öffnet eine, greift nach einem Glas, füllt es und nimmt einen Zug, der bis ins Körperzentrum hinabstößt: Es ist eine Frage von Charakter und Kultur, zur richtigen Zeit ein Getränk zu wählen, das Charakter und Kultur hat – und was läßt sich von einem Scotch anderes sagen.

Er weiß, daß er Wasser trinken sollte, aber es gibt keines, kein Wasser, nur Whisky und die Rotweinbatterie.

Nach der letzten Demonstration der Katzen braucht es keinen weiteren Beweis, um an ihre Fähigkeit zu glauben, eine Aufgabe zu erfüllen.

Für ihn geht es nunmehr darum, vor sich selbst zu bestehen. Sich zu betrinken, kann sowohl die schlechteste wie auch die weiseste Lösung sein, aber es kommt für ihn nicht in Frage, die Bühne des Daseins kampflos zu verlassen. Leben besteht aus nichts anderem als dem immerwährenden Spiel antagonistischer Kräfte: Wer nicht mehr kämpft, stirbt. Und wer nicht als Leichnam weggeschmissen wird, ist doch innerlich tot ohne Kampfgeist und Selbstbehauptung. Nein, er wird sich nicht vollaufen lassen, um das eigene Ende zu verpassen.

Die Katzen tun ihm nichts; in angemessenem Abstand liegen sie vor dem Feuer, Wärme lieben sie. In spätestens einer Viertelstunde werde ich Holz nachlegen müssen, das Licht wird sonst zu spärlich.

Die Luft im Raum ist merklich schlechter geworden, obwohl sich der Kamin einen guten Teil des Sauerstoffs von draußen holt. Skriver stellt das Glas ab und greift wieder zum Kerzenständer: Was für ein albernes Bild gebe ich ab!

Wenn Menschen, die er schätzte, ihn so sähen... Die eine oder andere peinliche Situation seines Lebens fällt ihm ein, es gab derer nicht viele, aber es gab sie, und er schämt sich ihrer.

Ich kann nicht durch die Tür, und ich kann nicht durch das Fenster, das steht nun einmal fest.

Ohne jeden Zweifel folgen die Katzen ihrem natürlichen Instinkt nur eingeschränkt. Das sind keine Katzen mehr, sagt er sich, eine Dressur von Großkatzen ist möglich, aber diese Haustiere so um das Feuer zu gruppieren?

Im Grunde liegen sie gar nicht in exakten Abständen, die aufwallende Panik hat seine Wahrnehmungsfähigkeit eingetrübt oder gar verfälscht, denn der Halbkreis ist keineswegs sauber gezirkelt, sondern bestenfalls angedeutet, und einige Tiere schoben sich ein wenig zurück. Aber nach wie vor bilden sie einen Bogen der Eintracht und Gemeinsamkeit, der weder dem Charakter noch dem Instinkt dieser Tiere entspricht.

Der Whisky dämpft seine Angst, und er schenkt sich ein zweites Glas ein. Es bemächtigt sich seiner das untrügliche Gefühl, nichts falsch machen zu dürfen – er hält es für richtig, selbst nicht die Initiative zu ergreifen. Er hätte auch gar nicht gewußt, was zu unternehmen sei. Soll er nach der Frau rufen, schreien ... pfeifen? Laut reden mit ihr, bitten, fragen?

Eine Katze beginnt sich zu putzen, und es erstaunt ihn ihre Gründlichkeit dabei. Unglaublich, wie sie ihren Körper biegen und verdrehen kann; nahezu jede Stelle ihres Fells erreicht sie mit der Zunge Die meisten Katzen schicken sich an, eine bequemere Lage einzunehmen. Manche rollen sich ein, andere hocken sich senkrecht hin, ziehen dabei den Hinterleib dicht an die Vorderpfoten heran und kauern sich nieder. Er wundert sich, daß ihr Atem so rasch geht. Bei den flachliegenden Tieren registriert er ein schnelles Heben und Senken des Fells, ganz als hechelten sie. Dabei haben sie die Augen geschlossen: Wollen sie ihm vortäuschen, daß sie schlafen?

Die beiden riesigen Kater schlafen mit Sicherheit nicht, immer wieder schauen sie zu ihm herüber: Ihre Köpfe sind größer als meine Faust. – Wilde Kater können einen ausgewachsenen Hasen zur Strecke bringen. Geht es ums Überleben, sind Katzen den Hunden überlegen, einzelgängerische Wesen, die ihre Aktivität gern in die Nacht verlegen.

Der Jäger spürt seine Angst zurückkehren; noch nie im Leben hat er in einer Falle gesessen, nicht einmal in die

Enge hat ihn irgend jemand treiben können. Wer ist diese Sonja?

Nur selten ist er hinter einer Frau hergefahren. Bei Begegnungen dieser Art sind sie entweder in seinen Wagen gestiegen oder ihm mit ihrem Auto gefolgt: wildfremde Frauen.

»Wildfremd!« Er flüstert das Wort mit andachtsvoller Schärfe, und die Katzen gucken neugierig.

Wenigstens bekomme ich meinen Mund wieder auf.

Angst hat er in seinem Leben nur vor Krankheiten gehabt, sie ist nie, in keiner Situation, zu einem beherrschenden Grundgefühl geworden – nun ergreift sie von ihm in einer Weise Besitz, die ihn erschüttert. Ein unbekannter Strom geht durch seinen innersten Kern, und der Kern erhält Risse; das zu fühlen ist entsetzlich.

Eine plötzliche Unruhe packt ihn, ein Aufschrecken ist es wie aus einem bösen Traum, und mit der fahrigen Bewegung eines Armes stößt er in die Flaschen. Das klangvolle Geräusch macht alle Katzen hellwach, setzt aber keine in Trab. Sie nehmen lediglich eine etwas andere Haltung ein und bleiben, wo sie sind.

Nach einem brennenden Scheit kann er jetzt nicht mehr greifen, denn das Feuer hat sich durch jedes Stück Holz gefressen; die Katzen scheinen es auch nicht im geringsten zu fürchten.

Du darfst nichts Falsches tun! warnt ihn seine innere Stimme wieder, und da er ratlos, immer noch suchend den Kopf dreht, bleibt sein Blick auf dem kleinen Bücherbord haften. Daß er es erst jetzt näher in Augenschein nimmt, ist ungewöhnlich, denn seine Arbeit verlangt eine ständige Lektüre.

Ich mag keine Bücher mehr sehen, geht es ihm durch

den Kopf, aber jetzt das richtige Buch – und die richtige Seite aufschlagen!

Sein Gedanke ist verzweifelt und idiotisch, denn ohne Brille kann er nur die Beschriftung der Buchrücken lesen, es sind nur sechs Bücher, und die Buchrücken sind alle seltsam glatt und einförmig und tragen als Kennzeichnung nur aufgeklebte Zettel, und als seine Hand in das Bord langt, wird ihm sein Irrtum klar, es handelt sich um Videokassetten. Die er herausgreift, findet er leer, und so liest er, was in Großbuchstaben auf dem Zettel steht, es ist nur ein Wort: PURIFICATION.

Was heißt das gleich? Er hat das deutsche Wort auf der Zunge, aber es will ihm nicht einfallen: Purification, Purification... Eine Katze schreit, und er zuckt zusammen; die Kassette fällt aus seiner Hand. Er greift nach einer zweiten: PURIFICATION, einer dritten: PURIFICATION.

Roland Skriver beginnt zu lachen, es ist ein unhörbares, nach innen gerichtetes Lachen: Purification ... was heißt das? – Das Feuer! Ich muß das Feuer füttern!

Er setzt das Whiskyglas ab, faßt den Kerzenständer und geht auf den Kamin zu: Die Katzen weichen zur Seite.

Mit einem grimmigen Lächeln nimmt er es zur Kenntnis, und dann wirft er mit wuterfüllter Hast soviel Holz aufs Feuer, daß die Funken nur so sprühen, und dabei lacht er laut über seine Angst, es ist ein ehrliches, befreiendes Lachen.

Angriffslustig schaut er sich um, sein Arm schwingt den Kerzenständer, seine Wut richtet sich gegen die Katzen: Ich hätte nicht übel Lust, euch eins aufs Fell zu brennen!

Während sich die Flammen neu entwickeln, durch die trockenen Holzscheite hindurchschlecken, gerät der

Mann in Rage, und sein Zorn entflammt dergestalt, daß er, den Kerzenständer fallenlassend, einen Sessel hebt, damit drei Schritte losstürmt und ihn gegen ein Fenster schleudert.

Skriver ist bärenstark, seine Arme sind trainiert, und es schmerzt ihn, als er nur ein Knirschen des Sicherheitsglases hört und das Poltern des Sessels, erreicht scheint nichts – aber dann fühlt er einen feinen Luftzug. Skriver reißt die Gardine weg und starrt auf ein faustgroßes Loch direkt über der unteren Rahmenkante: ein Stück Glas ist herausgesprengt.

Rasch holt er den Kerzenständer, faßt ihn beidhändig und setzt eine Serie kräftiger Hiebe gegen die Glaskante; das Ergebnis bleibt bescheiden, aber auf diese Weise entlädt sich, was sich in ihm aufgestaut hat. Fünf Minuten hackt er drauflos, ohne das Loch um mehr als ein paar Quadratzentimeter zu erweitern, während die wachsenden Flammen seine Figur zu einem dämonischen Schatten vergrößern. Das Prasseln des Feuers läßt ihn innehalten: Verdammt!

Es knistert und knackt in munterer Abfolge, und kleine glühende Holzstückchen springen aus dem Kamin über die Fliesen hinweg und brennen Löcher in den Teppich.

Die Katzen! Wo sind die verdammten Katzen geblieben?

Sein Fuß stößt zunächst die Sessel zur Seite, dann wirft er mit beiden Händen das Sofa um – nichts.

Er sinkt in einen Sessel, birgt das Gesicht in den Händen und schlägt diese anschließend mehrmals flach auf die Oberschenkel, bis sie schmerzen: Diese Katzen, verschwunden wie eine unbesiegbare Einheit, die der Feind abgezogen hat, um sie für die Entscheidung wieder auftauchen zu lassen ... Und der Feind ist eine Frau, und Frauen sind wie Katzen.

Eigentlich hat er keine Frau in seinem Leben richtig kennengelernt oder verstanden oder wirklich vorbehaltlos geliebt, auch die eigene Mutter ist ihm rätselhaft geblieben: Frauen geben sich nie ganz zu erkennen! Sie lassen sich immer eine Reserve. Wenn sie lieben, geben sie sich hin bis zur Aufopferung und Selbstaufgabe, aber – ein letztes Geheimnis bewahren sie sich, und das macht sie stark... Warum werden Frauen älter als Männer? Die Frau – die Natur: Die Natur ist weiblich! Die Erde: weiblich!

Roland Skriver trottet zur Bar, angelt die Whiskyflasche und nimmt zwei Züge; er ist angeschlagen, weiß nicht weiter. Der Alkohol beginnt zu wirken, und dankbar nimmt er einen langen Zug.

Er ist müde, er möchte sich ausstrecken und schlafen, er beginnt zu frieren. Das Feuer läßt die Schatten tanzen, es macht die Luft trocken und warm, aber ihn friert, er schleudert die Whiskyflasche ohne besonderes Interesse an der Wirkung gegen die Tür, ballt die Hände zu Fäusten und schlägt die Knöchel zusammen.

»In Sonjas Augen stand nichts Gutes«, sagt er tonlos, »nur die Verlockung. Aber ich kann es ja nicht lassen, hinter den Frauen herzujagen.« Er nimmt sich das nicht übel.

Wildfremd! Er liebt sie wildfremd, er liebt die Spannung der Jagd, die beginnt mit dem Ausspähen der Beute und dem Aufnehmen der Fährte. Und wie liebt er die ruhige Verfolgung, das Stellen, das erste Wort, die erste Berührung, den ersten Kuß, das erste gemeinsame Lager. Und er mag Frauen, die ihm ähnlich sind, ebenso sicher in ihrem Vorhaben, der Zielerfassung, der Durchführung – mutige Frauen, neugierig und lebenshungrig.

Skriver springt auf den Tisch: »Sonja!«

Sein Schrei zerreißt ihm fast die Kehle, und er lauscht angespannt und mit stieren Augen – nur das Feuer prasselt. Er steigt vom Tisch, wankt zur Bar, trinkt und findet das Feuer zu groß.

Er greift zwei Rotweinflaschen, schlägt ihnen am Kamin die Köpfe ab und schüttet den Wein in die Flammen, daß es nur so zischt und ein farbiger Dampf aufsteigt.

Das Feuer fährt in sich zusammen, bleibt aber erhalten. Mit voller Wucht schleudert er die Flaschen gegen das unbeschädigte Fenster; es reagiert mit metallischem Klang.

Was tue ich eigentlich? fragt er sich und betrachtet die Entwicklung des Feuers, das seinen Löschversuch recht gut verkraftet hat. Holz liegt nur noch wenig bereit.

Er schaut auf die Uhr: Gerade eine Stunde ist vergangen, seine Lage nach wie vor unerfreulich.

Ein Miauen bestätigt seinen Gedanken, es erschreckt ihn nicht, er hat damit gerechnet und zieht aus dem Kamin zwei Scheite, die an einem Ende gut brennen, damit schreitet er feierlich zur Tür, klemmt einen Scheit hinter die Klinke, legt den anderen auf den Boden. Die Flammen lecken am Holz empor und schwärzen es.

»Wenn das Haus brennt, geht die Tür auf«, schnauzt er unernst und lacht traurig, denn er will nicht verbrennen.

Mit einem weiteren Scheit tritt er ans Fenster, das den Sessel abfing, er preßt sein Gesicht ans Glas und sieht ein düsteres Eibengehölz, an dem rote Früchte wie winzige Weihnachtskugeln leuchten. Für einen Moment fährt sein Blick die Gitterstäbe ab, die aus dem Salon eine Zelle der Abrechnung machen.

Er blickt zur Tür, wo der Teppich schwelt. Dann steckt er den Scheit voran mit dem brennenden Ende durch die Bruchstelle des Glases: Das Holzstück überschlägt sich im Fallen und landet in einem Blumenbeet mit auffallend kleinen Rosensträuchern, die viele Knospen tragen und ein paar hübsche gelbrosa Blüten.

Er will sich gerade wieder umdrehen, als etwas geschieht, was für einen Augenblick sein Herz stillstehen läßt und ihn fast um den Verstand bringt: Während aus den Lautsprechern neben dem Bücherbord das Geläut schwerer Kirchenglocken einsetzt, schlagen ihm die spitzen Zähne der großen Kater in die Hände, daß er aufschreit und das Blut herausspritzt. Ein Tier verbeißt sich in zwei Fingerkuppen der Linken, das andere hängt am Handballen der Rechten fest, und wie sich seine Augen mit Entsetzen weiten und er für Sekunden erstarrt, sind die anderen Katzen heran, springen seine Arme und Beine an und suchen dort mit Krallen und Zähnen Halt zu finden. Mit erneutem Aufschrei stürzt der Jäger zum Feuer, gepeinigt von rasendem Schmerz, entschlossen, mit allen Mitteln zu kämpfen, aber ehe er die Kater in den Kamin schleudern kann, lösen sie ihren Biß: Schlagartig ist das Glockengeläut verstummt. Auch die anderen Kreaturen lassen von ihm ab und springen in eine Zimmerecke davon.

Skriver glaubt sich dem Wahnsinn nahe, auf die Knie sinkend starrt er auf seine Hände, blutend aus stechenden Wunden.

Während die Rechte den Biß halbwegs verkraftet hat, sehen die Finger der Linken übel aus, und das Blut strömt nur so. Sich zur Ruhe zwingend, zieht er ein Taschentuch aus der Hose und schlingt es fest um die beiden Finger, die Blutung zu stillen. Er quält sich aus seinem weinroten Baumwollhemd, unter dem er ein weißes T-Shirt trägt. Mit dem Fuß auf das Hemd tretend, zerreißt er es und wickelt ein Stück Stoff um alle Finger und die Hand, bis er es in deren Innenfläche feststopfen kann.

Er gerät nicht in Panik, denn er ist sich im klaren darüber, daß man ihn längst hätte umbringen können, nein, er soll den Vorzug eines langsamen Sterbens genießen: Purification – Läuterung! Die Vokabel ist ihm eingefallen. Und es herrscht Gewißheit. Aus seinen Wunden kann er nicht verbluten, und er ist stark genug geblieben, sich den Kerzenständer zu holen, den er neben sich stellt, um den Holzrest auf das Feuer zu werfen.

Der Holzscheit an der Klinke glimmt vor sich hin, die Tür hat nicht zu brennen begonnen, nur der Teppich ist angekohlt und stinkt: Mein Besuch verursacht Kosten.

Der Raum sieht schlimm aus. Um Skriver herum ist das Blut auf den Fliesen verschmiert. Mit einem Seufzer lehnt er den Rücken gegen die heißen Steine. Eine ihm willkommene Stumpfheit nimmt sich seiner an, eine Reaktion der Nerven, die seine Gefühle zähmt in jener inneren Kammer, da sich ein bedrohtes Leben ordnet zu seiner Verteidigung.

Neben ihm wächst das Feuer wieder, und er genießt seine Hitze und seinen Geruch. Er verfällt in ein melancholisches Sinnieren, dem er sich hingibt, bis er ins Träumerische abgleitet – jäh erschüttert von einer Erkenntnis, die er nicht akzeptieren will: Die kleine Mondsichel, eine scharfkonturierte Narbe unter Sonjas rechtem Auge, gehört zu Marie Schiwara, mit der er vor

zwanzig Jahren befreundet war! Eine kurze, intensive
Freundschaft ist es gewesen, eine Freundschaft, die aus
einem Dutzend Spaziergängen bestand und abrupt endete – er hat die fünfzehnjährige Marie nur verführen
können, weil er sie mit einer Flasche Rotwein leichtsin-
nig machte, und dann war das Liebesspiel von unver-
geßlichem Reiz gewesen, halb wehrte sie sich, halb gab
sie sich hin: Zum ersten Mal in seinem Leben schlief er
mit einer Frau, sie lagen lange beieinander, schworen
sich Treue, sprachen über die Zukunft, und als er mit
seinem Finger über ihre feine Narbe strich und sie
küßte, sagte Marie: »Die hab ich von einer Katze«, und
er nannte sie sogleich »mein Kätzchen« ... Aber Marie
war von einem Tag zum andern verschwunden, blieb
unerreichbar für ihn, von ihrem Vater nach Übersee
verbannt, für viele Jahre, wie erzählt wurde, und zur
Läuterung.
Skriver kann sich gut erinnern, wie ihm sein alter Herr,
ein Landarzt mit atheistischer Grundauffassung, diesen dramatischen Schritt in einem Gespräch unter
Männern zu erklären versucht hat: Die Dominanz des
strenggläubigen Schiwara in seiner Familie, der Druck
ihrer sektenartigen Religionsgemeinschaft, deren
Glaubenslehre und Kompromißlosigkeit, das beinahe
mittelalterliche Regelwerk des Lebens – eine endlose
Reihe von Argumenten hat sein Vater ins Feld geführt,
zunächst um ihn zu trösten, dann um ihn aufzuklären
und zu warnen – schließlich, um ihm zu gratulieren:
»Mit einem so erzogenen Mädchen wärst du nie glücklich geworden!«
Skrivers Vater hat einmal Kontakt aufgenommen mit
Herrn Schiwara, und es hieß nur: Marie ist aus famili-
ären Gründen zu Freunden nach Südamerika gegan-

gen und setzt dort ihren Schulbesuch fort. Und kein Gruß ist zurückgeblieben, keine Nachricht, und nie traf ein Brief ein.

Wie ist es möglich, daß Marie nach so vielen Jahren an ihm Rache nehmen will: Was mag sie erlebt haben? Was hat ihre Seele zerstört? Sie will mich durch eine Hölle schicken, die sie durchschreiten mußte – wenn ihr das Befriedigung verschafft, ist sie nicht mehr zu retten.

Seine wissenschaftliche Arbeit hat ihn beizeiten darin geschult, die Dinge zu systematisieren, aber hier gibt es nicht viel zu ordnen und zueinander in Beziehung zu setzen, und seine Überlegungen führen ihn zu der Frage zurück, ob sie ihn töten will oder ob sie ihm eine Chance zu überleben läßt.

Ein Rasseln an den Fenstern unterbricht seine Grübelei: Die Jalousien werden heruntergelassen. Kurz darauf klackt es in den Lautsprechern, und er nimmt den Kerzenständer vor sich auf die Knie. Für eine Weile vernimmt er nur ein Rauschen, und es ist ihm, als genösse jemand seine ängstliche Aufmerksamkeit.

»Bist du erstaunt, daß man Katzen wie Hunde abrichten kann?«

»Eine Disziplinierung, die ich nicht für möglich gehalten hätte.«

»Jedes Lebewesen läßt sich disziplinieren.« Ihre Stimme klingt zufrieden und so, als unterdrücke sie eine maßlose Freude.

»Marie, ich habe dir damals nicht einmal schreiben können. Was ist denn damals...«

»Du hast dich meiner also erinnert!« Sie lacht herzerfrischend und seufzt in einem Ton, der ebenso beschwingt wie bösartig ist.

»Ich hatte doch auf das Geschehen keinen Einfluß...«

»Halt den Mund! Ich nehme dich seit einem halben Jahr unter die Lupe und weiß, was für ein Charakter du bist. Du hast mich betrunken gemacht und verführt, und ich habe zehn Jahre für diesen Fehltritt gebüßt – zehn Jahre!«

Skriver kneift die Lippen zusammen; in einem Gespräch mit ihr sieht er die einzige Möglichkeit, sich eine Tür zu seiner Rettung zu öffnen, aber in der Stimme der Frau ist etwas so Kaltes und Endgültiges, daß seine vage Hoffnung im Nu erstirbt.

»Wenn du weiterleben willst – wie lange ich das zulasse, werde ich von Tag zu Tag entscheiden –, hast du dich an Anordnungen zu halten, die ich dir gebe. Die erste lautet: Laß die Finger weg von den Lautsprechern! Hast du mich verstanden?«

»Ja.«

Er atmet schwer; ihre Formulierung »von Tag zu Tag« ist kein Trost. Sie schaltet den Lautsprecher erst ab, nachdem sie sein Rauschen für eine Minute bis zum unerträglichen Dröhnen verstärkt hat.

In der nächsten Viertelstunde ist es bis auf das Knistern des Feuers still, und Skriver denkt an seinen Vater: Religionen und Ideologien sind das Übel dieser Welt, so lautete eine der Thesen, mit denen er Roland das Dasein erklärte.

Der Arzt ist mit fünfundsechzig gestorben: Harte Arbeit, Frauen, Wein – und seine Einnahmen sind einer Spielleidenschaft zum Opfer gefallen. Skriver grinst matt.

Er holt sich die Whiskyflasche, zieht die Hose aus und reinigt drei größere Wunden an den Beinen. Danach begutachtet er noch einmal die beiden aufgerissenen

Finger, die er trotz peinigender Schmerzen mit dem Whisky begießt, ehe er das Taschentuch fest um sie wickelt, die erneute Blutung zu stillen.

Es kann kein Zufall sein, daß die Katzen ihm nicht ins Gesicht oder an die Kehle gesprungen sind. Marie muß sie an einer Puppe darauf trainiert haben, nur die Arme und Beine anzufallen. Wenn dem Menschen die Dressur von Tigern gelingt, ist es ihm zuzutrauen, mit akustischen und visuellen Signalen einfache Hauskatzen zu konditionieren: Wollte Marie nicht Tierärztin werden? Vielleicht hat sie bei den Tieren einen operativen Eingriff vorgenommen?... Ich war sehr verliebt in sie. Fünfmal in meinem Leben bin ich verliebt gewesen, und eines von diesen süßen Wesen hätte ich behalten sollen.

Aber er hat nie etwas festgehalten, keine materiellen Dinge und keine Frauen; am Ende blieb ja doch nichts.

Die Katzen! Sicher hat Marie mehr als einen Zugang für sie geschaffen, und es macht keinen Sinn, dem nachzugehen. Meine ganze Kraft muß ich auf die Abwehr ihres nächsten Überfalls richten.

Er sieht auf die Uhr: kurz vor halb fünf. Das Feuer spendet vielleicht noch zehn Minuten ein Licht, mit dem sich etwas anfangen läßt.

Soweit er es erkennen kann, weisen die Jalousien eine ungewöhnliche Stabilität auf; das Haus ist gegen Einbruch auf solideste Weise gesichert, und dazu kann eine elektronische Überwachungsanlage gehören. Daß in seinem Gefängnis Mikrofone installiert sind, hat das Gespräch deutlich gemacht. Ob Marie ihn gar beobachten kann? Die Vorstellung ekelt ihn an. Ich bin eine Art Versuchstier!

Skriver stöhnt, und der Mund sperrt sich ihm ohne sein

Zutun auf, gleichzeitig erleidet er einen massiven Schweißausbruch. Die Katzenbisse werden sich entzünden, und mich wird ein Fieber packen, das mich hilflos macht. ... Es muß etwas geschehn – »Aber was? Was?«

Die ersten Worte hat er gedacht, die letzten schreit er, und zugleich rennt er mit nackten Beinen los, reißt in sinnlosem Sturmlauf Vorhänge und Gardinen herunter, schleudert sie vor die Tür, kippt die zweite Flasche Whisky darüber und legt mit einem brennenden Scheit noch einmal Feuer, will Feuer legen, aber es entwickelt sich nur schlecht.

In wahnsinniger Hast schiebt er nun den Tisch unter die schwere Deckenleuchte, springt auf ihn und zieht an der vielarmigen Lampe, zunächst vorsichtig, dann so kräftig er kann.

Seine Augen erkennen Risse im Putz, und er hat ein Geräusch gehört, das ihn in einen Taumel versetzt, ihn hektisch weitermachen läßt: das Geräusch knirschenden Holzes!

Die Luft anhaltend, schwingt er sich mit rasender Entschlossenheit unter Einsatz seines gesamten Gewichtes an den Leuchter, und Skriver hat Glück: Der Leuchter senkt sich samt der Holzlatte, an der sein Haken befestigt ist, langsam nach unten, und der Gefangene gewahrt über sich einen Spalt, der ihn aufwimmern läßt. Seine Hand fährt hinein, stößt aber sogleich auf den Widerstand einer solide geschütteten Decke: Was habe ich erwartet?

Er zieht Hose und Schuhe an und tritt den Schwelbrand an der Tür aus, die fängt in hundert Jahren kein Feuer.

Im Laufe der nächsten Stunde hält er den Kamin mit

Holz aus der Unterkonstruktion der Decke in Gang.
Gegen sechs Uhr schläft er vor Erschöpfung ein. Auf
seinem rauchverschmutzten Gesicht ist die Spur einer
Träne abzulesen.

Als ihn seine Schmerzen gegen Mittag wecken, findet
er auf dem Tisch Brot und einen Krug Wasser: Das
klassische Mahl Gefangener.
Bevor er trinkt und ißt, uriniert er in den Kamin, dies in
schläfriger Gleichgültigkeit. Erst nach Minuten wird
ihm bewußt, daß Tageslicht den Raum erhellt; die Jalousien sind hochgezogen, und ans Fenster tretend,
sieht er sogar ein Stück vom Himmel. Der Tag ist grau,
und es regnet ein bißchen. Um ihn herum herrscht ein
Chaos, das er ungläubig und verstört betrachtet.
Er geht zum Tisch, setzt den Krug Wasser an seine Lippen und trinkt ihn zur Hälfte leer. Das Brot ist im Stück
geschnitten, schwarz und ein Pfund schwer. Skriver
nimmt es, beißt davon ab und kaut lange, ehe er den
Brei schluckt; er hat nicht den geringsten Appetit, nur
Durst, und so trinkt er den Krug leer. Das Wasser ist
weich, sein Geschmack frisch, es belebt ihn.
Was in der Nacht geschehen ist, kommt ihm wie ein Er-
eignis vor, das nicht ihn betrifft, sondern einen Fremden, der in den ersten Kreis der Hölle geraten ist; aber
er weiß wohl: Es gibt nicht nur den ersten Kreis, es gibt
den zweiten, den dritten – jeden anderen Höllenkreis
auf dieser Erde, und er hat bislang nur Glück gehabt, in
keinen hineinzugeraten.
Er fühlt sich gedemütigt und erniedrigt. Zur Decke
blickend belächelt er müde seine verzweifelten Versuche: Eine gute Zelle ist ein Behältnis, das man aus eigener Kraft nicht verlassen kann.

Ihm fallen nach und nach einige Begriffe ein, die er unter Betonung der Silben über die Lippen gehen läßt. »Verwahrung ... Gefangensetzung ... Einzelhaft ... Todeszelle ... Stubenarrest.«

Er krächzt das letzte Wort, denkt an die Katzen und sagt laut: »Käfig!« Und leise fügt er hinzu: »Vogelkäfig, Legebatterie, Schweinemast, Klappsmühle.«

Wo war ich gestern abend? War ich in dieser verdammten Musik-Pinte? Ja. Und wer tauchte auf? Sonja. Und wer ist Sonja? Sonja ist Marie Schiwara. Und wer ist Marie Schiwara? Meine Tierärztin. Und was tut sie mit mir? Sie läutert mich. Und warum? Damit ich ein besserer Mensch werde ... Mein Kopf funktioniert, aber noch ein paar Nächte wie die letzte, und ich muß ihn am Kamin einrennen. Klüger ist es, sich die Adern zu öffnen. Will ich diesen Spaß aushalten, prüfen, was ich ertragen kann? Um jeden Preis leben?

Zwei Katzen tauchen auf und streichen wie teilnahmslos unter den Fenstern entlang. Sofort greift er ein Stück Putz, wirft damit nach ihnen, und sie verschwinden blitzartig.

Skriver beschließt, das Brot aufzuessen; jeden Bissen kaut er gründlich, ehe er ihn schluckt. Während er ißt, betrachtet er sorgenvoll seine Linke, in der das Blut pocht. Der Schmerz in den Fingern ist indes erträglicher geworden; seine tiefsitzende Angst überlagert den Schmerz. Über den kleinen Wunden hat sich ein Schorf gebildet.

Zehn Minuten später ist es Skriver gelungen, aus der Deckenkonstruktion ein Stück Eisen herauszubiegen, und ohne sich mit Überlegungen zu plagen, nutzt er die Tatsache, daß ihn Marie rumoren läßt, und bricht sich ein paar kräftige Holzlatten durch den bröckelnden

Putz, und dann schlägt er mit einer Latte die Glasvitrine zusammen, kann aber ihren Holzrahmen nicht
zerstören.

Sein Arm erlahmt. Der Jäger hält inne, sein Blick tastet
über die Scherben: Die Scherben werden mich vor den
Katzen schützen. Was sich in Scherben schlagen läßt,
werde ich zerschlagen.

Bevor er ans Werk geht, leert er eine Flasche Rotwein,
er trinkt sie zügig, der Wein soll ihn frei machen von
seiner Furcht. Der Wein tut ihm zunächst wohl und
weckt seinen Ingrimm: Er haut begeistert drauflos,
schlägt kurz und klein, was er zerschlagen kann, nicht
nur das Glas, sondern auch die Borte und Schränkchen,
die Bilderrahmen, die Kassetten und ein bißchen Zier-
werk.

Und dann zieht er einen Bogen aus Glas um den Kamin, sperrt diesen, von der Idee besessen, die Katzen
könnten in ihm herabgleiten, mit Bruchholz, Vorhang-
resten und großen Scherben: Er schuftet den ganzen
Nachmittag, und als er sich gegen achtzehn Uhr vor den
Kamin setzt, hat er einen halben Liter Blut verloren und
das Stück Eisen in der Hand; er fragt sich, was dazuge-
hört, ihn irrsinnig zu machen.

Was er für sich hat tun können, glaubt er getan zu
haben, und er schluchzt auf, es ist kein Weinen, kein
Flehen: »Marie«, schluchzt er, »sieh nur, was ich aus
deiner Stube gemacht habe...«

Aus dem Kamin stinkt es ein bißchen, die Luft zirku-
liert nicht mehr. Skriver zieht einen Splitter aus der
Hüfte und fragt sich, wann die Jalousien heruntergelassen werden.

»Heute muß der erste September sein.« Er registriert
jetzt, daß er mit sich selbst spricht: »Auf jeden Fall

steht draußen der Vollmond am Himmel, ich weiß das.«

Wenn der Jäger zum Sternenzelt blickt, beginnt seine Seele zu flattern wie die Pfote einer aufgeschreckten Wasserratte, die das Ufer wechseln muß.

Er ist sich nicht schlüssig über seine Charakterfestigkeit: Wäre er in der Lage, vor einem andern Menschen auf die Knie zu fallen?

Hätten die Katzen in meine Daumen gebissen, brauchte ich mir keine Gedanken mehr zu machen. Die Daumen sparen sie sich auf.

Wäre doch nur einmal ein Pochen an der Wand zu hören, das Pochen eines Schicksalsgenossen ... Wirre Vorstellungen bemächtigen sich seiner, überwiegend Bilder aus Viehhaltungen und zoologischen Gärten, Aufnahmen von Operationen und Unfällen, alles das untermalt von einer kreischenden, weit entfernten Musik.

Er hätte gern getrunken und gegessen. Seine Gedärme geben Laute der Erwartung von sich, seine Seele sucht sich um ihren Kern zu raffen: Bleiben Sie ganz! rufen Stimmen, seine inneren Stimmen siezen ihn, und er antwortet: Meine Wunden schließen sich nicht mehr.

Seltsames geht in ihm vor: Vielleicht ist es gut zu lernen, Hunger und Durst zu genießen, aber einschlafen darf ich nicht, wenn ich einschlafe, bin ich ausgeliefert. Ich muß wachen, das Eisen halten und die Katzen tothauen.

Die Jalousien bleiben oben, und die beiden Rechtecke der Fenster zeichnen sich ab in einem matten, milchigen Licht; draußen saugen die hohen Gewächse alle Kraft aus dem verzweifelten Mond.

»Wo bist du zur Läuterung gewesen, Marie?«

Ist sie in einer Stadt, einem Dorf, einem Heim, einem

Lager gewesen? Und was hat sie daheim von der
Freundschaft mit ihm erzählt?

Haydns Trauersinfonie spukt plötzlich in seinem Kopf
herum: Sie beginnt sehr kraftvoll. Ihr Beginn läßt alles
offen – aber bald schon obsiegt die Melancholie, trotz
aller Virtuosität der Streicher ... Marie spielte Geige.
Skriver, gedankenverloren und wehmütig, summt eine
Weise.

Ihr Schoß ist wunderbar dunkel gewesen. Aschblondes
Haar und ein dunkler Schoß, er bevorzugt das. Marie
hatte ihn völlig verrückt gemacht: Diese Hingabe in der
Gegenwehr.

Vielleicht entwickelt sich ein Gespräch zwischen ihnen
und macht diesem Alptraum ein Ende. Nein, Haydns
Sinfonie in e-Moll duldet keine Abweichung, und sie
würde ihm in zeremonieller Langsamkeit über Tage,
Wochen, Jahre hin verzerrt vorgespielt werden, von
einem Orchester, das nur in seinem Kopf existiert, und
die Dirigentin wäre eine Tierärztin, die in eine Zwangs-
jacke gehört ...

Wenn der Vollmond explodiert, bleibt ein Ascheregen,
und die Sterne leuchten grau, ein graues Leuchten ...
Wenn ich jeden Tag einen Liter Wasser und ein Pfund
Schwarzbrot erhalte, wie lange kann ich leben?

Aus Wasser, Brot und Seele setzt sich die Existenz eines
Gefangenen zusammen. Statt Wasser Bier zu trinken,
wäre nahrhafter. Friedrich der Große war mit Biersuppe groß geworden, was, Biersuppe? Kartoffeln fallen ihm ein und Indianer. Ein Mann muß mit Kartoffeln, Brot und Bier hundert Jahre alt werden können,
auch wenn keine Frauenkleider im Schrank hängen.

Marie muß ein bitteres Los gezogen haben, grübelt er,
und eine Ahnung beschleicht ihn, mit der er sich so we-

nig auseinandersetzen will wie mit seinen Schmerzen; todmüde schläft er endlich ein.

Die Glocken wecken ihn beinahe zärtlich.

»Hast du dich je gefragt, was aus mir geworden ist?« Maries Worten wohnt keine Anklage inne, die Stimme gibt keine Emotionen zu erkennen.

Meine Hoffnung erhält einen Dämpfer, denkt Skriver spöttisch, kommen die Katzen?

Mit grimmiger Miene faßt er den Eisenstab beidhändig, und er steht auf: »Laß uns reden!« schreit er, wütend über die Angst in diesem Schrei.

Das abgedunkelte Geläut der Glocken schwillt an und weist ihn in seine Schranken. Die metallischen Klänge erzeugen eine eindringliche, wiederkehrende Melodie der Zurückweisung, die sich ohne Mühe in sein Innerstes drängt und dort widerhallen wird bis zur Verkündung des Urteils, eine Melodie des Jüngsten Gerichts. Es ist furchtbar ... nicht zu ertragen.

Er stiert auf die Eisenstange, seine Hände glühen.

»Ich habe an dich gedacht!« schreit er, aber die Glocken dulden keinen Schrei, und ihr Geläut wird heftiger, unbarmherziger und erzeugt ein Echo der Endgültigkeit.

Leiser werden die Glocken, als würden sie fortgetragen; sie verstummen.

»Was hat mein Schicksal dich gekümmert«, antwortet der Lautsprecher.

»Das ist doch Unsinn«, flüstert Skriver, »vollkommener Unsinn.«

Der Lautsprecher zischt und gurgelt, ein Band wird abgespult, dann singt eine Mädchenstimme das Kinderlied: Horch, was kommt von draußen rein.

Er schließt die Augen und öffnet sie erst wieder mit dem letzten Ton des Liedes, obwohl ein feines Knirschen der Scherben an sein Ohr dringt: Auf der Fensterbank sitzen die Katzen und putzen sich, alle zwölf, es fehlt keine. Ihre Silhouetten verschwimmen miteinander, und bald glaubt er, zwei sechsköpfige Fabelwesen vor sich zu haben mit seltsamen Gliedmaßen und unruhigen Augen, von denen hin und wieder ein goldener Schimmer ausgeht. Die Katzen putzen sich minutenlang und scheinen von seiner Gegenwart keine Notiz zu nehmen.

Des Jägers Augen sind an die Dunkelheit gut angepaßt; das schwache Mondlicht reicht ihm, den Raum zu überblicken, er ist hellwach.

Die beiden Fenster liegen drei Meter auseinander, und so kann er die Tiere zugleich beobachten. Seine Ohren schmerzen vor Anstrengung, seine Haut prickelt, und die Nasenflügel beben unwillkürlich, als könne ihnen keine Veränderung des Geruchs entgehen; selbst seine Zunge sucht die Luft zu schmecken. Alle Sinne geben ihr Bestes, aber an die Augen sind die größten Anforderungen gestellt.

Seine Muskeln durchläuft ein Zittern, mal spannen sie sich an, mal spürt er in ihnen eine Mattigkeit, über die er hätte weinen mögen: Die Angst saugt mich aus.

Er hat entsetzlichen Durst, die Brust schmerzt beim Atmen.

Auf einmal löst sich das spärliche Licht bis auf einen winzigen Rest im Dunkel auf, nur einige Herztakte später hört er den starken Regen: Einzelne schwere Tropfen klatschen an die Fenster, draußen muß es einen Wassersturz geben, denn er hört das Plätschern in der Dachrinne und das Gurgeln eines Wasserrohres, eine

Wahrnehmung, die seinen Verstand klarer macht und ihn belebt.

Mit dem Einsetzen des Regens richtet sich Skriver zu voller Größe auf, er beugt und streckt die Glieder und bewegt die Finger.

Der Regen verliert kaum an Intensität, und den Raum füllt eine kühle Düsternis. Dem Gefangenen ist, als sinke die Temperatur schlagartig ab.

Das Klacken des Lautsprechers gleicht einer winzigen Detonation, gleich darauf setzt das Geläut der Glocken ein, aber es kommt aus weitester Ferne, so wie man es manchmal bei sonntäglichem Spaziergang zwischen den Dörfern hört, und wieder singt die Mädchenstimme, doch ist es diesmal ein spanisches Lied, und es klingt geheimnisvoll und traurig.

Er muß denken an die langen Spaziergänge mit Marie, und einmal haben sie Glocken läuten hören, und sie begann zu sprechen über Gottes Gebote, über die Wahrhaftigkeit, über Treue und Redlichkeit – ihm ist es peinlich gewesen. Zu großer Ernst in religiösen Dinge drückte auf die Freude und hatte etwa Gebieterisches, das ihn abstieß. Er weiß es nicht mehr: Hat er ihr die Ehe versprochen?

Die Botschaft der Bibel scheint ihm unmenschlich: Selbst wenn ein Mensch noch so schlecht gewesen ist, warum soll er dann der *ewigen* Verdammnis anheimfallen? Reichte nicht eine Höllenhaft von zwanzig, dreißig, vierzig Jahren?

Ich hätte ihr den Rotwein nicht einflößen dürfen, dabei ist es ein wunderbarer Abend gewesen, und ich habe sie immer wieder zum Lachen gebracht, das hat den Ausschlag gegeben. Von einer Begegnung zur anderen wurde sie unbekümmerter und neugieriger und an-

schmiegsamer... Und die Heimlichkeit unserer Treffen
sorgte für eine Spannung, die uns verrückt machte.
Sie hat weite, etwas altmodische Kleider getragen, die
ihre Figur verbargen, aber altmodisch ist sie keineswegs gewesen, nur strenggläubig: Ich habe sie in einen
süßen Schlummer versetzen müssen, sonst hätte sie erst
am Sanktnimmerleinstag mit mir geschlafen.
Skriver redete sich die Ehe frühzeitig aus, weil er
merkte, daß er an jeder dritten Frau etwas Anziehendes
fand. Er liebt nichts mehr, als Frauen anzusprechen,
sich mit ihnen zu verabreden, sie zu gewinnen. Flirts,
Rendezvous, Liebeleien, Affären – was gibt es Schöne-
res? Eigentlich hätten diese Spielereien und süßen
Scharmützel mit dem anderen Geschlecht nie anders
als ergötzlich und harmlos verlaufen können: Aber
wenn es besonders viel Spaß macht, wird es auch besonders ernst, und dafür sorgen die Frauen. Wenn sie
in einen Mann wirklich verliebt sind, brechen bei ihnen
alle Dämme ... Ich hätte damals Nachforschungen an-
stellen sollen. Die Mennoniten leben in ordentlichen
Gemeinschaften, die jederzeit erreichbar sind, recht-
schaffene Leute, eben nur Menschen konsequenter
Frömmigkeit.
Alles ist in ihren Sommerferien geschehen, nach der
zehnten Klasse, und ihr Vater hat sie ohne Aufsehen
von der Schule nehmen können.
Nach den Ferien verbreitete sich die Mär, sie sei auf
Wunsch der Eltern in ein Internat gewechselt. Maries
Familie, obschon sie unauffällig lebte, haftete ein Ruf
des Versponnenen und Wirklichkeitsfernen an. Einmal
hat ihr Vater öffentlich in der belebtesten Straße der
Stadt gepredigt; solch ein Auftritt blieb nicht unbeach-
tet.

Heimlich nahm Marie an einigen jugendlichen Zerstreuungen teil, die nicht ohne Pfeffer waren, aber sie verhielt sich stets anständig, dies erhöhte nur ihren Reiz.

Er seufzt: Was für ein tolles Mädchen ist sie doch gewesen.

Die liebliche Mädchenstimme im Lautsprecher hätte die ihre sein können, aber das Lied tut seiner Seele weh, das Lied und die Erinnerung. Seine Augenbrauen ziehen sich finster zusammen: Mein kleines Kätzchen. Wie sie schnurren konnte. Ihre Haut war so weich und warm, und an ihrer Schläfe und im Nacken bildeten feine Härchen einen schimmernden Flaum gesponnenen Goldes.

»Mama!« ruft das Mädchen, dann wieder ein Knacken.

»Das ist die Stimme deiner Tochter«, sagt der Lautsprecher.

Skrivers Gehirn speichert diesen Satz, indem es jedes Wort noch einmal nachspricht, und in seinem Ohr rauscht und surrt es. »Was?« quetscht er heraus. »Wo ist...?«

»Spar dir deine Fragen. Deine Tochter ist vor zehn Jahren tödlich verunglückt, aber höre ihr Lied. Sie sang immer bei unseren Gottesdiensten.«

Sogleich erklingt die Mädchenstimme, eine reine und natürliche Stimme, und sie singt ein religiöses Lied mit einer Artigkeit, die ihn peinigt: »Stell das ab!«

Der Gesang aber wird lauter, bis sich der Jäger die Hände an die Schläfen hält und qualvoll aufstöhnt: Wie hat sie geheißen?... Ich habe eine Tochter, sie ist tot und singt ... Das ist nur ein Schauermärchen, um mich mürbe zu machen. Kein Wort glaube ich dieser Wahnsinnigen!

Er verliert seine Beherrschung, springt zur Wand und haut mit seinem Eisen auf die Lautsprecher ein; in der entstehenden Stille bleiben verzerrte Echos zurück, die sich mit gräßlichem Quieken in seiner Seele fortpflanzen. Ein Schwindel erfaßt ihn, er ringt nach Luft und beginnt zu wanken: Alles ist mir gleich, soll doch geschehen, was will!

Kaum daß er dies gedacht, läßt ihm das Miauen der Katzen das Blut in den Adern kochen. Schweiß bricht aus allen Poren, das Herz hämmert und rast, er reißt den Mund weit auf, beschmutzt sich, weil er die Notdurft nicht halten kann – dann stürmt er vor mit verzweifeltem Schrei, stürmt durch den schwarzen Raum zu den Fenstern, einschlagend auf die Silhouetten seiner geschmeidigen Feinde, die er vor und hinter, über und unter sich wähnt, haut in die unverwüstliche Scheibe, ganz als könne er sich einen Weg bahnen durch ihre teilnahmslose Mitte.

Zweimal stürzt er schwer, ein scharfer, kantiger Splitter dringt in sein Bein, Scherben schneiden sein Fleisch auf, aber in dieser kurzen Zeitspanne der Entäußerung seines Lebenswillens, löscht sein Gehirn alle Empfindungen aus, die seinen Kampf beeinträchtigen können, und jede Angst weicht von ihm, da er sich, das Eisen fortwerfend, gegen die Tür wendet, die er nicht sehen kann und doch mit der Schulter trifft: Bis zur Erschöpfung rennt er gegen die Tür aus eisernem Holz und bricht seine Schulter, und er nimmt die andere, die linke Schulter und wirft sich gegen die Tür, immer und immer wieder, und das Blut quillt, das Blut fließt und sickert aus den Wunden, bis seine Kleider naß und rot davon sind.

Als er zusammenbricht, ist jeder Zorn von ihm gewichen und sein Denken klar: Wofür denn sollte ich büßen? Wer hat ein Recht, über mich den Stab zu brechen, mich gar zu läutern? Was habe ich denn getan, als unbeschwert gelebt? Mich habe ich erfreuen, keinem Menschen schaden wollen ... Und jeder Monat hatte seine Jagd.

So und ähnlich sind seine Gedanken, denen er nachhängt ohne Groll und Haß, entrückt in den Schlummer einer Sehnsucht, die ihre Erfüllung ahnt.

Skriver liegt im Scherbenbogen seiner Angst, und als die Katzen, die seinen Sturm ungerührt verfolgt haben, zu miauen beginnen, lächelt er.

Eine nach der anderen kommen die Katzen, die eine zögernd, die andere rascher, und sie beäugen und beschnuppern, sie untersuchen ihn vorsichtig, ehe sie sein Blut auflecken und ihn liebkosen wie eine Beute, von der man lange etwas hat.

Der Jäger aber, sicher nun und zufrieden mit seinem Kampf, wird erfaßt von unendlicher Müdigkeit, und dankbar die süßen Stunden seines Lebens im Fluge der Seele genießend stirbt er, als die Tür sich öffnet.

Eine Ruderpartie

Der Steg, zur Landseite hin offen, war in quadratischer Form angelegt und bildete für zwei Dutzend behäbige Ruderboote einen kleinen Hafen, dessen Durchlaß zum See breit genug für zwei Schwimmer war, würden diese einander passieren. Indes schwamm weit und breit niemand.

Auf der Holzbrücke lagerten in morgendlicher Stille zwei Männer, fünfundvierzig und zwanzig Jahre alt, Vater und Sohn, etwa vier Meter voneinander entfernt; der Jüngling lag im Schatten hochaufgeschossener Bäume der Uferzone auf dem Rücken, ein Bein angezogen, einen Arm über den Kopf gehoben, die Augen geschlossen.

Der Mann, ein muskulöser, braungebrannter Typ mit kantigen Gesichtszügen und fahlgelbem Schnurrbart, ruhte in einer Art Liegestuhl und hielt ein Buch in der Hand, dem er keine Aufmerksamkeit schenkte: Mit dem Blick des Naturkundlers beobachtete er seinen Sohn – und konnte nicht begreifen, dieses Wesen gezeugt zu haben: Was für eine entsetzlich weiße Haut, dachte er, und er dachte es nicht zum ersten Male.

Der Zwanzigjährige war etwa einen Meter neunzig groß, hatte kräftige Beine, aber einen ziemlich fleischlosen Oberkörper, den er beim Stehen und Gehen schlecht hielt, so daß die Brust eingefallen wirkte. Das rotblonde Haar war schön und dicht gewachsen, der Schädel länglich, klein die Ohren, die Nase groß und gezinkt, die Augen stahlgrau. Das blasse Gesicht wies um den ausladenden Unterkiefer einen rötlichen, beinahe entstellenden Ausschlag auf, der auf ein Gemüt schließen ließ, das mit sich selbst nicht im reinen war.

Das Antlitz des Burschen kennzeichnete, betrachtete man es genauer, eine mitleiderregende Mutlosigkeit. Der Trotz, früher noch als ein kecker Zug dem schmalen Munde ablesbar, war längst einem bitteren Ausdruck gewichen, der sich erkläre aus der mangelnden Anerkennung durch eine Welt, die nur die Starken und Lebensfrohen, die Gerissenen und Brutalen zum Zuge kommen läßt und mit *Freude* am Leben hält.

Jan Noske schloß sein Buch: Was kann ich für den Burschen tun? Sein Gewissen plagte ihn; dabei hatte er sich dem Kind und seiner Mutter gegenüber all die Jahre einigermaßen anständig verhalten, die Frau zunächst sogar geheiratet – mein Gott –, später Unterstützung gezahlt, Ferienreisen mit dem Knaben unternommen, ihm das Radfahren beigebracht, das Schachspiel, ihn zum Musizieren ermuntert, ja, immerhin spielte er jetzt recht passabel Klavier.

»Wollen wir 'ne Runde schwimmen, Frank? Hast du Lust?« Noske verlieh seiner Stimme einen heiteren kameradschaftlichen Ton.

Sein Sohn indes gab keine Antwort. Er war überhaupt nicht in der Lage, sofort eine Antwort zu geben; nicht etwa, daß der Vater eine geschwinde Antwort erwartet hätte, aber eine, wenn auch nach einer angemessenen Pause gegebene, normale Antwort wünschte er sich doch – Frank schwieg.

Sein Vater betrachtete ihn mit einer Wut, die er zügeln

mußte, und einer Verzweiflung, die abgrundtief war
und jeder Hoffnung fern: Da lag dieses weiße, energie-
lose Wesen, und er mochte nicht glauben, es gezeugt zu
haben. Dabei konnte er den Zeugungsakt mit dieser
weichen Matrone nicht vergessen; sie hatte das Kind
gewollt ... Es war ein albernes, unwürdiges, ein hirn-
loses Zusammensein mit ihr gewesen, doch hatte die
Frau ein stabiles charakterliches Format gehabt – ihr
Sohn war eine Null. Hilfsbereit, hieß es, sei er ...
Gerade zehn Uhr, und dieser Kerl lag schon im Schatten, den Kopf auf das zusammengerollte Handtuch ge-
bettet, einen Arm über der Stirn, die Augen fast verborgen: Das Herumpennen ist seine Leidenschaft.
Wenn seiner Schweigsamkeit doch nur irgendeine Bedeutung beizumessen gewesen wäre! Dieser Mensch
schwieg aus nur einem Grunde: Er hatte nichts mitzuteilen. In seinem Gehirn schienen keine Reflexe zu ent-
stehen auf das, was den Sinnen nicht verborgen bleiben
konnte. Frank sah und hörte sehr gut, Nase und Ge-
schmackssinn (und ob er beim Essen wählerisch
wurde!) funktionierten, und seine Haut reagierte über-
empfindlich.
»Los, rein ins Wasser!« Die Stimme des Vaters klang
immer noch freundlich, aber schon ein bißchen unge-
duldig.
Sein Sohn reagierte mit einem ablehnenden undefi-
nierbaren Kehllaut, drehte den Körper, als wolle er ihn
dehnen, tauschte den rechten Arm über der Stirn gegen
den linken aus und knurrte wie jemand, der sich im
Halbschlaf eingerichtet hat: »Ach, nee ... Irgendwie bin
ich müde.«
»Müde? Du hast doch letzte Nacht zehn Stunden ge-
pennt!«

»Schon, aber ...«

Der Sohn hatte genug gesagt und machte, obwohl Noske sich geräuschvoll erhob, nicht die geringsten Anstalten, aufzustehen.

Sein Vater wandte sich von ihm ab und ging langsam an die Seeseite des Steges. Er genoß die Wärme der aufgesprungenen grauen Bohlen unter seinen Füßen, blickte erst zum Himmel, dann über den weiten See, der auf der gegenüberliegenden Seite um eine Landnase herumbog und damit seinen Nordteil den Blicken entzog, im Westen eine eindrucksvoll geschwungene Bucht bildete und im Osten an einen Waldstreifen stieß, der mit bloßem Auge nur als ein beinahe konturenloser Schattenriß auszumachen war.

Welch ein prächtiger Tag, der es verdiente, genossen zu werden! Aber was war mit dieser Flasche schon anzufangen ... Jan Noske atmete tief ein, entschlossen, sich die gemeinsame Woche in dieser Idylle nicht verderben zu lassen. Man mußte das Beste daraus machen, was half es, sich zu grämen. Zwei Spritztouren in die Gegend hatten sie unternommen, sich eine Stadt angeguckt, ein paar Sehenswürdigkeiten, die liebliche, hügelige Landschaft.

Sie waren hundert Meter oberhalb des Stegs in einer einsam gelegenen Herberge untergekommen, die sich »Forsthaus« nannte – diese prahlerische Bezeichnung durfte man kaum gelten lassen. Das bescheiden eingerichtete Wohngebäude wirkte mit seiner häßlichen Fassade wenig einladend und zog trotz seiner wunderschönen Lage kaum Gäste an. Das Haus, soeben von einem Berliner Tourismus-Unternehmer erworben, war bis zu den Ferien von Jugendgruppen genutzt worden, im Herbst sollten Umbau- und Renovierungsarbeiten beginnen, um einen ansprechenden Standard der Gastlichkeit zu erreichen. Um die Ursprünglichkeit und Beschaulichkeit dieses Fleckchens Erde wäre es bald geschehen.

Aber vielleicht entwickeln sich die Dinge auch anders, sinnierte Noske, ruhiger werdend, während sein Blick über das dunkelgrüne Feld der Seerosen glitt, die beiderseits des Stegs vor breiten Schilfgürteln mit ihren weißgelb leuchtenden Blüten in tausendfacher Zahl wuchsen und in ihrem Bild einer Schönheit glichen, die des Menschen Phantasie eigentlich dem Paradies vorbehalten hat. An seinem Nordwestufer, vom Steg aus eben noch zu erfassen, erhob sich ein Dorf über dem See, kletterte mit blassen Hauswänden und karminroten Dächern heraus aus dem Wasser und hinein in einen sommerlich aufgeplusterten Laubwald, aus dem eine Kirchturmspitze hervorlugte, deren blinkende Kugel in alle Himmelsrichtungen Signale aussandte.

Es war kein Lärm zu hören, auch aus der Ferne nicht, der an eine Straße, eine Fabrik oder an landwirtschaftliche Arbeit erinnerte, und doch war die Luft ringsum erfüllt von unzähligen feinen Geräuschen, aus denen sich mitunter klare einzelne Laute, Schreie gar, herauslösten, um weit über den See zu klingen oder von der dichtbewachsenen Uferzone geschluckt zu werden.

Auf der anderen, nur trockenen Fußes über das Ufer zu erreichenden Stegseite lagerten, in gehörigem Abstand voneinander, zwei Frauen mittleren Alters und ein junges Paar mit einem Kind, das unter einem Sonnenschirm schlief. Alle Erwachsenen lasen.

Noske schaute noch einmal zu seinem Sohn, hechtete dann ins Wasser; unweit von ihm begannen die Seerosen zu schaukeln. Er schwamm, und dazu mußte er sich nicht zwingen, langsam und genüßlich.

Das Wasser war angenehm warm, und es schmeckte unverdorben, wenn auch nicht so, daß er es hätte trinken mögen. Wohin er auch sah, überall leuchtete die weiße Stirn der Bleßhühner. Haubentaucher kreuzten umher, und als er sich auf den Rücken legte, sah er über sich einen Greifvogel; es war eine Gabelweihe. Ihr rotbraunes Federkleid brannte im Sonnenlicht. Im nächsten Moment stieß sie herab, schlug mit den Krallen zu und trug einen großen Fisch davon, der sich krümmte und wandt, daß die silbernen und blauen Schuppen aufblitzten.

Wie dieser Fisch wird mein Sohn enden – in sich gekehrt, träumend, nichts Böses ahnend ... Was kann ich bloß für diesen Burschen tun? dachte Noske betrübt und ließ sich ins Wasser sacken, bis die Füße eine eisige Kühle empfanden.

Als er prustend auftauchte, kraulte er hundert Meter in zügigem Tempo und streifte auf diese Weise die keimende Niedergeschlagenheit ab. Er kannte die Rezepte, sich selbst bei Laune und in Form zu halten, und genoß nun das Wasser und die Bewegungen seines Körpers wie ein Heilmittel, das ihm Kopf und Seele reinigte.

Nach zwanzig Minuten zog er sich auf den Steg, gutgelaunt und unternehmungslustig. Sein Sohn richtete sich langsam auf und gähnte.

»Jetzt geht's ab ins Boot, Frank!«

Der weiße Jüngling lächelte matt, nickte aber zustimmend. Sie hatten eine Bootstour vereinbart, teils, um den See und seine verschiedenen Ufer zu erkunden, teils, um sich rudernd und badend den Tag zu vertrei-

ben. Ihr erstes Ziel, dies war am Abend zuvor abgespro-
chen, sollte das Dorf sein, wo sie sich verproviantieren
wollten.

Nachdem sie Kleidung, Handtücher und zwei Bücher
in das ausgewählte Boot gelegt hatten, gondelten sie
los. Der Kahn war gemütlich, seine Dollen stabil, die
Ruderblätter solide und unbeschädigt.

Beim Rudern wollten sie sich abwechseln; um zu zweit
auf der Ruderbank zu sitzen und die Riemen zu schwingen, war sie zu schmal.

An Noske war die Reihe zuerst, pflegte er doch die
Technik zu demonstrieren, und geschickt brachte er sie
mit wenigen gefühlvollen Schlägen aus dem Geviert
des Steges hinaus auf den See.

Es wehte ein sanfter, angenehmer Wind aus Richtung
Südost. Damit sie sich unterhalten konnten, und beide
wirkten jetzt unbeschwert, saß Frank im Heck des Boo-
tes, was das Vorwärtskommen zwar ein wenig anstren-
gender machte, aber wenn Noske eines genoß, dann
Muskelarbeit.

Er erklärte, wie er es in den zurückliegenden Jahren
das ein oder andere Mal getan hatte, ruhig und exakt,
wie die Ruder zu halten und durch das Wasser zu
führen waren, und als nach zehn Minuten sein Sohn
auf die Bank wechselte, stellte dieser unter Beweis,
daß er die Technik recht zufriedenstellend anwenden
konnte.

So abseits der Welt, inmitten des Sees, genossen sie die
friedliche Stimmung und ihren kargen Wortwechsel.
Ab und zu machten sie einander aufmerksam auf einen
Wasservogel, ein Uferbild oder die Schärfe einer Spie-
gelung. Sie äußerten auch Mutmaßungen über die Be-
schaffenheit und den Zustand des Sees, über das Ent-

stehen der Seenlandschaft, wie über deren zukünftige Entwicklung, und Noske dachte: Vielleicht sehe ich zu schwarz, was den Knaben angeht. Gar so arg scheint es um ihn nicht bestellt. Aber er ist so *völlig* anders als ich...

Obwohl sie ohne sonderliche Anstrengung, beinahe spielerisch, ruderten, rückte das Dorf immer näher, und binnen anderthalb Stunden hatten sie sein Ufer an einer Badestelle erreicht, deren schmaler schwarzer Steg weit ins Wasser führte. Dort legten sie an, beobachtet von einer Familie.

Ihr Großelternpaar saß auf einer Bank unter einer weitausladenden Linde, während Vater und Mutter mit zwei etwa zehnjährigen Mädchen an einem neuen Schlauchboot hantierten, das gerade gewassert worden war und offensichtlich zu klein, alle umstehenden Personen aufzunehmen – dies gab Anlaß zu einer spaßigen Auseinandersetzung, bei der keiner den kürzeren ziehen wollte.

Bei der Ankunft der beiden Männer, die so deutlich voneinander abstachen, schaute man neugierig und skeptisch auf, erwiderte den entbotenen Gruß aber freundlich.

Noske legte das Bootsseil um einen Pflock, sein Sohn zog die Ruder ein; dann gingen sie ein paar Schritte, um sich auf die Wiese des Badeplatzes zu setzen, die bis ans Ufer heranwuchs. Einen Sandstrand gab es nicht.

Durch eine Handvoll trister Häuser, deren Gartenland artig bestellt war, führte ein mit riesigen, eben verblühenden Kastanien gesäumter Weg hoch zur Kirche; ihr Dach mußte just erneuert worden sein, hellrote Pfannen saßen wie kantige Puzzlestücke im stumpfen Karminrot.

»Ja, Frank«, Jan Noske drehte sich zum Dorf, streckte den Arm aus und hielt ihn für einige Sekunden starr in eine Richtung, »exakt dort muß der Laden sein. Etwa fünfhundert Meter von hier. Wenn du sofort losgehst, findest du die Tür noch offen. Also: Verpflegung für zwei Mann bis Mitternacht!«

Der Jüngling erhob sich wortlos, nickte und ging. Er kannte seinen Vater und dachte sich sein Teil; auf dem kopfsteingepflasterten Weg hob er sogar die Hand zum Gruß. Er hatte lange Beine und schritt weit aus.

Der Blick des Vaters blieb auf der überraschend zügig davonschreitenden Gestalt hängen, bis sie in einer Biegung verschwand.

Noske seufzte ratlos, erfrischte sein Auge aber sogleich, indem er zu den hübschen Pfahlbauten schaute, die, aufgereiht in einem Dutzend, etwa zweihundert Meter vom Dorf abgerückt, eingefügt in eine eigene kleine Schilfbucht, im Wasser standen und dort, kontrastierend zu den schäbigen Dorfhäusern, das schöne, abweisende Bild eines Refugiums boten, dem niemand zu nahe kommen durfte.

Die spitzwinkeligen Holzhäuschen mochten fünf Meter hoch sein. Sie erhoben sich dergestalt über den Pfählen, daß Booten auch noch bei ansteigendem Wasser ein geräumiger Unterstand sicher war.

Ein Landzugang mußte durch das Schilf führen. Einige Häuschen hielten sich dicht zusammen, andere wahrten so viel Abstand, daß Segelboote zwischen ihnen stehen konnten; drei Masten ragten auf.

Nur eines der Häuser schien bewohnt, was um so erstaunlicher war, als der Sommer seinem Höhepunkt zustrebte, und es lag nahe, nach den Besitzern einer solchen Idylle zu fragen, aber Noske gab sich keiner Grü-

belei darüber hin – auch wenn die Anlage eine seltsame
Aura der Nobilität abstrahlte, einen *höhnischen* Glanz,
der das Dorf traf, es gleichsam zurückdrängte in seine
Armut.

Solch ein Tag verpflichtete, jeden unliebsamen Gedanken, jeden Argwohn und jede Vermutung des Häßlichen zu ertränken in der Schönheit eines Sees, dessen
bloßer Anblick auch den ruhelosesten Geist innehalten
ließ.

Schon als sie die Landzunge passiert hatten, war der
Blick frei geworden auf den kilometerlangen Nordteil
des Gewässers, das in diesem Abschnitt ringsherum
von einem Mischwald umgeben war, aus dem sich al-
lerorten in verschwenderischer Manier ein mit Farb-
tupfern erhelltes Buschwerk preßte, an das kein
Mensch die Hand zu legen schien. Hier und da, abzu-
zählen an den Fingern, leuchteten Wiesenstücke am
Ufer; auch waren weitere Stege und ein paar schlichte
Kähne zu erkennen, wie sie die Angler benutzen.

Die Menschen der Region hielten Ausschau nach Wolken und nach Regen, der seit einem Monat nicht mehr
gefallen war. Felder und Weiden der Gemarkung litten
unter der Trockenheit.

Die Alten dösten auf ihrer Bank, deren Rückenlehne
verdächtig nachgab, die junge Frau ließ die Beine vom
Steg ins Wasser baumeln, und der Vater entführte seine
Töchter mit dem Schlauchboot, an das sich die Mädchen hängten, nachdem sie schreiend ins Wasser ge-
plumpst waren.

Über dem Dorf flitzten Schwalben, Bienen summten in
der Linde, und nur selten wurde ein Vogel laut in dieser
südlichen Mittagswärme, die den unmerklichen Wind
aufsaugte; bald regte sich kein Lüftchen mehr.

Frank kehrte überraschend schnell wieder zurück, eine prallgefüllte Tüte am Arm. Sie aßen und tranken in aller Seelenruhe im traulichen Schatten der Linde, wobei der Sohn mit seinem Taschenmesser Brot, Wurst und Käse zurechtschnitt. Sein Vater führte, in angenehmer Distanz zu den alten Leuten sitzend, einen sich dahinschleppenden Wortwechsel mit dem knorrigen Graukopf, dem ein Plan mißfiel, der für den Herbst den Baubeginn eines Hotels am Dorfrand vorsah. »Aber vielleicht«, meinte er mürrisch, »wird ja nichts draus. Es wird viel erzählt ...«

Das Gespräch endete schließlich, weil Noske nicht mehr antwortete. Als sie aufbrachen, war ihr Proviant zur Hälfte aufgezehrt.

Sich dicht am Westufer des Sees haltend, ruderten sie gemächlich weiter, teils der glühenden Sonne ausgesetzt, teils durch einen zauberhaften Halbschatten gleitend.

Um sich die Haut nicht zu verbrennen, trug Frank ein luftiges Baumwollhemd. In tropischen Breitengraden ginge er ein wie eine Primel. Ohne daß mehr als zwanzig Worte fielen, schoben sie sich über eine Stunde durchs Wasser; es war, als triebe ihr Kahn über das Glas eines Traumes dahin, und sie empfanden die Stille als eine Süße, von der sie kosten durften.

Beim zweiten Halt gingen sie vor einer einsam gelegenen Fischerhütte an Land. Links und rechts ihres Steges lugten Reusen aus dem Wasser. Ein Ruderboot war auf den grünen Strand gezogen, anwesend schien niemand. Durch ein schmutziges Fenster konnten sie in die spärlich möblierte Hütte blicken, in der hinter einem grauen Bullerofen ein Holzstapel gegen eine Kalkwand drückte. Gardinen gab es nicht, aber ein klobiges Schloß saß vor der Tür, und der Schornstein hatte eine neue Abdeckung erhalten, um den Funkenflug abzufangen.

Die Hütte saß mit ihrem Rücken in einem dicken Polster aus Schlehen- und Haselnußsträuchern; auch Fliederbüsche quollen hervor und Brombeerranken. Eine grüngestrichene Pumpe förderte ohne jedes Quietschen klares Wasser. In einem seitlichen Anbau mit unverschlossener Klappe entdeckten sie ein Faltboot; es ruhte auf einem niedrigen Rollenwägelchen und konnte leicht hervorgezogen werden. Sie stöberten in einer Art gutmütigem Interesse auf diesem bescheidenen, anheimelnden Grund herum, ganz als seien sie Freunde des Besitzers, der ihnen hier vorübergehend eine Zuflucht anbot.

»Wie lange könntest du's an einem solchen Plätzchen aushalten, Frank?«

Noske wußte, wie überflüssig seine Frage war; sie verdarb die Stimmung. Sein Sohn schwieg mit ängstlichem Gesicht. Seit zehn Jahren stellte ihm der Vater nur diese *abscheuliche* Art von Fragen.

»Hättest du überhaupt Lust, mal so zu leben – auf dich allein gestellt zu fischen und zu jagen?«

Frank zuckte die Achseln, seine Lippen bewegten sich: Er mühte sich, etwas zu sagen, aber er fand nicht die Worte.

Ich hab diesem Muttersöhnchen nie in den Arsch getreten, dachte Noske, und das wird kein Gott mir verzeihen. Jetzt war es zu spät, alles war zu spät.

»Wenn die Schlehen reif sind – im Oktober, November –, kann man mit Korn oder Gin einen guten Tropfen ansetzen.«

»Hmhm.« Der Jüngling hockte sich zu einer Schnecke und tupfte an ihren Fühlern.

Sein Wappentier! durchfuhr es den Vater, und er lächelte bitter. Dies war ihr letzter gemeinsamer Urlaub. Eine solche Gemeinschaft ertrug er nicht noch einmal, und was es zwischen ihnen in diesem Leben noch zu regeln gab, mochte am Telefon abgewickelt werden. Manche Menschen unterdrückten sich gegenseitig durch ihr bloßes Beisammensein.

Es war Noskes Idee, auf eine ebenso erfrischende wie ermüdende Weise den Ausflug fortzusetzen: Ruderte der eine, schwamm der andere. Und der gleichmäßige zehnminütige Wechsel stärkte den Willen. Sie legten sich ins Zeug und rückten in einer weiteren Stunde bis an das Nordufer vor, zogen die Riemen ein, suchten im Boot jeder in einer Ecke nach einer bequemen Lage auf den harten Rippen und schlossen die Augen.

Allein die Unnachgiebigkeit des Lagers hinderte sie, in einen erholsamen Schlaf zu fallen. Sie genossen es beide, einfach nur faul dazuliegen, auch der Vater. Und wenn sich einer von ihnen drehte, lauschten sie auf das leise Plätschern des Wassers an der Bordwand. Einmal gluckste es in ihrer Nähe, als ein größerer Fisch aus dem platten, wie gebannt daliegenden See emporschnellte und zurückfiel.

Es ist eine verdammte Strafe, sich ernähren zu müssen, dachte Noske und wünschte sich sehnlichst, den köstlichen Moment bis in die Ewigkeit auszudehnen. Das Boot bewegte sich keine Handbreit von der Stelle; es war dicht, der Boden knochentrocken. Sein Schutzanstrich war farblos, und aus der Ferne betrachtet, glich es einem alten aschgrauen Baumstumpf.

Indes, niemand schaute herüber. Das Dorf träumte weggerückt in seiner Bucht, das Oval des Ufers blieb menschenleer.

Frank barg seinen Kopf unter einem Handtuch. Seine Haut war mit einer Creme dick eingeschmiert. Kam er aus dem Wasser, perlte es ab. Er war gut geschwommen, und sein Vater hatte dafür ein anerkennendes Wort gehabt; den eleganten Stil des Sohnes rechnete er der eigenen Schule zu.

Nach einer dreiviertel Stunde reckten sie ihre Glieder, fast gleichzeitig hochkommend. Auf den Sitzflächen hingeflegelt, der eine im Heck, der andere im Bug, aßen sie ein bißchen Obst.

Noske wurde es plötzlich langweilig – er begann seinen Sohn zu fixieren, studierte dessen Handbewegungen, seine Art zu essen, und das Bild des *Weißen* rief eine angenehme Streitlust in ihm wach: Was könnte er tun, um diesen Burschen aus der Reserve zu locken? Nie zeigte er auch nur die geringste Spur einer Aggressivität; sie ging ihm völlig ab... Wer nicht aggressiv werden konnte, mit dem stimmte etwas nicht, der war wehrlos, hilflos, ausgeliefert.

Mein Gott, was hätten wir beide für Kameraden sein können ... Was der Kerl wohl über mich denkt?! Kein Sterbenswörtchen werd ich je darüber erfahren.

Die Rücktour, entschied Noske, würde härter.

Zunächst aber faßten sie den verwunschenen Zugang zu einem Kanal ins Auge, der die Verbindung zum nächsten See herstellte. Noch in der Nachkriegszeit hatten Kleinhändler, darunter viele Privatleute, dieses ebenso natürliche wie künstliche System aus Flußläufen, Seen, Kanälen, Schleusen und Hebewerken genutzt, um Waren aus Brandenburg und Mecklenburg bis an die Nordsee zu befördern, sie dort einzutauschen. Bei diesem Handel ging es zumeist um Lebensmittel, Handwerkszeug, um hundert Dinge des alltäglichen Gebrauchs.

Wie sich rasch herausstellte, erwies es sich, nicht zuletzt beißender und stechender Insekten wegen, als unerquicklich und schwierig, in den kleinen Kanal einzudringen, denn er wurde seit Monaten nicht mehr in Ordnung gehalten, steckte voller abgebrochener Äste und war schwer befahrbar. An vielen Stellen vermoderte das Reisiggeflecht der Uferbefestigung. Aus dem morastigen Grund erhob sich ein düsterer Bruchwald aus Silberweiden, Erlen und Birken, die über dem Kanal zusammenwuchsen, so daß sie oft die Köpfe einziehen mußten.

Frank ruderte kunstvoll, aber alle paar Meter blieb ein Riemen an einem Hindernis hängen. Ganze Bäume – manche tot, manche begrünt – sanken ihnen entgegen. Das Wasser war schwarz geworden und die Luft dick. Alle Arten von Libellen jagten umher: Mosaikjungfern, Blaupfeile, Prachtlibellen. Es wimmelte von Wasserläufern, bunten, metallisch glänzenden Fliegen, Spinnen, anthrazitfarbenen Bremsen – dick wie Fingerkuppen.

Da sie nicht geräuschlos fuhren, zufällig oder absichtlich Äste brachen, reagierte bald links, bald rechts von ihnen ein aufgeschrecktes Tier, indem es in ein feuchtes Loch glitt oder ins Wasser plumpste, aus dem Sumpfbinsen herauswuchsen, auch Rohrkolben, Schwertlilien und Fieberklee. An einigen Stellen war der Kanal übersät mit Wasserlinsen, an anderen blieb das Ruderblatt in Pflanzen stecken, die untergetaucht lebten. In dieser verlandenden, stickigen Welt von Halbschatten, in denen winzige Aquarelle ausbluteten, in diesem Reich der Schlangen, Frösche, Schnecken und Wasserflöhe hatte der Mensch nichts verloren.

Beiderseits des unheimlichen Grabens schimmerten Wasserflächen, als seien sie von einem Ölfilm überzogen. Auf der einen Seite war der Wald ein wenig lichter; die Bäume wuchsen in einem Feld mooriger Pfützen und Tümpel. Hier und da leuchteten Blumen und grüne Mooskissen. Schmarotzergewächse krochen die Stämme empor, bildeten wüste Geflechte in den Kronen.

Sie hörten und sahen keinen Vogel, vernahmen aber Laute, die sie nicht deuten konnten. Unklar war den beiden die Länge des Kanals, denn bei der Erkundung fremder Landstriche verzichtete der Mann auf Karten.

Frank, eine unübersichtliche Biegung vor Augen, sah zum Vater, und der nickte, wobei ihm der Schweiß durch die Brauen troff: So endete ihr Vorstoß nach nur hundertfünfzig Metern, sie machten, was mühselig genug war, kehrt, und froh, mit einem Dutzend Stichen davongekommen zu sein, sprangen sie dreißig Minuten später in den reinigenden See, über dessen Tiefe sie nichts wußten.

Für eine Weile überließen sie das Boot sich selbst, immer wieder den Kopf untertauchend als gelte es, sich Insekten und anderes Getier aus den Haaren zu waschen. Wieder auf den Holzbänken, löschten sie ihren Durst.

»Ich weiß, daß du keinen Insektenstich verträgst«, sagte Noske und gab nicht zu erkennen, ob er das abfällig meinte oder mitfühlend.

Seine Feststellung traf zu. Schon zeichneten sich auf den weißen Beinen des Sohnes rote, fünfmarkstückgroße Flecken ab. Sie würden, das wußte man seit vielen Sommern, anschwellen und ihn, wenn er Pech hatte, krank machen. Aber er murrte nicht, und er beklagte sich nicht. Sein Vater würde keinen Vorwurf von ihm hören, so war er.

»Zurück brauchen wir zwei Stunden«, fuhr Noske nach einer Pause fort.

Frank wog den Kopf, das äußerste Zeichen eines Widersprechens. »Das schaffen wir nicht.«

»Wir schaffen es, weil wir es schaffen wollen!«

Der Junge schwieg, und ein bescheidener Rest frohen Mutes fiel von ihm ab, ja, manchmal entwickelte sich so etwas wie Optimismus in ihm, und er fühlte sich vom Vater, der soviel stärker, zupackender und erfolgreicher war als er, mitgerissen und angespornt. Aber dieses Gefühl, kaum daß es Einfluß auf sein Handeln hätte nehmen können, wurde immer wieder zerstört von Forderungen und Ansprüchen, denen er nicht gewachsen war, und übrig blieb die schmerzende Enttäuschung und endlich das Erkennen, vom Vater nicht angenommen zu sein. Darin barg sich Tödliches.

»Warum sagst du gleich: Das schaffen wir nicht?! Warum sagst du nicht: Versuchen wir's?! Oder besser: Wir schaffen's!... Du alter Schlappschwanz.«

Frank preßte die Lippen zusammen, und er rang sich ein Lächeln ab, lächelte sein Vater doch auch.

»Du mußt dich an Leistungsgrenzen heranfahren, Junge! Nicht von vornherein an dir zweifeln oder klein beigeben. Erst mal: Ran! Was rauskommt bei einem Einsatz – man sieht's früh genug. Guck mich an, ich bin mehr als doppelt so alt wie du, aber es gibt keine Bergwand, die ich nicht hochkomme. Und in meinem Job macht mir keiner was vor, das weißt du.«

Frank nickte: Sein Vater war wirklich großartig, so großartig, daß es ihn am besten gar nicht gäbe... Ein Athlet, der keiner Herausforderung auswich, und wenn es ihm gefiele, ruderte er die ganze Strecke, die sieben bis acht Kilometer, in einem Zuge allein, womöglich in anderthalb Stunden.

»Was guckst du so komisch, du Schlaftablette?«

Stände eine Kiste Bier da, Noske hätte sie ausgetrunken, so niedergeschlagen fühlte er sich: Dieser Gesichtsausdruck seines Sohnes – wenigstens stur konnte er werden ... Sein Gesicht konnte einen überlegenen, abweisenden und unergründlichen Ausdruck annehmen. Der junge Mann glich dann einer Statue, die jenseits von Gegenwart und Wirklichkeit errichtet war, einer geschliffenen, übergroßen Elfenbeinfigur, die zu berühren der Vater nie gewagt hätte.

»Wir wechseln wie vorhin. Ich fang an zu rudern, einverstanden?«

Frank spürte die körperliche Anstrengung der letzten Stunden; er war ganz und gar nicht einverstanden mit einer Tortur, aber er schwieg ergeben und ließ sich mit dem Rücken zuerst wie ein Taucher ins Wasser kippen.

Fünf Minuten ruderte sein Vater ruhig, und es war ihm leicht zu folgen. Dann jedoch erhöhte er die Schlagzahl und verstärkte zugleich den Druck auf die Blätter. Zunächst versuchte sein Sohn noch mitzuhalten, aber dann fiel er ab, und als der Zeitpunkt gekommen war, die Rollen zu tauschen, lag er zwanzig Meter hinter dem Heck. Statt nun auf ihn zu warten, hielt der Vater das hohe Tempo, wobei er mit einer Reihe von Anfeuerungen aufwartete, die er witzig fand, der Jüngling hingegen nicht.

»Ich übergebe dir die Riemen, wenn du mich eingeholt hast!« rief Noske.

Frank wechselte von der Brust- in die Kraullage, kam dem Boot näher und hätte es auch rasch erreicht, wenn der Vater nicht seinerseits zugelegt hätte, um ihn auf zehn Meter Distanz zu halten.

Wieder eines seiner Spielchen ... Frank schwamm langsamer und im Bruststil weiter. Er sah seinen Vater grinsen, registrierte aber auch sein heftiges Atmen. Das Boot war schwer und alles andere als schnittig.

Wieder setzte der Jüngere an, es wurde ein langgezogener Spurt, doch erneut behielt der Fünfundvierzigjährige, der sich selbst gern einen alten Zenturion nannte, die Oberhand. Doch diesmal zehrte die Anstrengung an seiner Substanz.

Diese eigene Art des Zweikampfes dauerte, ohne daß der Sohn aufgegeben oder der Vater nachgegeben hätte, eine volle Stunde, und beiden ging ihr Dasein durch den Kopf, dieses mit Qual und Freude, Mißvergnügen, Muße und Ratlosigkeit erfüllte Dasein, und am meisten beschäftigten sie sich mit dem, was zwischen ihnen war oder besser – *nicht* war.

Die Sonne stand immer noch hoch genug in Westsüdwest. Obwohl der Tag sich in sein letztes Viertel schickte, schien es Noske so, als nehme die Hitze zu. Er schwitzte ungewöhnlich stark, unmäßig, und er gestand sich ein, seine eigene Kraft überschätzt, die des Sohnes indes unterschätzt zu haben; ersteres wunderte, letzteres erfreute ihn: Der Bursche hat Durchhaltewillen.

Als Noske sich endlich einholen ließ, hatten sie zwei Drittel der Strecke zurückgelegt. »Und nun geht's andersrum«, meinte er leichthin, während sein Sohn sich ins Boot stemmte, sogleich auf der Ruderbank Platz nahm, die Riemen ergriff, ein kurzangebundenes »Also los!« ausstieß und dem Vater damit keine Gelegenheit gab, zu verschnaufen, um den Schweiß verdunsten zu lassen.

Noske war nicht der Mann, Regeln der Härte zu verletzen – ohnehin hatte er sich an die eigentliche Abmachung nicht gehalten, nun durfte er vom Sohn, der sich der Herausforderung stellte, kein Zugeständnis erwarten. Er stahl sich ein bißchen Zeit, indem er mit eigenartiger Betulichkeit über die Bordwand glitt; dabei musterte er mit schmalen Augen die weiße Gestalt seines Sohnes, der nicht einmal sein Hemd überstreifte, nur entschlossen und abweisend vor sich hin starrte. Auf seinem Gesicht lag dieser alte Ausdruck von kämpferischem Trotz, den der Vater so lange vermißt hatte: Es ist mir gelungen, ihn zu stellen. Und jetzt will er's wissen.

Dem Kämpen – als Kämpe galt er Freund und Feind – war es, als bilde das Wasser, das er plötzlich als kalt empfand, eine zweite, metallische Haut auf seinem Leib, und die Hände vom Bootsrand lösend, erstaunte ihn der laute Schlag seines Herzens: Sein Herz schlug mit unregelmäßigem, stakkatohaftem Takt in seinen Ohren, zum ersten Mal in seinem Leben spürte er es in seiner Brust, und während sein Sohn sich ruckartig absetzte, rang er mühsam nach Luft.

»Frank!« Sein Ruf war klar wie eh und je, und es war ein Ruf, der Einhalt gebot, wenigstens Aufmerksamkeit verlangte.

Aber auch sein Sohn hatte vorhin einmal gerufen, ohne daß dies beachtet worden wäre, nun zog er nur fester an, zog die vorgegebene Bahn, entfernte sich mit schnell und sicher gesetzten Riemen, saß vorbildlich auf der Ruderbank, brachte mit jedem Zug die Fäuste an die kurzen Rippen, blies die Luft bei der Anstrengung geräuschvoll aus, stemmte die Beine fest gegen einen Holzsparren und ruderte auf und davon. Seine Haut leuchtete in der Sonne wie Alabaster.

Noske erschrak, weil ihn eine solche Übelkeit befiel, daß er sich erbrechen mußte: Das ist die Sonne ... Aber die war es nicht, und er wußte, warum er sich belog. Der Schmerz in seiner Brust durchdrang seinen linken Arm und ließ nicht nach. Sein Körper schien in einem eisernen Panzer zu stecken. Beine und Arme beschwerten Gewichte, die ihm das Schwimmen fast unmöglich machten – doch er wollte, er mußte schwimmen! Er mußte seinem Sohn zeigen, was Härte war, Zähigkeit – Pflicht.

Noch einmal erbrach er sich, dabei schluckte er Wasser, verschluckte sich an Erbrochenem und Wasser, hustete, bekam keine Luft, hustete, jäh gepackt von furchtbarer Angst, so laut, daß der Himmel es hätte hören können, und er rief, dafür alle Kraft sammelnd, den Namen des Sohnes.

Frank Noske aber, der den Auftrag hatte, sein Bestes zu geben, hart zu sein, sich zu fordern, sich heranzuquälen an seine Grenze, war nicht nur die hundert Meter von seinem Vater entfernt, die er mit seinen stahlgrauen Augen abmaß – in diesem Augenblick ließ er seinen Erzeuger für immer hinter sich zurück.

Warmer Sand

Die junge Frau lauerte mit verschränkten Armen am Fenster und starrte hinunter in den Hof. Dort stand der große, zu Beginn des Sommers aufgestellte neue Sandkasten, angefüllt mit schwerem Sand, durch dessen gelbliche Masse sich ihr sechsjähriger Sohn Gunnar wühlte – einem hungrigen Tiere gleich, als sei in diesem Stoffe etwas versteckt, wovon sein Leben abhinge.

Seine Spielkameraden, sämtlich jünger als er, flohen ihn nicht, obwohl er sie herumkommandierte, anschrie und bei geringstem Anlaß schlug. Wer ihm in die Quere kam, machte Bekanntschaft mit seinen Ellenbogen und Fäusten; er drosch drauflos – überfallartig, vehement und ohne jede Rücksicht. Und wenn dann jemand jammerte und Tränen vergoß – Tränen, die in den Stockwerken der Mietsblöcke niemanden kümmerten –, so lächelte er verschlagen, und er schwang noch einmal die hornige Faust, die ihm den unbedingten Respekt eintrug.

Er herrschte seit Wochen und genoß das ergiebige Gefühl, Macht auszuüben. Allein auf seinen Fingerzeig arbeitete eine Unzahl Kinder, die sich hier gegen jede Vernunft wieder und wieder einfanden, wie in einem Steinbruch – und nur die Hoffnung auf eine Besserung ihrer Lage ließ sie mit großem Ernst und unbegreiflicher Langmut dienen; manche tauchten allerdings

eines Morgens nicht mehr auf, blieben für immer verschwunden, waren indes bald durch andere ersetzt,
denn es mangelte nicht an Nachwuchs, der sich malträ-
tieren ließ.
Manchmal gab es Abschnitte eines friedvollen Wer-
kens und Gestaltens, vor allem dann, wenn schweigend
und mit verblüffender Verbissenheit um die Errichtung
einer Festung gerungen wurde, an deren Vollendung
doch niemand wirklich glaubte — und dieses Bild spie-
lender Kinder hätte ein zufälliger Beobachter vermutlich als einen bemerkenswerten Ausdruck von Ordnung und Harmonie gedeutet: Die junge Frau, regungslos oben am Fenster ausharrend, wußte es besser,
denn ihr Sohn, vollendete sich ein Werk, stoppte mit
einem Kommando, dessen Ton und Energie die böse-
ste Absicht verriet, die Tätigkeit aller und ließ seine eis-
grauen, durchdringenden Augen drohend von einem
zum andern wandern, daß ja niemand es wage, Freude
und Arglosigkeit zu empfinden.
Seine Zerstörungswut konnte sich plötzlich in einem
einzigen furchtbaren Akt äußern oder auch in einer
Langsamkeit zur Entfaltung gelangen, die einen jeden
Zeugen des Geschehens innerlich aufwühlte. Seine
Mutter wußte: Ging es nicht nach seinem Willen, geriet
er in unmäßigen Zorn, und seiner rasenden Selbstsucht
Herr zu werden, gelang weder einer geschickt vorge-
täuschten Milde noch der härtesten Strafe. Und er
weinte nicht, jedenfalls niemals vor anderen. Tränen
und Reue waren ihm fremd, Schmerz schien für ihn
keine Bedeutung zu haben, außer, daß er diesen seinen
Mitmenschen zufügte, um etwas zu erreichen. Nur selten ließ er sich herab, einen Gedanken preiszugeben; er
brauchte keine Eingeweihten. Klug und stark, hielt er

gleichaltrige Jungen von seinem Geviert fern, und jedes
Kind fürchtete ihn von der Stunde an, die ihm seine Bekanntschaft eintrug.

Es kam vor, daß irgendein erboster Vater ihn in einer
Ecke des Hausflurs durchprügelte, aber Gunnar wäre
nie auf die Idee gekommen, bei seiner Mutter zu kla-
gen; er studierte die blutunterlaufenen Stellen und die
eintretenden Verfärbungen mit Gleichmut.

Jedes Kind haßte ihn und wünschte, daß es ihn nicht
gäbe – und jedes Kind warf sich ihm über kurz oder
lang zu Füßen.

In diesem schönen Sommer kam Gunnar Tag für Tag
als erster zum neuen Sandkasten, und wenn er es für
richtig hielt, ging er als letzter und brütete die Stunden
des Abends stolz vor sich hin.

Morgens, kaum daß die meisten Erwachsenen zur Arbeit gegangen waren und nur noch ein paar Frauen
ihren Haushalt verrichteten, stürzte Gunnar mit einem
kurzen Schrei aus dem Haus und drehte einige Runden
im Rechteck zwischen den Blöcken, wobei er nach allerlei Gegenständen trat. So ließ er ersten Dampf ab.
Allein diese Übung trug ihm Aufmerksamkeit, Bewunderung und Mißgunst ein, und wer den Knaben bei
seinem allmorgendlichen Aufbruch erlebte und ihn
noch nicht kannte, der mochte ratlos den Kopf wenden
angesichts dieses ungestümen Wettlaufs und Kampfes
mit unsichtbaren Gegnern.

Nach dieser ersten Auseinandersetzung mit der Welt
bestieg der Junge ein abgewetztes Klettergerüst und
schrie die Namen etlicher Spielgefährten, die er zu pei-
nigen gedachte.

Die kamen, tauchten zu zweit oder zu dritt auf. In dieser
Gegend begleitete man die Kinder selten in den Hof,

man entließ sie bestenfalls dorthin, hieß sie, sich draußen umzusehen, oder man jagte sie schlicht aus der Wohnung.

Gunnar hatte keinen Vater, andere Kinder kannten nicht einmal ihre Mütter, oder sie sahen diese kaum; nur Großmütter gab es reichlich, junge Großmütter. Manchmal kam eine von ihnen auf den Platz und saß ergeben da; bisweilen sonnten sich um die Mittagszeit lustlose und blasse Frauen auf den beiden lädierten Bänken.

Nachmittags erschienen mitunter Halbstarke, das Gewürm verschwand dann blitzartig, nur Gunnar blieb und steckte wortlos ein paar Knüffe weg; ein Kaugummi sprang fast immer für ihn heraus.

Keiner nahm wie er einen Schlag und eine Süßigkeit so selbstverständlich hin. Es wurde behauptet er sei acht und schwänze ständig die Schule.

Solcherart Einschätzung sagte ihm zu.

Die junge Frau hielt sich mit kalten Händen am Fensterbrett fest und starrte hinunter in den Hof. Die klare Stimme ihres Sohnes war überall zu hören, einfallendes Sonnenlicht brachte ihn in Fahrt. Er ging herum, fluchte und verteilte Ohrfeigen, nur so zum Spaß.

Die Frau stand steif, sie atmete flach; über ihr nichtssagendes schmales Gesicht rannen ein paar Tränen, die sich langsam aus großen Augen lösten, in denen Schwermut und Schmerz einen dunklen Glanz erzeugten.

Gunnar hatte eine Schaufel ergriffen, die er im Kreise zu schwingen begann, sich selbst dabei drehend, er tanzte mit der Schaufel, er benutzte sie wie einen Säbel. Der Auftritt geriet zu einer Demonstration seiner

Spannkraft und Geschmeidigkeit und drückte nur eines aus: seine unangefochtene Sonderstellung und sein Bewußtsein davon. Die Kinder schauten auf ihn, ungläubig; zunächst waren sie unter ängstlichen Rufen zurückgewichen, nun hockten sie auf dem Rand des Sandkastens. Dort wurden sie ganz still. Gunnar hörte es und hielt inne.

Für einen Augenblick besann er sich, faßte die halbfertige Burg in der Mitte des Sandkastens ins Auge und machte sie dem Erdboden gleich; das dauerte keine Minute. Kaum war er fertig, schleuderte er die Schaufel weg und wühlte sich – wie ein Gnom, der im Sand lebt – auf dem Hintern sitzend mit Ellenbogen, Händen und Füßen in den Boden hinein. Das gefiel ihm; es war etwas Neues.

Nach dieser Anstrengung beliebte es ihm, sich schlafend zu stellen. Inzwischen war die Sonne höher gestiegen, und ihr Licht füllte den großen Innenhof und wärmte den gärenden Sand, der wie ein lebendiges Wesen in seltsame Bewegung geriet, wo Gunnar in seiner verächtlichen Pose lag und den Schlafenden spielte, dessen Ruhe den knechtischen Gestalten seiner Umgebung über alles zu gehen hatte.

Indes floß der Sand in tausend winzigen Strömen um seinen Leib, liebkoste seine Glieder, glitt in seine Nischen, drängte in seinen Nacken und schien mit einer ziehenden, saugenden Kraft den Körper in sich aufnehmen zu wollen.

Die Kinder rührten sich lange Zeit nicht, bis sich endlich eines erhob, an Gunnar herantrat und ihm einen Eimer Sand ganz langsam auf den Bauch schüttete. Gunnar räkelte sich nur.

Da standen alle Kinder auf und kamen mit ihrem Sand,

sie traten ohne Hast an den Jungen heran, schütteten ihn zu und traten den Sand fest, bis man nur noch einen Arm, die Füße und den Kopf sah, dessen Augen sich ruckartig öffneten – der Liegende begriff, was die anderen vorhatten.

Ein Zucken lief durch den Sandberg, aber es war zu spät: Gleichsam ein Sturm packte die Kinder, warf sie hin und her, ließ sie geschwind die Eimer füllen und leeren, während Gunnar verzweifelte Anstrengungen machte, mit fuchtelndem Arm sein Gesicht freizuhalten; aber bald erlahmte dieser Widerstand, die Hand verschwand, kein Finger tauchte mehr auf, und ein Grabhügel wölbte sich, unter dem sich nichts mehr rührte.

Mund, Nase, Ohren, Haare, waren völlig bedeckt – nur die Augen des Verschütteten blieben aus rätselhaftem Grunde länger frei, und ganz als könne das paradiesische, das Urlicht der Sonne niemals in ihnen verlöschen, leuchteten sie empor zur Mutter, die lachend und gleichsam entgeistert am Fenster klebte und zappelte, bis vom Kopf des Sohnes nichts mehr zu sehen war.

Und wie sie sich freute! Sie war außer sich vor Freude, Blut stieg in ihr Gesicht, sie lachte und lachte, mit rosigen Händen zerbrach sie das Glas ihres grauen Fensters, und ihr Lachen barst hinab in den Hof und traf die Kinder, deren Bewegungen schwerfällig wurden; der ganze Hof war angefüllt mit einem frohen, mächtigen Frauenlachen, die Häuserwände hallten wider davon, und eine Welt von Fenstern öffnete sich, das unerklärliche, das grausige Lachen zu hören.

Plötzlich flog Sand auf; es wurde totenstill: Da stand

Gunnar, stand mit Augen aus Silber und Gold, stand, als sei nichts gewesen. Und um die riesigen Häuserblöcke, in denen sich eine Legion hinfälliger, nutzloser Menschen verbarg, wurde es kalt, und alle Fenster schlossen mit unhörbarem Kreischen.

Mittags kam ER nach oben, seine Mutter saß auf einem Hocker, wartete wortlos am leeren Tisch.
Der Sohn ging geschäftig umher, stürzte ein Glas Wasser hinunter, riß sich einen Laib Brot auseinander, trank dazu zwei weitere Gläser Wasser. Das war sein Mahl heute.
Er hatte gut gegessen, sich Zeit gelassen, suchte nun geduldig die Brotkrumen zusammen und tupfte sie mit der Zunge aus seiner Handfläche. Er säuberte und wischte den Tisch. Er wusch seine Hände. Er spülte das Glas, trocknete die Hände und das Glas und stellte dieses in den weißen Küchenschrank.
Alles war wieder sehr sauber; nur einige Scherben lagen noch vor dem Fenster.
Eine gute Stunde war vergangen.
Gunnar kniete sich vorsichtig neben den Tisch, damit seine Mutter ihn für gehorsam hielte.
Dann sagte er: »Sie wollten mich umbringen heute«, und er zwinkerte der Mutter verschmitzt zu, weil sie doch Bescheid wußte.

Vor geschlossener Pforte

Hans Schildknecht, Bibliothekar einer Kleinstadt, sann auf eine Tat, ja, mehr als das, er dachte angestrengt nach über eine Unternehmung, die sein Leben revolutionierte; das war nötig, denn Bücher und Leser – er wünschte beides zum Teufel.

Der Mann war im Laufe von fünfundzwanzig Jahren ausgesprochen humorlos geworden. Sein fünfzigster Geburtstag stand am nächsten Tag bevor, und er lachte über nichts mehr. Tatsächlich hatte er auch als junger Mann wenig gelacht, weil sich nach seiner Einschätzung kaum ein Grund dafür bot, genaugenommen – keiner.

Schildknecht kannte nicht einmal die Schadenfreude. Wenn einer vor seinen Augen gegen einen Laternenpfahl lief, verzog er keine Miene, denn er war sowieso Pessimist. Lachfalten im Gesicht seiner Mitmenschen nahm er argwöhnisch wahr, und er bevorzugte überhaupt Sachbücher.

Nun saß er da, an seinem Schreibtisch, in seinem Arbeits- und Sinnierzimmer im zweiten Stock der altehrwürdigen Stadtbücherei, die er – nicht ganz mit Billigung von Kommune und Kundschaft – zu einem Kleinod des Sachbuchwesens geformt hatte, und er saß traurig, ein wenig verzweifelt, aber nicht ohne einen entschlossenen Grimm da.

Diese verdammten Abenteuerromane! dachte er, und er schüttelte langsam den Kopf, verwundert über seine plötzliche Sehnsucht, über dieses unerwartete Verlangen nach einem starken Geschehnis, einer großartigen Handlung, die abrollte nach seinem Willen ...

Begonnen hatte es in der letzten Nacht: Er war aus einem verrückten Traum aufgeschreckt, hatte sich hochgestemmt vom Lager und sofort begriffen, was für eine lächerliche Figur er inmitten des geblümten Bettzeugs machte.

Seine Reaktion auf diese Erkenntnis verblüffte ihn jetzt noch: Er hatte zum ersten Mal in seinem Leben wie gebannt auf den Wecker gestarrt, war aufgestanden und hatte drei Minuten lang eiskalt geduscht – und nur ein Gedanke war dabei in seinem Kopf gewesen, nämlich der, endlich etwas zu unternehmen, was von seinem täglichen Einerlei deutlich abwich.

Dieser Gedanke kehrte nunmehr wieder, und er betrachtete ihn von allen Seiten und suchte in seine Höhe und Tiefe zu gelangen. Das Portal zur Bücherei war verschlossen, die Abendstunde eingekehrt, er war allein. Für zwanzig Stunden in der Woche wurde ihm eine Gehilfin zugestanden, die seine Arbeit ergänzte und bisweilen auch leidlich ersetzte, eine Dame, die sich eben auf einer Urlaubsreise befand.

Als Student waren ihm noch ein paar Gedichte gelungen, die eine kleine Zeitschrift mit einer Veröffentlichung würdigte; danach, kaum daß er im Berufsleben war, gelang ihm kein Vers mehr. Und das Buch, von dem er träumte, sein Buch, er hatte es immer nur begonnen.

Er lieh eben nur Bücher aus, das war sein Leben, war es – gewesen. Schildknecht war ein großgewachsener Mann mit einem eindrucksvollen kahlen Schädel, einem wundervollen grauen Bart und einer knorrigen

Hornbrille. Die Augen zumeist niedergeschlagen, schritt er mit weichen Bewegungen einher, die Mitmenschen kaum wahrnehmend, immer in Gedanken versunken, aber durchaus bereit zum Gruß.

Seine Schultern hingen, er wirkte imposant, aber träge, jedenfalls prägte nichts Kämpferisches seine Erscheinung – solange er schwieg; ergriff er hingegen das Wort, konnte dessen Schärfe überraschen. Verstummte er dann wieder, meinte man etwas Lauerndes an ihm zu entdecken. Wer öfter mit ihm sprach, worum sich nur wenige mühten, war bald auf der Hut. Das Widersprüchliche seines Charakters und die Geschmeidigkeit seiner Rede machten ihn für Frauen nicht uninteressant. Allerdings hatte seine eigene Frau sich von ihm aus Gründen der Unlust entfernt. Im nachhinein war er dafür nicht ohne Verständnis – über Jahre hatte er im Bett die Lesestoffe bevorzugt. Nun suchte er seinem Junggesellenleben eine Art Glanz zu verleihen, indem er am Wochenende Ausflüge unternahm. Gern besuchte er dabei Dichterlesungen in ihm gut bekannten Büchereien und Buchhandlungen der Region.

Schildknecht war ein Fachmann, und er verfügte in dem kleinen Städtchen seines Daseins zweifellos über die Kulturhoheit.

Kinder nannte er nicht sein eigen, Freunde auch nicht, und auf der Querflöte spielte er einfach zu verbissen.

Zweimal wöchentlich stürzte er sich in die Fluten des örtlichen Hallenbades, wo alles nach Salz schmeckte; sommers pflegte er den Wattlauf. Den Lauf als eine Bewegungsart, bei der für einen kurzen Moment immer beide Füße gleichzeitig in der Luft sind, haßte er seit der Einschulung. Andererseits beherrschte er die Übung, den Kopf weit über die linke wie rechte Schulter drehen zu können: Sein Biername in einer studentischen Verbindung zu Göttingen war »Uhu«, gewesen. Politische Gründe führten für ihn nach zweijähriger Mitgliedschaft zum Austritt aus dieser Gemeinschaft. Auf eine nonkonformistische, zunehmend spinnerhafte Weise war er »links«, aber er lehnte es kategorisch ab, irgendeiner politischen Organisation beizutreten. Demonstrationen und Massenaufläufe genossen seine Verachtung. Auf jeden Fall trat er bei jeder Gelegenheit wortreich für die Arbeiterschaft ein, dabei beschimpfte er mit Vorliebe Kaufleute und Unternehmer, Menschen, die sich niemals in eine Bücherei verirrten.

Hans Schildknecht erfreute sich beim Bürger eines gewissen Respekts; er saß fest im Sattel. Bis zu seinem Ruhestand würde er der Bibliothekar von Wartdorf sein, dieser beschaulichen Zehntausend-Seelen-Gemeinde an der Elbe – daran glaubte ein jeder, der mit den Verhältnissen des Ortes vertraut war.

Die letzte Nacht: Ein einziger unruhiger Traum, ein Blick auf die Uhr, eine eiskalte Dusche, ein Wachen bei klarstem Verstand – und der Entschluß, das Dasein radikal zu ändern, war da.

Aber was nun wirklich tun? Er hatte dreizehn Jahre die Schule besucht, fünf Jahre studiert, fünfundzwanzig Jahre in drei Bibliotheken gearbeitet, zwanzig davon in jener, die er nunmehr auf den anerkennenswerten Bestand von knapp vierzigtausend Büchern gebracht hatte...

Er stammte aus begütertem Hause, hatte weder als Schüler noch als Student Hilfsarbeiten verrichtet, über seine handwerklichen Fähigkeiten machte er sich keine Illusionen, er konnte sein Auto nicht warten und seine Haustürklingel nicht reparieren – gerade daß es noch reichte, den Hammer über einem Nagel zu schwingen. Straßenbauarbeiter und Maurer bewunderte er, Ingenieure himmelte er an. Sein Organisationstalent reichte für einen Leseabend mit siebenundzwanzig Personen. Nicht mal schießen konnte er, denn seiner Sehschwäche wegen hatte die Armee gern auf ihn verzichtet.

Nicht ohne Grund trug er ständig zwei Reservebrillen am Mann; und zwei Taschenmesser, für die er eine schrullige Vorliebe hegte: Sie dienten ihm als eine Art Ersatz für jene Vielfalt von Werkzeugen, die er nicht beherrschen konnte.

Es war eben Mitte Mai; durch die beiden großen Fenster fiel ein schönes Abendlicht ins Zimmer und schmeichelte den vielen Büchern und Plakaten, die an den Wänden emporwuchsen.

Nein, dachte Schildknecht, meinen Beruf werde ich natürlich nicht aufgeben. Das wäre unsinnig ...

Dabei hätte er sich ein Leben als Privatier, wenn auch nicht auf großem Fuße, durchaus leisten können; er besaß ein Haus in der ländlichen Umgebung, ein paar Grundstücke, Barvermögen, Aktien und zwei Wohnungen, die vermietet waren.

Ich könnte fortgehen, dachte er, eine Farm kaufen, vielleicht in Argentinien.

Aber er drückte sich nicht gern in fremden Sprachen aus, und er liebte keine Nutztiere.

Ob ich einen Besitzer von Obstplantagen abgäbe?

Er schüttelte den Kopf. Und dann glitt sein Blick liebevoll über ein paar uralte Karteikästen: Wie er die elektronische Datenerfassung haßte! Kein Zweifel, damit war der Schritt zu den unterschiedlichsten Überwachungssystemen getan.

Ob mein Telefon abgehört wird?

Die Frage war natürlich schwachsinnig, er wußte das. Wahrscheinlich gäbe es in der gesamten Republik keinen einzigen Bibliothekar, dessen Telefon abgehört würde.

Der amerikanische Präsident ist mein Jahrgang, sagte er sich dann – und bei dem Gedanken hätte er am liebsten geweint.

Er war schon mit einjähriger Verspätung eingeschult worden – damit hatte nicht eigentlich die Misere begonnen, aber eben auch nicht eine Karriere. Und nach der Reifeprüfung? Wovon hatte er damals geträumt? Gewiß davon, ein Buch zu schreiben, eigentlich nur davon – und von nichts anderem.

Schildknecht war innerhalb zehn Jahren der Verfasser von einem guten Dutzend »erster Kapitel« geworden, die in einer Schublade ruhten, die er nie mehr aufzog, selbst dann nicht, wenn ihn die schönste Melancholie überfiel.

Was eigentlich machte einen Schriftsteller aus? Wie wurde ein Mensch Schriftsteller? ... Zu diesen Fragen kannte er unzählige Untersuchungen und Biographien. Zu lernen aus ihnen, es war ihm nicht beschieden.

»Ich war zu faul«, sagte er laut und fügte mit fester Stimme hinzu: »Ich habe immer nur an das Lesen, nie an das Leben geglaubt.«

Mit sich selbst zu reden, erschreckte ihn schon lange nicht mehr; es ärgerte ihn auch nicht. Wer viel mit sich allein war, entwickelte Ventile dieser Art. Im übrigen wären seiner Selbstkontrolle wirkliche Schrullen nicht entgangen, meinte er. Indes mußte ihm keine seiner Gewohnheiten zu denken geben.

Gelegentlich rauchte er Zigarillos; er fuhr konsequent

Rad, nutzte frische Regengüsse und biß mit Wonne in
Gurken und Radieschen. Bei den Getränken bevorzugte er Grapefruitsaft, am Frühstückstisch griff er
zum Schwarzbrot, und ein Mittagessen ohne Kartoffeln
wollte ihm nicht recht schmecken.

Er dachte mitunter über sich und seine Gepflogenheiten
nach, und wie er so am Schreibtisch saß, nickte er und
meinte wieder laut: »Ja, es war die Faulheit. Eigentlich
schade, aber die meisten Menschen machen ja nichts
aus sich. ... Na, ich werd jetzt was anpacken, etwas richtig
Handfestes, mir fällt schon noch was ein.«

Plötzlich stutzte er: »Ich hab wohl immer gedacht, daß
alles schiefgeht. Nach dem ersten Kapitel schien mir
ein zweites sinnlos, die Dinge fanden nie eine Fortset-
zung in mir. Eigentlich ist mit jedem Tag für mich auch
gleich das Leben zu Ende gewesen. Was ist denn die
Nacht ...«

Schildknecht schlief bei Licht, obwohl ihn die Dunkelheit keineswegs ängstigte – er mochte sie einfach nicht.
Was könnte er ändern? Vorsicht war geboten, es gab
einen Haufen Leute, die mit Fünfzig in den Sarg wanderten.

Unter Umständen setzte er durch eine unbedachte Ak-
tion seine ganze Gemütlichkeit aufs Spiel, und die Gemütlichkeit war doch das einzige, was er als etwas eigentümlich Deutsches an sich gelten ließ. »Faust!« rief
er – und verschloß sich den Mund mit der Hand, um
»Mein Gott«, zu murmeln, »ich muß obacht geben...«

Fühlte er etwa eine Beeinträchtigung seiner Gesundheit? Keineswegs. War etwa einer, der dem Gras wohl-
gemut beim Wachsen zusah, schon ein Taugenichts?
Unter Umständen selbst dann nicht, wenn er durch
schwedische Gardinen sah. Oder konnte ihm jemand

vorwerfen, mit fröhlichem Herzen zuzuschauen, wenn ein Auto im Graben landete oder zwei Menschen sich auf die Nasen hieben?

Ihm, Hans Schildknecht, war, wenn überhaupt, wohl nur der Vorwurf zu machen, daß er nicht gern spendete, er gab von Zeit zu Zeit, spendete aber nicht regelmäßig. Diese ständigen Spendenermunterungen um heilige Feste herum versauerten ihm ganze Wochen. Seine Eltern hatten einfach zu hart gearbeitet; ihr Leben hatte den besten preußischen Zuschnitt gehabt. Er gab hin und wieder für das SOS-Kinderdorf und kaufte diese Bilder: »Mit dem Munde« und »Mit den Füßen« gemalt.

Nach seiner Auffassung verlieh eine gewisse Sparsamkeit jedem Leben Halt. Schildknecht griff sich in die Hosentasche, das Kleingeld war da. In seiner Geldbörse verwahrte er ausschließlich die Scheine. »Denk nach!« ermunterte er sich. »Dir fällt was ein.«

Seine Hand ging an die rechte Schreibtischtür, und einen Moment später standen die Rotweinflasche und sein Lieblingsglas vor ihm. Er trank mäßig, zumeist nur ein Gläschen am Tag.

Wenn er nach Hause führe, erwartete ihn niemand, höchstens des Nachbars Pferd ließe sich zu einem traulichen Wiehern herbei.

Ein Schlückchen im Dienst, das tat gut.

Wie seine Linke zur noch halbvollen Flasche, seine Rechte zum Glase ging, wurden seine Handgelenke frei, und gegen seine sonstige Gewohnheit warf er mit einem Male einen hektischen Blick auf seine Armbanduhr: Tatsächlich, es war bereits wieder neunzehn Uhr dreißig! Was hatte er in den letzten zwei Stunden getan? Nur dagesessen, kein Zweifel.

Wie schaffe ich das nur: Ich setze mich hin – und zwei Stunden sind rum ...

Er fuhr mit einer unbeabsichtigten Bewegung zurück – sein Rücken versteifte sich ein wenig, der linke Arm hob sich vor die Brust, die Augen starrten auf das schlichte schwarzweiße Ziffernblatt der Uhr, und gleichsam von einer schweren Erschütterung heimgesucht beobachtete er das unaufhaltsame Vorwärtsrükken des feinen roten Sekundenzeigers, dessen entsetzlich gleichmäßiges Ticken zu hören war.

Er nahm die Uhr ab, hielt sie ans linke Ohr: Tick-tick-tick-tick ... Er band die Uhr wieder um, nahm sie sofort wieder ab, hielt sie wieder ans Ohr: Tick-tick-tick-tick-tick-tick ...

»Entsetzlich!«

Schildknecht schenkte sich das Glas bis zum Rande voll, kippte sich den Wein durch die Kehle, ließ die Uhr in der Hosentasche verschwinden, schenkte nach und dachte: Das Ding tickt in der Hosentasche weiter ...

Jetzt nur nicht nervös werden, die Zeit lief, er wurde morgen fünfzig, kein Grund, zu feiern; morgen war Sonnabend, bis zum Mittag wäre die Bibliothek geöffnet, dann stünde ein Ausflug nach Worpswede an, anschließend würde er gemütlich zu Abend essen und ein Jazzkonzert besuchen, Heimkehr weit nach Mitternacht, sattes Ausschlafen am Sonntag; gewiß, ein wenig Post würde ihn erreichen ... Er kramte in der Hosentasche herum, befummelte die Uhr, das weiche Lederarmband, das glatte Gehäuse, er holte sie raus, band sie um: neunzehn Uhr fünfunddreißig.

»Wie habe ich die fünf Minuten genutzt?« fragte er und schüttelte wütend den Kopf.

»Diese Abenteuerromane laufen doch immer nach

dem gleichen Muster ab«, sprach er zu sich, »amerikanische Filme auch ... und Politikerkarrieren!«

Er spürte, wie eine blödsinnige Art von Verzweiflung sich seiner bemächtigte, schaute sauertöpfisch, nahm einen Schluck Wein, schaute auf die Uhr: schon neunzehn Uhr siebenunddreißig! Dann fiel ihm ein häßliches Wort ein: »Beamtenmikado«.

Er nahm sich vor, mindestens eine halbe Stunde nicht mehr auf die Uhr zu schauen: Was das sollte?! Wann hatte er das letzte Mal einen bewußten Blick auf seine Armbanduhr geworfen? Bei der letzten Zugfahrt? Vor drei Jahren also, als der Anlasser seines Wagens streikte und er stante pede nach Cuxhaven mußte, stante pede per Lokomotive.

Nur die Ruhe bewahren, Schildknecht, du trägst einen alten Landsknechtnamen!

Eigenartig, was für Anwandlungen einem Menschen zusetzen konnten. Man kannte das aus Büchern, aber daß einer dauernd zur Uhr schauen mußte, zur Armbanduhr, ohne Not, ohne Zeitdruck...

Ohne Zeitdruck. Bin ich wirklich nicht in Zeitdruck? Wenn einer in Zeitdruck ist, dann wohl ich! Mein Gott: neunzehn Uhr einundvierzig!

»Ich hab's nicht durchgehalten«, sagte er laut und wußte sich darob keinen Rat.

Fünfzig Jahre! Andere gaben Empfänge, wiesen eine neiderregende Bilanz vor, wurden interviewt, ließen sich feiern, bauten wenigstens ein Zelt auf, ihm, Hans Schildknecht, bliebe wie immer ein Ausflug.

»Sapperlot!« rief er und stand auf. »Wär doch gelacht, wenn sich nichts unternehmen ließe!«

Unruhig ging er auf und ab, und als er erneut auf seine Uhr schaute, begriff er dieses Symptom, ja, es gab keine andere Erklärung: »Vorbei«, murmelte er, setzte sein Weinglas auf den Schreibtisch, nahm die Armbanduhr vorsichtig in die Finger beider Hände, die er in hilfloser Gebärde vor seinen Körper hob, und dann beobachtete er für zwei lange Minuten die Wanderung des roten Sekundenzeigers und dachte: So geht's dahin ...

Indes, seine innere Stimme rief ihn zur Ordnung – das war doch eine fixe Idee, aus zu sein auf eine großartige Tat! Kein Mensch erwartete von ihm dergleichen. Sein Name würde der Pressewelt niemals eine Schlagzeile wert sein müssen. Erstaunen würde herrschen, brächte er ... ja, was? Und früher ... vor fünfzehn, zwanzig Jahren, ja, was war früher? Nichts war. Hatte ihn, wie die meisten Menschen, jemals etwas anderes beherrscht als Leere und Eintönigkeit? Hatte er nicht sogar – Lesezeichen gesammelt?!

Der Gedanke daran ließ den Bibliothekar erröten.

Als seine aktivste Phase konnte jene gelten, da er Vögel beobachtet hatte, etwa anderthalb Jahre lang. Da war sein Jagdinstinkt geweckt worden, und er hatte sich Zeit, viel Zeit gelassen, ging es in Feld und Flur...

Zwanzig Uhr! Nachrichten im Fernsehen, Weltgeschehen! Und schlüge er morgen früh die Tageszeitung auf, er läse wieder nur von den Unternehmungen anderer.

Schildknecht drückte den Korken auf die Weinflasche, er war stocknüchtern. Zwei Gläschen Wein versickerten in seinem massigen Körper wie in einem Sandhaufen.

Er warf sich seine Lederjacke über, griff nach seiner Aktentasche und zog eine Schublade auf, der er ein Schild entnahm. Zwei Minuten später hing es vor der eichenen Portaltür: »Die Bibliothek bleibt heute aus organisatorischen Gründen geschlossen.«

Solche Umdispositionen lagen im Bereich seiner Zuständigkeit. Er hätte das vor Tagen schon regeln können: Bücher auszugeben an seinem fünfzigsten Geburtstag, das würde er hübsch bleiben lassen! Kaum saß er im Wagen, saugte sich sein Auge an der Uhr des Armaturenbrettes fest: zwanzig Uhr sechs. Die wichtigsten Dinge der Tagesschau waren gesagt. Der Motor des zehn Jahre alten BMW meldete sich mit dem vertrauten Schnurren; es war angenehm, etwas Zuverlässiges zu besitzen.

Und wenn er nun nicht nach Hause führe, sondern zu Ingelotte?! Direkt zu ihr, ohne Voranmeldung? Er hatte sie noch nie besucht, dabei war sie in den Wintermonaten nur seinetwegen in die Bibliothek gekommen, die Lehrerin mit den dunkelbraunen Haaren und der schönen »Festung« – er mochte große Busen. Aber ihren Hund mochte er nicht, sie ging äußerst eigenartig um mit diesem Riesenvieh, einem Mischling aus Ungarischem Hirtenhund und Dänischer Dogge; das Tier biß. Das wäre eine erste Maßnahme, dachte er, hin zu Ingelotte, angeklingelt, auf den Busch geklopft!

Er kicherte und freute sich irgendwie. Erst Anfang der Woche hatte sie hereingeschaut zu ihm, seine Meinung eingeholt über einen jüngst verstorbenen Heimatdichter und seine Naturkundebücher, nun ja, da konnte er mit seinen Kenntnissen weiterhelfen, aber der Witwe stand der Sinn nach mehr, ihre Erscheinung gab einen Impuls. Aber dann hatte er nur gefragt: »Was macht Ihr Hund?« Da war sie gegangen.

Schildknecht fuhr zu Ingelotte Wruck, der Witwe eines Fregattenkapitäns der Marineflieger, der mit seinem Strahlenflugzeug auf die Nordsee geklatscht und in ihr versunken war.

Das ist ein Anfang, sagte er sich. Er wußte genau, wo sie wohnte.

»Hier wache ich!« Das gelbe Schild mit dem schwarzen Hundekopf war groß, das Tageslicht hell genug.

Zwanzig Uhr siebenundzwanzig. Er war langsam gefahren, mit heruntergekurbeltem Fenster, ganz im Genuß des Frühlingsabends, und ihm war aufgefallen, mit leeren Händen zu kommen, doch würden sich schöne Worte finden.

Plötzlich vor der Tür stehen, das hat was.

Er fühlte sich draufgängerisch, sah auch gleich den Hund hinter der hohen Gartenpforte entlangstreichen, fand indes nicht die Klingel. Das Haus lag, gemeinsam mit nur zwei anderen, am Dorfrand. An der einen Straßenseite dehnten sich zwei busch- und baumbestandene Feldstücke, an der anderen versteckten sich drei malerische Häuschen weit voneinander abgesetzt in großen Grundstücken.

Die Witwe Wruck, siebenundvierzig Jahre alt, kleingewachsen mit solider Festung, eine Kostüm- und Brillenträgerin, durchaus ein Lockenköpfchen, eine ruhige, nicht sonderlich selbstbewußte, aber bestimmt keine feige Person, verbarg ihre Existenz hinter einem Wall von Hegesträuchern, die, früher von ihrem Mann beschnitten, nunmehr zu einem wilden Dickicht zusammenwucherten und eben noch die Gartenpforte und das Tor zum Carport freiließen. Auch das Grundstück selbst, zur Seite hin von immergrünen Pflanzen abgeschirmt, war von Büschen und Bäumen bestanden, so daß vom zwanzig Meter zurückliegenden Haus, dessen Giebel an der Straßenseite in Richtung Norden zeigte, nur Bruchstücke zu sehen waren, denn der Mai hatte das Blattwerk beinahe gänzlich hervorgezaubert.

Ingelottes Auto stand hinter dem Tor, ihr Hund hinter der Pforte; er schwieg. Und er nahm Maß durch den Zwischenraum der Latten.

»Das Vieh bellt nicht!« Schildknecht fluchte in sich hinein; er fand keine Klingel. Vermutlich wäre der Hund mit einem Satz über die Pforte, trotz deren Höhe.

Es lag nahe, zu hupen, aber es mißfiel ihm, diesen Ausweg wählen zu sollen.

»Frau Wruck!« rief er, zaghaft. Er hörte die Vögel singen. Sonst blieb die Straße still. Der Hund gab keinen Mucks.

»Ich selbst bin ja auch ziemlich groß«, versicherte sich Schildknecht und kam sich blöde vor. Ebensogut hätte er sich daran erinnern können, Hans zu heißen.

Ein Fregattenkapitän wäre natürlich längst über das Hindernis geflankt, weil es keinen echten Hinderniswert besaß – für ihn, den Wärter eines Buchmuseums, bildeten die Latten eine Eskaladierwand, die er scheute. In Gedanken sah er sich in zerrissener Hose vor dem Hunde fliehen, wenn der sich nicht überhaupt in seiner Wade festbiß.

»Frau Wruck.«

Frau Wruck kam nicht. Er hatte ihren Namen auch gar nicht gerufen, sondern nur – gesprochen. Das war zu wenig.

Hm. Hupen wollte er nicht. Die Straße war so herrlich still. Der Hund stand wie gemeißelt, der Bibliothekar auch, beide sehr große Exemplare ihrer Art.

Vor fünfunddreißig Jahren hatte er einmal mit Steinchen gegen das Fenster von Ada Murken geworfen, und das Fenster war aufgegangen. Werfen konnte er. Schildknecht bückte sich, der Hund knurrte. Der Mann sah auf seine Uhr: zwanzig Uhr vierzig.

Offiziershunde waren abgerichtet, Unteroffiziershunde
auf jeden Fall; nun war Herr Wruck Flieger gewesen,
da mochte es eine lässige Erziehung gegeben haben –
doch nicht: Der Hund machte einen Satz, bei dem er
sich um dreihundertsechzig Grad drehte.

»Der springt auf das Carport«, ermahnte sich Herr
Schildknecht und ließ ein Steinchen fallen. An eine
Absetzbewegung zum Auto dachte er keine Sekunde,
denn eine schöne Vorstellung gab ihm neue Kraft:
Wäre es nicht himmlisch, mit Frau Wruck auf der
Suche nach dem Gefühl zu sein?! Wann hatte er doch
gleich das letzte Mal ...?

Im Winter mit der Gewerkschaftsautorin aus Bremen;
sie kam alle drei Jahre und wurde von ihm beköstigt
– eine Sachbuchautorin, durchaus fit, aber ohne Festung.

Der Hund legte den Rückwärtsgang ein; er drehte nicht
etwa, er schob sich ganz langsam drei Meter zurück.

»Er nimmt Anlauf!« Der Bibliothekar zog den Reißver-
schluß seiner Lederjacke bis unter das Kinn hoch – und
klatschte zweimal laut in die Hände, damit man endlich auf ihn aufmerksam würde. Aber nur der Hund
murrte ein bißchen.

»Ingelotte wird telefonieren ..., sie wird Radio hören,
fernsehen, duschen.« Es gab eine Reihe von Erklärungen dafür, daß Frau Wruck nicht auftauchte. Oder ob
sie ihn längst entdeckt haben würde?

Durch eine Gardine des Fensters? Oder war jemand bei
ihr, ein Marineflieger außer Dienst vielleicht oder ein
aktiver Korvettenkapitän, spezialisiert auf die Beschie-
ßung von Festungen?

Nein, nein: Ihm war Mut gemacht worden von Frau
Wruck, er mußte jetzt ran an sie, am besten wäre es, zur

nächsten Telefonzelle zu fahren, durchzurufen, sich
anzumelden — oder sich des Mechanismus der Hupe
doch zu bedienen und sie damit an die Pforte zu rufen.
Noch besser wär's, geradewegs die Pforte zu passieren,
abgeschlossen schien sie ihm nicht.
Schildknecht überlegte und überlegte und schaute auf
die Armbanduhr: zwanzig Uhr sechsundvierzig! Dann
faßte er einen Entschluß: Bis einundzwanzig Uhr
mußte die Entscheidung gefallen sein!
Er schritt — wie auf ein Kommando von höherer Stelle —
zur Pforte, faßte ihren Riegel, wollte, das Mischlings-
vieh im Auge, denselben betätigen...
Darauf hatte der Hund nur gewartet: Anderthalb Sätze,
und die Wucht seines dunklen, zentnerschweren Körpers traf die massive Pforte, ließ sie scheppern und äch-
zen, während gleichzeitig ein wütendes, dröhnendes
Bellen die Abendstille zerriß.
Zwei Sprünge, ein Hüpfer, eine beinahe gleitende Bewegung, und Herr Schildknecht klemmte hinter dem
Steuerrad, nach Luft schnappend, schwitzend, mit be-
schädigtem Selbstwertgefühl, eine Kniescheibe leicht
poliert.
Triumphierend warf der Hund seine Pfoten über die
Pforte. Und aus dem Hintergrund des Gartens tauchte ein
Mann auf, näherte sich mit ruhigen Bewegungen, drückte
mit einem Arm blühende Zweige zur Seite, schmauchte
eine Pfeife, ein älterer weißhaariger Herr. Die Räder des
BMW drehten sich, der Wagen schoß davon.
Diese verdammten Abenteuerromane, dachte der Biblio-
thekar und kniff die Lippen zusammen. Und dann fragte
er sich, ob die Sache den Versuch wert gewesen war.
Sein kleiner Tick mit der Uhr verlor sich in den nächsten
Tagen.

Des Totengräbers großer Rausch

Als der Totengräber Albert Stuck, ein fünfzigjähriger, mittelgroßer Mann, der in der Öffentlichkeit nie ohne Hut zu sehen war, sich auf dem breiten Waldweg, welcher den südlichen Teil des Wingster Forstes durchschneidet, in den Sattel seines Fahrrades hob, um in bedächtigem, gleichmäßigem Tempo seine Heimstätte anzusteuern, wo er mit den etwa gleichaltrigen, ebenfalls unverheirateten Geschwistern, einem rothaarigen, sommersprossigen Bruder und einer starkknochigen, unansehnlichen Schwester, in recht ansprechender Ordnung lebte, da leuchtete sein rotes, von Wind und Wetter gezeichnetes Gesicht noch einen Ton dunkler und intensiver als sonst, ganz als sei ihm eine Unmenge schwarzen Blutes in den Kopf gestiegen; und tatsächlich war er, der er von jenen, die ihn gut kannten, eher den schwerblütigen Menschen zugerechnet wurde, in diesem Augenblick von einem geradezu jugendlichen Ingrimm erfüllt, hatte ihm doch die Tochter seines vor zwei Tagen verstorbenen Freundes Magnus Oelgießer, der erst in den letzten drei Lebensjahren die verdiente Anerkennung als Kunstmaler hatte finden sollen, die Tür gewiesen, ihm, Albert, von dem es wenigstens zwanzig Porträts gab!

Magnus hatte die Menschen sonst nur als kleine, unbedeutende Figuren in die Landschaft gesetzt, aber ihm, dem Totengräber, hatte er sich mit dem Pinsel in aller

Sorgfalt gewidmet: Öl auf Preßpappe, meistens im Blaumann mit Schaufel und Hut, aber einmal auch mit dem Fahrrad in der Pforte.

Und da bin ich stolz drauf! ... Eine Gemeinheit von dieser Tochter. Wenn die überhaupt seine Tochter ist. Sie tauchte in der letzten Zeit nur auf, um abzukassieren. Früher hatte Magnus ja kein Geld, und da ließ sie sich nie blicken, auch nicht, als er krank war, Frau von Schwerin ihn pflegte, Graf Schwerin, der Waldgutbesitzer, ihn finanziell unterstützte und die Gemeinde ihm umsonst ein Dach auf die Holzhütte setzte; die hatte inzwischen ein Alter von siebzig Jahren und Mühe, sich zusammenzuhalten.

Nun war der Totengräber keineswegs ein Freund des Malers, sondern bestenfalls dessen einziges künstlerisches Opfer; aber Stuck, der von kaum jemandem mal ein anerkennendes Wort hörte, pochte auf seine besondere Beziehung zu Magnus, dessen betagte Mutter, die dereinst als Ballettänzerin am Zarenhof gedient, er vor fünfundzwanzig Jahren als eine Art Gesellenstück gemeinsam mit dem inzwischen auch längst dahingegangenen Sargtischler Reyelt in der Abenddämmerung auf einem von zwei Pferden gezogenen Leiterwagen über die Waldwege zum Westerhammer Friedhof kutschiert hatte; dabei hatten sie ganz schön einen zur Brust genommen und darüber sinniert, ob es richtig gewesen war, sich über den letzten Wunsch der Tänzerin hinwegzusetzen – aber den Sarg lila anstreichen?

Magnus' Mutter, die mit einer Zigarettenspitze in der Hand, sie rauchte Overstolz, täglich mindestens eine Stunde mit leicht gespreizten Beinen, verdrehter Hüfte und leicht gehobenem Kopf einer Statue gleich auf der halbverwilderten Zufahrt Posten bezog, hieß nicht etwa

Oelgießer, sondern schlicht Tecklenburg; auch des
Malers Tochter Edda trug niemals seinen Namen – in
dieser Familie kam man nicht auf die Idee, Ehen zu
schließen, obschon die Hochzeitsnächte sich großer
Beliebtheit erfreuten.

Frau Tecklenburg, der zeitlebens kein Arzt nahetreten
durfte, endete glücklich im Suff, und Reyelt, hierbei
von Magnus keineswegs assistiert, mußte die eigenwillige Dame gewissermaßen aus einem Haufen leerer
Pullen ins spärliche Licht der Hütte ziehen, in der es
weder fließendes Wasser noch Strom gab: Der Maler
und seine Mutter schissen in den Wald.

Es kam vor, daß neben der zweihundert Meter von ihrer
Zuflucht hervortretenden Johannisquelle das Eßgeschirr der Künstler gefunden wurde, die es dort reinig-
ten, gab es einmal Probleme mit der Pumpe. Marschierte Magnus mit seinem Rucksack durch Wald und
Prärie, vielleicht auf dem Weg zum Einkaufen nach
Cadenberge, vielleicht auf der Suche nach Pilzen,
Beeren, Vogelfedern oder Motiven, vielleicht gar mit
seinem Bogen auf der Jagd, dann erschraken die Menschen, waren es Fremde, die unvermutet auf ihn stießen, und in der Tat wirkte sein Äußeres, vor allem im
vielfältig gefilterten Licht des Waldes, so unheimlich,
daß nicht nur einfältige Gemüter in ihm die Verkörpe-
rung eines verwunschenen Geistes sahen.

Er maß exakt einen Meter vierundfünfzig, war sehnig
und muskulös, lebte, sieht man einmal von seinem
übermäßigen Weingenuß ab, gesund, aß viel Obst und
Gemüse und nur das Fleisch, das er sich selbst gelegentlich mit Duldung des Grafen Schwerin schoß, hielt
sich mit allerlei körperlichen Übungen fit, zu denen
auch das Klettern in den Bäumen seines Grundstückes

gehörte, welches lediglich nach Nordwesten hin in
einer Breite von fünfzig Metern nicht vom Wald umschlossen war, dort vielmehr an ein fleißig bestelltes
Feld grenzte, auf dem eine Art Fruchtwechselwirt-
schaft betrieben wurde von einem Weißenmoorer Bauern, der das Land gepachtet hatte.

So konnte Oelgießer, auf seinem Schemel sitzend, den
Pinsel in der Hand, im Hochsommer den Blick auf die
geliebte untergehende Sonne richten, deren Rot er
einen unvergleichlich sanften, grauen Ton der Trauer
beimischte.

Er saß dann in kurzer Hose da, braungebrannt, das
Haar leuchtete, die Augen leuchteten – er sah bis zum
Schluß ausgezeichnet, und sein klarer Verstand arbei-
tete folgerichtig und ernst.

Sein Kopf war es, der Angst machte: ein großer schwerer Kopf, das Haupt eines gigantischen Denkers, eines
strengen Philosophen, eines mächtigen, traurigen Kö-
nigs.

Starke Knochen, die mit zunehmendem Alter deutlich
hervortraten, und scharfe, unregelmäßig gesetzte Ker-
ben bestimmten die Gesichtszüge, denen nicht zu ent-
nehmen war, wie oft und laut Magnus lachte. Häufig
erhielt er von Einheimischen, die in erster Linie seine
Bilder kauften – anfangs zog er mit ihnen von Hof zu
Hof –, an schönen Tagen Besuch; und er nahm sich
allzu gern Zeit für ein Schwätzchen, redete munter
drauflos, war ein gewaltiger, auf jeden Fall ein lauter,
eindringlicher Redner, sparte nicht mit Gestik und Mi-
mik, schenkte, auch wenn es seine Lage nicht erlaubte,
Wein in ungeheuer schmutzige Gläser und paffte ihm
angebotene Zigaretten, Zigarren, Pfeifen. Eigentlich
rauchte er gar nicht.

Den Dorfkindern, von denen sich nur wenige »zu ihm
hoch« trauten, zeigte er seinen unterm Bett versteckten
Revolver, und er bot ihnen gerne ein Vergleichsschie-
ßen mit seinem berühmten Bogen an, der ihn um einen
glatten halben Meter überragte.

Als Schießfigur hielt er sich einen überdimensionalen
Holzbären, der trug breite, bunte Ringe auf dem Bauch,
in deren Mitte er auf dreißig Meter traf – kein Schütze,
der sich in dieser Übung mit ihm messen konnte.

Tatsächlich, dies war ein Kernpunkt seiner Lebensle-
gende, wurde er einige Jahre von brasilianischen India-
nern fünfhundert Kilometer westlich des Rio Paraná in
den Überlebenskünsten vorgeschichtlicher Menschen
ausgebildet; dieser Schulung erinnerte sich Oelgießer
mit Vorliebe, wenn er mit knurrendem Magen ohne
einen einzigen Pfennig Geld im Sparstrumpf dasaß
und gar nicht daran dachte, seine auf Papier oder Preßpappe gemalten Bilder für einen Apfel und ein Ei her-
auszurücken. Er war lange Zeit arm und die Land-
bevölkerung, die sich in immer größerer Zahl in den
entfernteren Städten verdingte, eine ebenso lange Zeit
geizig.

Manchmal, so erzählte man sich in der Dorfkneipe
»Waidmannsruh«, sei Magnus in seiner Wut in die
Bäume gestiegen und habe von dort Hamburger Touri-
sten mit Steinen beworfen! Nun, er war schon ein
Kauz.

Der Totengräber, das bescheidene Hirn voller wehmü-
tiger Gedanken an die schönen Stunden mit Magnus,
und nach wie vor haßerfüllt gegen dessen eingebildete
Tochter, diese Modepuppe, über die niemand hier etwas wußte, gerade noch, daß sie in Hamburg lebte und
einen dicken Wagen fuhr, klammerte sich fest an den

Lenker seines altertümlichen Drahtesels und quälte sich, war das Gelände auch leicht abschüssig, an der großen, dreieckigen Kuhle vorbei, aus der sich endlich wieder ein neuer Wald herausentwickelte mit Lärchen, Kiefern, Fichten, Buchen und reichlich Buschwerk; nur eine schwarze, von Ginster umwucherte Scheune war als Mahnmal jenes Betriebes übriggeblieben, der hier drei Jahre lang mit tösenden Maschinen Sand abgebaut hatte, ein Unternehmen, das wesentlich beitragen sollte zum Niedergang des beliebten Ausflugslokals »Heidekrug«, dessen Wirt sich ein knappes Jahr nach dem Tod seiner Frau erhängt hatte: Magnus' einziger, nur hundertfünfzig Meter entfernter Nachbar.

Oelgießer war aufmerksam geworden auf das seltsame Verhalten der Tiere – zwei Kühe, ein Pferd und Schafe waren in dem großen reetgedeckten Haus untergebracht –, und der Maler hatte sich dann im Beisein eines Bauern und zweier Dorfjungen gegen die verriegelte Eingangstür geworfen, damit den direkt dahinter hängenden Toten in eine Pendelbewegung versetzt und nur gesagt: »Den müssen wir gleich runterschneiden, der hängt da schon zwanzig Stunden, der stinkt.«

Magnus blieb in solch beklemmenden Situationen sachlich. Er malte auch seine Mutter in ihrer Sterbekojoe und schließlich sich – wie der Tod ihn holte, das einzige Selbstporträt.

Albert Stuck mochte den Berliner Rechtsanwalt, an den Graf Schwerin, wer sonst hätte sich den Heidekrug unter den Nagel reißen können, die heruntergekommene Wirtschaft auf zwanzig Jahre vermietete – ein Herr Jung, der rasch mit den Einheimischen warm wurde, weil er auf eine glaubwürdige Weise bescheiden auftrat, an den Geselligkeiten teilnahm, seinen beiden

halbwüchsigen Töchtern in den Ferien auf dem Island-
pferdehof den Reitsport spendierte und auch mal ein
paar Bier und Korn ausgab. Außerdem ließ er von
einem halben Dutzend ortsansässiger Handwerker die
Renovierung seines wunderbaren Feriensitzes durch-
führen und sorgte so für Arbeit.

Auch Albert konnte bei ihm so manche Mark verdie-
nen, indem er sich im Garten und am Zaun nützlich
machte.

Immer mehr Städter tauchten auf, erwarben ein Stück
Land, bauten Ferienhäuser, kauften sich alte Katen
oder sogar ganze Bauernhöfe, mit denen sich kein Erbe
mehr plagen wollte.

Der Totengräber, da in seinen kleinen Dörfern, die sich
einem Kranze gleich um den Forst zogen, nicht täglich
jemand ins Gras biß, mußte ständig Ausschau halten
nach Nebenbeschäftigungen aller Art. Die Samtge-
meinde zahlte ihm für das Ausheben eines Grabes hun-
dertdreißig Mark; zehn bekam er von Privatleuten für
eine Stunde Hilfsarbeit – Bäume roden oder neu an-
pflanzen, Rasen mähen, Hecken schneiden, Abfall zu-
sammentragen, Unrat beseitigen und so weiter.

Ob das Magnus' Tochter wußte? Die behandelte ihn
wie ein Stück Dreck, dabei gab es zwanzig Porträts von
ihm, und ein Bild brachte jetzt dreitausend Mark! Oelgießer konnte das verlangen. Über Nacht war das sein
Preis. Nicht zu fassen.

Diese Edda Marx ist bestimmt nicht seine Tochter,
dachte er wieder. Die soll doch das verdammte Grab
selbst schaufeln! Aber das ging natürlich nicht, nein,
für Magnus würde er besonders sauber arbeiten, die
Seiten völlig gerade abstechen – dieser blöden Gans
würde er schon zeigen, wie gut er es mit Oelgießer

meinte, und der war sowieso kein normaler Mensch,
der würde bei seiner eigener Beerdigung zusehen und
Albert seine Anerkennung fühlen lassen.

Diese verdammte Ziege! Er konnte sich in der Gegend
wohl sehen lassen, war Mitglied im Schützenverein, bei
der Feuerwehr und in der Krieger- und Soldatenkame-
radschaft. Beim Aufmarsch der Schützen war er einer
der Fahnenträger! Wenn der greise Hauptmann kom-
mandierte: »Fahnen einrücken!«, dann ging's nicht
etwa lasch durch die Wirtshaustür, sondern: Stech-
schritt! Mitglied der Fahnenabordnung, das war was...
Und wer zog die Toten aus den Autos? Wer war von der
Feuerwehr dazu ernannt worden? Er, Albert Stuck!

Der Totengräber, vor sich hin brummelnd, dabei wie
eh und je in steifer Haltung im Sattel sitzend, hatte
den schmalen Teerweg erreicht, der, von der Landstraße kommend, sich am Waldrand entlangschlän-
gelte und ein Dutzend Höfe und Häuser im Bogen miteinander verband, ehe er wieder in die Landstraße ein-
mündete.

Rechter Hand lag der schmucke Waldgärtnerhof, lin-
ker Hand, in einem von zweihundertjährigen Eichen
umstandenen langgestreckten Fachwerkhaus, verbrachte Jungs ehemaliger Berliner Kompagnon gemeinsam mit einem zwanzig Jahre jüngeren Weib
seine alten Tage, strich von hier aus durch die Gegend
und zählte Eulen. Die gab es wieder in erstaunlicher
Anzahl, und es war hübsch anzusehen, wenn sie im
Dämmerlicht mit ihren runden Köpfen von der Wald-
grenze niedrig fliegend, lautlos schwebend über ein
Stück Feld oder Weide glitten.

Albert wußte selbst nicht, warum er seinen Arm, die
Fahrtrichtung anzeigend, links rausstreckte; er streckte

den Arm lang heraus – und fuhr geradeaus weiter über
den Teerweg, knapp vorbei an einem Vogelbeerbaum,
hinein in einen schlappen Weidezaun, kippte um und
blieb erst mal liegen. Er war stockbetrunken.

Stuck war nicht etwa nur seit zwei Stunden betrunken,
er war seit zwei Tagen, zwei Wochen, zwei Monaten,
zwei Jahren betrunken, und zwar dermaßen, daß ihm
kaum jemand noch Arbeit anbot und ihm nur die Gräber blieben.

Bruder Klaus und Schwester Erna fütterten ihn zu
Hause mit durch, denn sein Geld gab er für Köm und
Bier aus, anderes trank er nicht.

Seine Schwester hatte sie nicht alle, trat nur nach draußen, um den Schäferhund im Zwinger zu füttern, einen
gefährlichen Hund, der schon den Hauptwachtmeister
Nuß aus Cadenberge in den Streifenwagen zurückge-
jagt hatte.

Albert genoß es, auf dem Rücken zu liegen und ein bißchen einzunicken: Erna kochte gut, und Klaus konnte
mit Maschinen umgehen – der war nicht dumm! Ärgerlich, daß sie alle drei sterilisiert worden waren.

Aber ficken kann ich trotzdem, dachte er selbstzufrie-
den. Vier- bis fünfmal im Jahr fuhr er mit dem Zug von
Cadenberge über Cuxhaven nach Bremerhaven zu Monika in die Lessingstraße. Bei der blieb er dann eine
volle Stunde, und Monika äußerte sich bewundernd
über seinen Schwanz und daß der wie eine Eins stand,
wie eine Eins! Stuck kicherte dämlich. Ich weiß, daß ich
gegen den Zaun gefahren bin, das weiß ich ...

Es hätte ihn wohl in den Schlaf geschickt, wäre nicht
Heiner Carstens an der Spitze von zwanzig rotbraunen
Pferdchen, auf denen hübsche Mädchen mit schwar-
zen Reiterkappen saßen, dahergeritten gekommen,

diesen langen, lebendigen Zug in den Wald hineinzu-
steuern, wo es dann an Oelgießers Anwesen vorbeiging
und über den Kreienberg tief in die Wingst, die für
wohlbehütete, vornehme Kinder geheimnisvoll und an
den düsteren Plätzen, zu denen die Ritte in der Dämmerung führen mußten, furchterregend war.

»Was ist los, Albert? Hast du die Kurve nicht gekriegt?«
Heiner grinste, hob die Hand zum Gruß und bog ab,
während ein paar Mädchen lachten, als Stuck unter
dem Stacheldraht auf sein Rad zukroch.

Schwerfällig kam er hoch, stellte das Rad auf, sagte
nichts, grüßte nicht, mußte aber noch mal auf die
Weide zurück, weil dort sein Hut lag.

Er war als Totengräber ordentlich angezogen, vollständig, wie sein Vater zu sagen pflegte, und was in Weißenmoor, Süderbusch, Bargkamp, Langenfelde und
Westerhamm starb, das vertraute sich seinem Spaten
an. Auf drei Friedhöfen grub er, und manchmal wurde
Stuck ersucht, noch in Oppeln auszuhelfen, dort ging es
schwer in die Erde, das war Kleiboden, und in Weißenmoor bereitete die Arbeit auch wenig Vergnügen, weil
man ständig im Wasser stand.

Was gab es denn hier anderes als Wind, Wolken, Wasser, Weide!

Nördlich Oppeln lag das Land unter dem Meeresspie-
gel, war durchzogen von unzähligen Entwässerungs-
gräben, gespickt mit Pumpstationen, versorgt mit zig-
tausend kleinen Brücken, die eine Verbindung zu den
Höfen und Weiden sicherten. Die Dörfer bestanden oft
nur aus einer einzigen Straße, die sich kilometerlang
hinzog. Eigentlich war das eine Landschaft für Pfahlbauten, Holländer, Moorsoldaten, Schnepfen.

Tatsächlich konnten jenseits des Balksees, auf dem die

großen Geschwader der Wildgänse zweimal im Jahr
zwischenlandeten, neben den lärmenden Kiebitzen
und Bekassinen, noch Brachvögel ausgemacht werden,
deren langgezogenen, klagenden Ruf Alberts einziger
Kumpel, der Arbeiter und Angler Alfred Hinsch, täu-
schend nachzuahmen wußte.

Albert machte sich nichts aus der Angelei, lag aber gelegentlich in Alfreds im Schilf verstecktem Ruderboot
und ließ sich dort vollaufen, während die Fische mit
dem Angelhaken spielten und die Schwalben durch
den warmen Sommerabend flitzten.

Jetzt, in der letzten Oktoberwoche, war zwar die schönste Zeit dahin, die Musik der Schützenfeste verklun-
gen, aber nun rückten endlich die Feste der Feuerweh-
ren auf das Programm, und die dunkelgrüne Schützenuniform war mit der dunkelblauen Uniform der Feuerwehr auszutauschen, kommandiert wurde in jedem
Falle, und ein Musikzug hielt sich in ständiger Bereit-
schaft, um mit Trommelwirbeln und hingebungsvoller
Pfeiferei Alarm in der Tierwelt auszulösen.

Daß Albert, der keine hundertfünfzig Meter mehr zu
radeln hatte, wieder mal gegen den Wind kreuzte, erkannte sein Nachbar Willi Heinemann, als er mit
seinem Kadett vor dem roten Backsteinhaus hielt, in
dem er mit seiner schlichten, liebenswerten Frau und
einem zwanzigjährigen, muffeligen Sohn mehr recht
als schlecht lebte, ein in der Gegend geachteter vierzig-
jähriger Maurer, dem ein jeder wohlgesonnen war, half
er doch in den Abendstunden mal hier mal da mit
seinem handwerklichen Geschick aus, ohne groß die
Hand aufzuhalten.

Sprachen die Leute von ihm, so nannten sie ihn »Klapper-Willi«, denn vor fünf Jahren hatte er es mit den

Nerven gehabt, sehr, sehr schlimm, und es war kein
Pfifferling mehr auf ihn gegeben worden; doch schrieb
man ihn zu früh ab. Aus dem Krankenhaus Reinken-
heide entlassen, fand er in Rechtsanwalt Jung einen
treuen Freund, der ihn im Urlaub drei Wochen lang
durch die Wingst schob, sogar den Silberberg hinauf,
dem höchsten Punkt im Elbe-Weser-Dreieck, dem
Idiotenhügel im Schneemonat, wenn die Skilangläufer
den Pferden Konkurrenz machten. »Die Wingst ist ein
Kleinod«, pflegte der Rechtsanwalt dann melancho-
lisch zu sagen, nippte er am dritten Glas Punsch.
Neben Klapper-Willi gab es noch Busch-Willi, der in
Angola mit den Portugiesen gekämpft hatte, und in Cadenberge Brett-Willi; wußte der nicht weiter, hieß es:
Da machen wir'n Brett vor!
Heinemann stellte den Motor ab, stieg mit langsamen
Bewegungen aus seiner Kiste und beobachtete Albert,
der seine grüne Winterjoppe bis zum Hals hoch zuge-
knöpft hatte. Vorgestern hatte es noch geregnet, pau-
senlos, dann schlug das Wetter binnen Stunden um,
letzte Nacht sank die Temperatur im weißen Licht
eines sich voll aufblähenden Mondes erstmals in diesem Herbst unter null Grad, und der Totengräber,
durch Erfahrung gewitzt, wußte, wie kalt es gegen
Morgen im Blaumann wurde, hing man in einem Graben fest, in dem womöglich Wasser stand. Seine grüne
Joppe war schwer und dick und aus reiner Wolle; die
trug er seit zehn Jahren, mit großen braunen Knöpfen
dran, die Erna bombenfest zurrte.
»Na, Albert«, rief sein Nachbar gutgelaunt, »laß dich
bloß nicht von Nuß erwischen! Der zieht dein Rad aus
dem Verkehr, ha!«
Tatsächlich hatte Hauptwachtmeister Nuß gedroht,

»beim nächsten Mal« für ein Radfahrverbot zu sorgen, aber bis vor die Tür war er nicht gekommen, weil es Mittag gewesen war und Erna grad den Schäferhund mit Futter versorgte. Das führte dann zu einer peinlichen Absetzbewegung. Stuck hielt. Es gelang ihm, nicht zu kippen, denn die Wut kräftigte ihn.

»Kennst du diese doofe Kuh? Die hat mich nicht zu Magnus reingelassen!« Willi wußte sofort Bescheid. »Mensch, mit dieser eingebildeten Tante red ich doch gar nicht. Laß die in Ruhe. Oelgießer kommt morgen bei uns in die Erde, dann ist die wieder weg.«

»Aber er ist mein Freund!«

Willi konnte nicht umhin, mitleidig zu lächeln: Was war Albert doch für ein seltener Schafskopf. »Hast du sein Grab ausgehoben?«

»Das mach ich morgen früh. Steh ganz früh auf, und in vier Stunden ist das Grab fertig. Einen Stein kriegt Magnus ja nicht. Seine Mutter hat auch keinen. Die waren nie in der Kirche. Graf Schwerin wird die Trauerrede halten, und Langbehn bringt den Sarg.«

Das stimmte. Gewöhnlich sprach Albert nicht mehr als zwei Sätze nacheinander; er mußte sehr aufgewühlt sein.

Morgen würde auch der Bürgermeister Dröge kommen und der Pastor aus Cadenberge, denn Magnus hatte für die Kapelle in Westerhamm das große Altarbild gestiftet, das hatte bestimmt zwei mal zwei Meter, aber der Herr Jesus Christus darauf war Albert einfach zu grau und zu verzweifelt und zu tot. Nur sein Blut, das Blut Gottes, floß rot und lebendig. Wenn Magnus kein Kreuz auf dem Grab wollte, warum malte er dann den gekreuzigten Sohn Gottes?

Morgen würde eine noble Schar dastehen, und hinterher gab es nicht mal Kaffee und Kuchen, ein wirkliches Trauerspiel, ging es Willi durch den Kopf.

Später saßen sechs Mann bis gegen Mitternacht, eine runde Stunde länger als sonst, in ihrer Stammkneipe Waidmannsruh am Tresen, aber ohne Stuck, der für gewöhnlich vormittags um elf hier auftauchte, um seine offizielle »Buddel Beer« zu genießen.

»Hoffentlich schmeißt Albert die Kränze morgen nicht wieder mit der Mistforke aufs Grab«, meinte Hempel, der Wirt, den Kopf fröhlich wiegend.

Hempel betrieb nicht nur die Kneipe, er führte mit seiner achtzigjährigen, stets in eine Kittelschürze geschnürten Mutter, der die blondweißen Haare seltsam zu Berge standen, ein ulkiges Lebensmitteldepot – und eine kleine Poststelle, die zweimal in der Woche Briefmarken feilbot; bei diesem Menschen, einem spindeldürren, vom Raucherhusten geplagten Junggesellen, dem ein unanständiges Verhältnis zu zwei umstrittenen Schwestern in Weißenmoor nachgesagt wurde, liefen alle Nachrichten der Urgemeinden zusammen – und wurden gnadenlos, aber nie wirklich unfair ausgewertet.

Mehr als Oelgießer stand an diesem Abend Edda Marx im Mittelpunkt, und man ließ, obschon sie für jeden eine Unbekannte war, kein gutes Haar an ihr.

Besonders Hempel, um die Totenfeier war er gebracht, Rücksicht brauchte er nicht zu nehmen, zog wie selten vom Leder, gemütlich auf seinem Stuhl hinter dem Schanktisch hockend, ein Bein über das andere schlagend, eine Zigarette nach der anderen paffend, bisweilen unangenehm hustend, die schmalen Finger vorstoßend, die Brille rückend, sich über das halbkahle Haupt streichend, sorgfältig und akzentuiert sprechend

— ein recht kluger Mann und ein unterhaltsamer Gast-
geber, der die Trinkliste selbst im Trubel (der entstand
in der Jagdzeit) nie aus dem Blick verlor, sie sorgfältig
und genau führte.

Ein kleines Bier kostete bei ihm eine Mark, ein Korn
das gleiche. Wer hier trank, war Arbeitsmann oder
Kleinbauer.

»Solche Frauen«, schloß er ein drittes oder viertes Plä-
doyer, »kannst du nur mit dem Arsch angucken«, und
die Männer am Tresen nickten beifällig.

Albert schlief derweil schon. Zur Verwunderung des
Bruders, aber mit ausdrücklicher Billigung Ernas, war
er nach dem Abendbrot in seiner Schlafkammer verschwunden, hatte seine Kleidung an ihren Platz ge-
hängt, sich ordentlich gewaschen, den Schlafanzug
übergestreift und sich ins Bett gelegt.

Daß er sich sauber hielt, dankte er der Schwester. Und
bei Monika in Bremerhaven erschien er nur geduscht
und mit dreimal gewaschenem Unterleib, der einen
Tag lang nach Nivea-Seife roch.

Der Schlaf des Totengräbers kannte keine Last; er legte
sich hin, schlief ein und bewegte sich nur wenig.
Träumte er, sah er ruhige, blasse Bilder, die nichts be-
deuteten.

In dieser Nacht jedoch passierte etwas Ungewöhnli-
ches: Nach Luft ringend, schreckte er hoch, das Herz
klopfte schnell und heftig, er fühlte einen Schmerz in
seiner Brust, Schweiß auf der Stirn, und in seinen Ohren summte und tuckerte es. Aber innerhalb von Sekunden fing er sich. Von draußen herein schien der
Mond durch die dünnen Vorhänge und sorgte im Zimmer für ein bläuliches Dämmerlicht.

Des Totengräbers Hand ging zur Nachttischlampe; er drückte vorsichtig auf ihren wackeligen Nippel und schaute, sich auf die Bettkante setzend, auf den Blechwecker: zwanzig nach eins.

Er fühlte sich in Ordnung, und sein Erstaunen hielt sich in Grenzen. Was hatte er da für einen Mist geträumt? Irgendwas mit Oelgießer... Er grübelte nicht lange nach, schlurfte zur Toilette, hockte sich zum Pinkeln hin, zog, in die Kammer zurückgekehrt, eine Flasche Bier unter dem Bett hervor, trank sie, für einen Augenblick an Monika und Edda denkend, in fünf Minuten aus, löschte das Licht, legte sich auf den Rücken und schnarchte.

Pünktlich um sechs Uhr dreißig saßen die Geschwister am Frühstückstisch. Klaus hatte eine Arbeit in Bülkau angenommen, sollte dort einen Garten glattmachen, und Albert hatte an diesem Tage schließlich das wichtigste Grab seines Lebens zu schaufeln, da hieß es, frisch und munter zu sein.

Klaus, nur um ein Jahr der ältere, ließ es sich, bot sich die Chance, nicht nehmen – gar nicht, um den Bruder zu verdrießen (was der nicht hören wollte, hörte er ohnehin nicht), wenn auch immer eingedenk ihres völlig unberechenbaren Vaters, eines vor fünfzehn Jahren durch eine Häckselmaschine umgekommenen Kleinbauern –, an die erste Pflicht des Menschen hier auf Erden zu gemahnen, nämlich »im Schweiße des Angesichtes« zu arbeiten.

Eines fiel selbst den unempfindlichen Geschwistern auf: Wenn er die Worte »im Schweiße des Angesichtes« sprach, klang die Stimme, als mische sich in ihr ein Ton gehorsamer Zustimmung mit dem Klang trotzigen Aufbegehrens.

Früher hatte Albert Klaus die »großen Sprüche« ver-
übelt, inzwischen gaben sie ihm die Bestätigung, noch
am Leben teilzunehmen, denn daß er irgendwie nach-
gelassen und daß dies mit der Sauferei zu tun hatte, begriff er. Doch er *mußte* sich benebeln, wollte nicht mehr
klaren Kopfes sein – für wen?
Ich habe in den letzten zwanzig Jahren ein gutes Dutzend Leichen aus den Autos gekratzt! Und heute werde
ich Magnus ein Grab bauen, ein reines, mustergültiges
Grab für meinen Freund, den Könner ... Sofort fiel ihm
dessen Tochter ein, und er hörte auf, sein mit Käse be-
legtes Schwarzbrot zu essen: Die ist zu schön. Eine Un-
gerechtigkeit. Sein Blick glitt über die Schwester, mit der
er sich in Jünglingsjahren, ohne daß sie gewagt hätte,
einen Mucks von sich zu geben, im Schweinestall ver-
gnügt hatte: Mein Gott, sie sieht aus wie eine Hexe.
Der Vater hatte sie so genannt: Kleine Schutthexe.
Bei ihrer Geburt starb die Mutter, eine geborene Brink
aus Westerhamm, die aber angeblich gar keine Brink
war.
Der Totengräber machte sich Gedanken über seine Familie: Im Gesicht der Schwester saß alles schief. Aber
ihr Hintern konnte sich sehen lassen, das war ein Apfel-
hintern. Und außerdem kochte sie guten Kaffee, und
im November gab es wieder Grünkohl und Pinkel, darauf verstand sie sich.
Klaus nahm Abschied, als ginge er für drei Jahre ins
Ausland. Verließ er das Haus, gab er beiden Geschwistern stets die Hand und guckte sie lange und ernst an.
Er fuhr einen wirklich schönen Kombi mit Anhänger-
kupplung. Albert erwähnte das, sobald bei einer Unterhaltung die Rede auf seinen Bruder kam; aber die Leute
wußten bereits, was für ein schönes Auto Klaus fuhr.

Albert half der Schwester, die vor sich hinsummte, bei der Küchenarbeit; sie wusch, er trocknete ab. Bei dieser Tätigkeit unterhielten sie sich und hatten Gefallen daran. Erna redete sonst nicht, nur noch mit dem Hund. Fütterte sie diesen, guckte sie sich auch einmal um, sah in die Wolken und in die Bäume, warf einen Blick über den Gemüsegarten, den die Brüder bestellten, und ihre Nasenflügel blähten sich, weil sie etwas Schönes roch.

Die Frau reinigte die schweren schwarzen Arbeitsstiefel der Brüder, machte sie sorgfältig sauber und fettete sie ein, auch die Sohle und den Steg; sie rieb sogar die eisenbeschlagenen Spitzen. Und an den Blaumännern saß nie ein Knopf lose.

»Sie hat etwas Ehrenhaftes!« stellte Klaus unter seinen Bekannten von Zeit zu Zeit richtig, machte jemand in seiner Gegenwart über die Schwester eine abfällige Bemerkung; dann »griff er ein«, wie er es nannte.

In Alberts Beisein wagte niemand, über Erna schlecht zu sprechen, weil er vor Jahren, als sie mit mehreren Männern im Wald Holz schlugen, dem Kapitän der Thekenmannschaft, der sich einen Witz auf »Fräulein Stucks« Kosten erlaubte, zwei Zehen mit der Säge wegrasiert hatte – der spielte nie mehr Fußball.

Graf Schwerin war es zu danken, daß die Sache als Arbeitsunfall bewertet und so zu den Akten gelegt wurde; doch in den Dörfern ging »die Story« – so Wirt Hempel von der Waidmannsruh – lang um. Auf den Totengräber wurde damals mit Fingern gezeigt.

Albert verließ das Haus auch an diesem Morgen grußlos; er kam ja wieder.

Das ist schön heute!

Und so war's: Klare Luft, eine angenehme Kühle, eine
farbkräftige, gesunde Welt. Keine acht Uhr und von der
Sonne schon viel zu sehen. Der Totengräber radelte zum
Westerhammer Friedhof sechshundert Meter quer
durch die Weiden und sagte sich: Kühe fressen wohl immer. Auch etwas, was er nie begreifen würde.

Die Kapelle, Ausdruck kirchlicher Präsentation, auf
Wunsch der Gräfin Schwerin errichtet, stand nun zehn
Jahre, der dunkle, adrette Holzschuppen dahinter seit
ewigen Zeiten; in ihm brachte man die Arbeitsgeräte
unter, Gießkannen, Säcke mit Kieselsteinen für die
Wege; vorübergehend lagerten hier Grabsteine, immer
wurde Torfmull für Gärtner und Privatleute bereitgehal-
ten. Der Friedhof zählte hundertzwanzig Gräber.

Herr Stuck, nun zu seiner Amtshandlung schreitend,
lehnte das Rad behutsam an den Schuppen, zog seine
grüne Joppe aus, hängte sie an den Nagel, führte den
dicken Schlüssel in das klobige Schloß ein, packte
Schaufel und Spaten, schritt hurtig zur Grabstelle, die
er längst mit vier Pflöcken ausgesteckt hatte und legte
los, ganz gleichmäßig arbeitend, keine Pause ma-
chend, nicht einmal aufsehend, nur an Magnus denkend – voller Wärme.

Wie er an den Maler Oelgießer dachte, so denkt der
Mensch nur, wenn er von einem Mitmenschen viel Gutes erfahren hat, ihm dieses vergelten möchte, aber um
die Grenzen seiner Möglichkeiten weiß. Weil der Totengräber aufrichtig und entsetzlich innig zu Werke
ging, maß er jedem Spatenstich und jeder Schaufel
Erde eine spinnerhafte Bedeutung bei; gewiß arbeitete
er ordentlich wie nie, aber viel zu nachdenklich und
schwärmerisch: Indes hatte Oelgießer ihm, und nur
ihm, lange Vorträge – nichts als klassische Monologe –

über Michelangelo, Rubens, Dürer, Renoir gehalten.
Mußte das nicht Spuren hinterlassen! Weil er langsamer als erwartet vorankam, holte Albert sich eine Buddel Köm aus dem Schuppenversteck und setzte sie noch
im Gehen an den Hals, dabei beobachtet von der Witwe
Hinrichs, die in einer ehemaligen Tierarztpraxis auf
der anderen Seite der Landstraße wohnte und das
Schlüsselbund der Kapelle verwaltete, dem Totengräber allerdings auch heute, obwohl kein x-beliebiger
Sterblicher in der Erde verschwand, eher gelangweilt
denn skeptisch zuschaute, weil sie ihn gut kannte: Das
Loch würde rechtzeitig groß genug sein.

Albert, ein angenehmes Brennen im Hals, ärgerte sich
über Langbehn, den Leichenbestatter aus Cadenberge,
mit dem er sich »abstimmen« mußte – der konnte ihn
am Arsch lecken. Was der für ein Geld kassierte für das
bißchen Waschen und die stoffausgeschlagenen Särge,
eine Schweinerei ...

Verstimmt legte er sich in die aufgeworfene Erde,
spürte Steine im Rücken und geriet in eine aggressive
Stimmung: Wieso mußte Magnus, ein Künstler, der sogar, dafür gab es Zeugen, von Professoren besucht worden war, in dieser verdammten Heidenecke am Friedhofsrand, dicht an der Ligusterhecke eingebuddelt
werden, wo man den Boden regelrecht aufbrechen, zur
Spitzhacke greifen mußte, weil er mit faustgroßen Steinen durchsetzt war?

Stuck, der mit der Spitzhacke erst im Januar und Februar zulangte, spuckte hinter sich und guckte auf die
Pulle: Der Schluck tut mir gut. Nun aber ran an die
Arbeit!

Er drehte den Flaschenverschluß fest bis es knirschte,
schnappte den Spaten und schuftete eine halbe Stunde

lang wie ein Blöder. Dabei sah er die Porträts vor sich: Zwanzig Porträts! Von welchem Menschen gibt es eigentlich zwanzig Porträts?

Zwei große Becher Kaffee am Morgen und der Viertelliter Schnaps ließen ihn in Schweiß geraten; sein Herz pumpte mitgenommen, schlug unregelmäßig, aber der Totengräber gönnte sich während dreißig Minuten kein Aufblicken und kein Durchatmen. Erschöpft hielt er endlich inne, und er besah sich seine geradezu unmenschliche Leistung: Um neun Uhr zwanzig war das Grab fast fertig. Und dank der Bodenbeschaffenheit kam er ohne Schalbretter aus.

Albert angelte nach der Kömpulle, wischte sich die Stirn, drückte den Schweiß aus den Augenbrauen, hockte sich in das Grab und gönnte sich einen Schluck.

hber nur diesen einen! ... Oh, heute werd ich mich nicht betrinken. Ich werd klar sein im Kopf. Erna hat mir den schwarzen Anzug schon rausgelegt, und in einer halben Stunde bin ich hier fertig, dann steig ich in die Badewanne, dann werde ich mir frische Wäsche anziehen, den Anzug anlegen, das weiße Hemd, die schwarze Krawatte, und ich werde meinen Zylinder aufsetzen, den werd ich ziehen, wenn Magnus in der Erde verschwindet – in meinem Grab!

Stuck wurde von einer alles vernichtenden Rührseligkeit ergriffen, und er zitterte, ohne es zu registrieren, am ganzen Leib, den es nach Wasser dürstete, nicht aber nach billigem Schnaps. Schon war die Flasche mehr als halb leer.

Ohne es sich zu vergegenwärtigen, geriet der Hilfsarbeiter ins Dösen, nickte sogar ein, phantasierte und träumte vor sich hin, schlief.

Kurz vor elf Uhr donnerte ein Schwertransporter des

Bülkauer Sägewerkes über die Landstraße und weckte
den Totengräber, der mit schlechtem Gewissen, belächelt von der ans Fenster getretenen Witwe Hinrichs,
aus dem Grab krabbelte, zur Pumpe torkelte, den
Schwengel in Bewegung setzte und sich mit eiskaltem
Wasser in die Wirklichkeit zurückholte. Ein riesiges
Taschentuch aus der Hose ziehend, war ihm bewußt,
nun letzte Hand anlegen zu müssen. Indes, als er sich
am Grab stehend das Haupt trocknete, gönnte er sich
ein Gefühl der Selbstzufriedenheit: Die Arbeit sah gut
aus, der Rest wäre rasch getan.

So griff er wieder zum Spaten, abgekühlt und erhitzt,
frisch und benommen zugleich, sich eben befindend in
dem geistigen und körperlichen Zustand eines Menschen, der einer zerstörerischen Droge verfallen ist und
seinen Zustand nicht mehr einschätzen kann, zumal
seine Urteilsfähigkeit durch lichte Momente einer voll-
ständigen Irritation unterliegt.

Albert Stuck arbeitete mechanisch vor sich hin, als um
elf Uhr dreißig Edda Marx – Tochter des Heimatmalers
Oelgießer, Geschäftsführerin dreier exklusiver Läden
für modische Neuheiten, Partnerin eines dicklichen,
stinkreichen Brokers – neben dem Grab auftauchte,
lautlos, zynisch lächelnd.

Der Totengräber, ohne angesprochen zu sein, schaute,
einen süßlichen Duft wahrnehmend, aus seinem Loch
hoch; das Grab war eigentlich fertig, aber drum herum
sah es, der Steine und herausgerissener kleiner Pflanzen wegen, noch ein wenig wüst aus.

»So kann das aber nicht bleiben! Daß auf Sie Verlaß
wäre, versicherte mir Herr Langbehn, aber ...«

Wie Albert zur ihr emporblickte, wirkte er ungerührt.
Sie trug Schwarz, aber was für ein Schwarz: Die sieht

schlimmer aus als manche Nutten in der Lessingstraße. Und wie die mich anguckt – wie eine Königin. Für sie bin ich nichts, noch nicht einmal ein Hund, den man streichelt, wenn man ihm ein Stück Wurst hinhält.

Sein Gefühl trog ihn nicht.

Mein Gott, bloß kein Gespräch mit diesem Trottel ...

Das schwarze Lederkostüm, klassisch geschnitten, betonte ihre Weiblichkeit, ließ die Hüften hervortreten, die Brüste sich darbieten, nicht unanständig, aber dem männlichen Auge gefällig.

Warm geworden war es, fast fünfzehn Grad, und so hatte sie den Mantel in ihrem Wagen, einem anthrazitfarbenen Saab, zurückgelassen.

Von den sechs jungen Linden vor der Kapelle löste sich alle Sekunden ein Blatt so sanft, als würde es von einer unsichtbaren Fee gepflückt. Die Witwe Hinrichs, noch keine Märchengestalt, hatte das Auto wohl vor der Kapelle haltmachen hören, aber nicht hinausgeschaut aus dem Küchenfenster, galt doch ihre ganze Aufmerksamkeit jetzt den geliebten Kochtöpfen: Um Punkt zwölf Uhr aß sie zu Mittag, da mochte sich der Himmel verfinstern.

Albert stand bis zur Brust im Grab; die Augen und die Lippen zusammengekniffen, lehnte er sich zurück, als suche er Halt. Langsam, aus einer Starre sich lösend, hoben sich die Arme, legten sich links und rechts auf die Erde ab mit Händen, die in den aufgeworfenen Boden griffen. Die Frau, ihren Mund verziehend, deutete mit dem Finger auf die Erdhügelchen; sie stand mit leicht gespreizten Beinen, zwischen denen sich der Stoff spannte; ärgerlich runzelte sich ihre Stirn, sie öffnete den Mund, wollte etwas sagen, stockte, machte eine Geste der Mißbilligung, schickte zu gehen sich an, mußte in dieser Minute eigentlich einen Telefonanruf nach Hamburg erledigen, aber statt sich zu entfernen, amüsierte sie nun, wie unbeholfen dieser zurückgebliebene Dörfler aus dem Rechteck zu krabbeln sich anschickte — und sie dabei, einem stumpfen Ochsen gleich, die Augen nun aufgesperrt, anschaute, als wolle er eine wichtige Erklärung abgeben oder eine Bitte äußern, wahrscheinlich um ein Trinkgeld betteln, von diesen Kretins war schließlich nichts anderes zu erwarten.

Noch niemals hatte Albert Stuck sein jämmerliches Leben so klar vor Augen, noch nie war ihm so zu Bewußtsein gekommen, was ihm, einem vergeblich auf Liebe und Anerkennung Hoffenden, das Leben an sichtbaren, strahlenden Werten vorenthielt: Schönheit, Wohlstand, Autorität. Und diese Frau, dieser verführerische, herrische, schwarze Engel, verkörperte seine geheimste Sehnsucht, und so, von plötzlicher Leidenschaft und schmerzendem Haß erfüllt, stieß er, der plumpe, schmutzige Arbeiter, halb noch im Grab und halb heraus, mit einem Arm vor, packte in den glatten Stoff des Rocks, riß die Frau zu sich herunter, und die zweite Hand ging gleich an ihre Kehle: Sie sanken ins Grab.

Jede seiner Bewegungen war nun gewalttätig. Ihr Hals erschien ihm wie ein schlanker Birkenstamm, und während er in sie eindrang, zerbrach er, ohne es zu beabsichtigen, der Tochter seines Freundes, einem hochfahrenden, selbstgefälligen Weib, mit dem Daumen der rechten Hand den Kehlkopf. Er bemerkte es überhaupt nicht, denn wie in einem großen Rausch, der kein Denken zuließ, fühlte er seine Kraft und eine so nie empfundene Befriedigung.

Wer in der Gegend konnte besser und schneller als er

erkennen, ob ein Mensch wirklich tot war: Die ist mausetot! dachte Albert Stuck, wurde für ein paar Sekunden wehleidig, fühlte sich dann stolz, atmete tief durch,
schlug den Dreck aus seinem Hut, spuckte aus, und
während er an seiner Hose herumnestelte, hörten die
Hände auf zu zittern, der ganze Körper wurde still;
einem wachsamen Tier gleich sah er, den Kopf drehend, aus dem Grab heraus, dann auf sein Handgelenk: Es war elf Uhr vierzig.
Er schaute auf die Tote herab, schaute von oben auf sie
herab und genoß ihren Anblick: Das war seine erste Frau,
leider tot. Erna und Monika zählten nicht richtig. Die
meisten Männer, praktisch alle, würden eine solche Frau
nicht bekommen – und er hatte sie gehabt! Angenehme
Schauder jagten ihm über den Rücken: Was konnte ihm
jetzt schon passieren! Wer ihm etwas tun?
Der Friedhof sah hübsch aus im reinen Licht des Oktober: Das Grün der Gewächse leuchtete, rote und blaue
Herbstblumen standen auf schwarzen Beeten, an den
Kanten der Grabsteine funkelten Kristalle, Schriftzei-
chen schimmerten weiß und golden, Moos glühte auf
grauem Granit, und die neuen Dachpfannen der Kapelle ließen diese merkwürdig groß erscheinen – als
stände hier heute eine Kirche!
Stuck ließ am Grab alles wie es war, trank die Flasche
Köm im Schuppen leer, zog die Winterjoppe über, stieg
auf sein Rad, fuhr, ohne jeden Seitenblick, unter dem
Fenster der Witwe Hinrichs entlang (die prüfte mit
einer Gabel gerade die kochenden Kartoffeln), hielt
vier Minuten später vor seiner Kneipe, erstand bei
Hempels struppeliger Mutter, die sich in ihren Pantof-
feln ruckartig über den Linoleumboden fortbewegte,
zwei Flaschen Köm und vier Dosen Bier, ließ sich das

Wechselgeld verrechnen, nahm im Vorraum noch einen langen Zug aus der Pulle, stopfte sich die Getränke in die Taschen und stampfte dann, stark schwitzend, den Lenker fest umklammernd, zur Anglerstraße, hielt aber nicht bei Alfred Hinsch, der war »auf Arbeit«, schielte nur kurz über dessen Grundstück, wo die Gänse schnatterten, die es Weihnachten gab.

Der Totengräber wollte zum Balksee, um sich in Alfreds Ruderboot zu setzen; vielleicht käme Alfred am Abend, und sie könnten dann schnacken. Obwohl der Schweiß ihm unentwegt in die Augen rann, ihm die Wäsche am Leib klebte, öffnete er keinen Knopf der dicken Jacke.

Ein Bauer zog mit Trecker und Pflug an ihm vorbei, hob die Hand zum Gruß. Albert bemerkte es nicht, sonst hätte er das Kinn leicht gehoben – das war seine Art. Den Lenker ließ er nicht los, und den Mund machte er nicht auf.

Eine Handvoll Leute sahen ihn auf seinem Weg, auch der Wirt des Gasthofs am Balksee, der draußen Laub harkte und sich wunderte, den Totengräber um diese Zeit hier vorbeiradeln zu sehen – und richtig, da guckte ein Flaschenhals aus der Joppe!

Mit diesem Stuck ist nichts mehr los. Der ist fertig. Na, was kümmert es mich ... Der Wirt schüttelte den Kopf. Wenn er so vor sich hin wurschtelte, das Sommergeschäft war gelaufen, träumte er vom nächsten Urlaub auf Gran Canaria. Er war sechzig und flog in jedem Januar mit seiner Frau drei Wochen dorthin, um gar nichts zu tun, gar nichts.

Albert zog sein Rad über einen Graben und versteckte es in einer kleinen verwilderten Schonung, die zum nächstgelegenen Bauernhof gehörte. Dann marschierte er sehr langsam, sich dicht an die niedrigen Gehölze haltend, etwa zweihundert Meter am Nordrand des Seegrundes entlang, die Stiefel immer halb im Wasser, aber die waren ja gut eingewichst, nur von ein paar Kühen und Vögeln beobachtet.

Bevor er sich durch die ineinander verwachsenen Erlen und Birken zwängte, warf er noch einen Blick über die Weiden zum Einzelgehöft hinüber, das jetzt, wo das Laub fiel, besser auszumachen war: So einen Hof, einen *eigenen* Hof hätte er sich gewünscht. Dann dort leben mit einer Frau und mit Kindern ... Die Tote! – Der Gedanke erschreckte ihn, und er zog eine Flasche hervor und trank kräftig.

Das Boot lag wie erwartet da, überdeckt mit einer Plane; unter der schlummerten ein paar grobe Armee-Wolldecken und ein halbvoller Kasten Bier – der Kasten Bier wurde niemals leer; Alfred sorgte ständig für Nachschub. Daneben stand eine Kiste mit Regenzeug, Stiefeln und Angelkram.

Albert griff nach einem Ruder und schob das Boot so weit aus dem Schilf, daß die Spitze mit der Sitzfläche gerade ein Stückchen vorguckte: So hatte Magnus das Boot gemalt – aus dem Schilf vorguckend!

Ein gemütliches Boot. Im Sommer bauten sie sich ein kleines Zelt darüber und blieben so manche Nacht damit auf dem Wasser, lauschten den Fischen. Der Totengräber machte es sich bequem, sein Kopf brannte, der See reflektierte ein ungewohnt grelles Licht, er mußte die Augen schließen, und dann trank und trank er.

Drei Stunden später fanden sie ihn mit einer alten Angelschnur um den Hals, seitlich am Boot hängend, sicher befestigt an einer blanken Dolle, den Hut tief in die Stirn gezogen.

Drei Personen vor dem Spiegel

Der Spiegel war einen Meter hoch und drei Meter breit, so daß er drei nebeneinander postierte Personen gut erfassen konnte.

Paul Rust war von seinen Eltern auf dem schweren Familiensessel gefesselt worden, einem wahren Thron aus Eiche und Leder, vom Vater so präpariert, daß der Sohn auch seine Notdurft darauf verrichten konnte, die Mutter säuberte ihn danach – wie war sie stolz gewesen, als der Junge schon mit sechs Monaten nicht mehr in die Windeln machte.

»Du sollst sehen, wie sehr wir dich lieben.«

Es waren die letzten Worte, die er gehört hatte – er hatte vorerst beschlossen, nichts mehr zu hören, und so hörte er nichts mehr, obwohl seine Eltern unablässig miteinander redeten; dabei ging es, wie er wußte, nicht nur um banales Zeug, obwohl dergleichen nicht zu kurz kam, nein, es wurde fleißig über den Zustand der Welt und des Lebens gestritten.

Natürlich sprachen sie ihren Sohn oft an, sie versuchten jedoch vergeblich, ihn in ihr Gespräch zu ziehen; er hörte nichts und antwortete nicht, er sah nur ihre eifrig sich regenden Münder und fragte sich, ob die Eltern wohl auch diesen bläulichen Ton wahrnahmen, der auf ihren Gesichtern lag und auf allen Dingen des Raumes, vor allem aber auf ihren Gesichtern; genaugenommen war es ein blaugrauer Ton, wie man ihn nur in man-

chen Regenwolken und in bestimmten Gesteinen entdecken konnte. Es war ein Farbton, der etwas Vitales,
Überdauerndes und Totes zugleich in sich barg.

Rust war sechsundzwanzig, und die Eltern hatten
seinen Besuch genutzt, ihn auszuschalten und festzu-
setzen; das war leicht gewesen, denn die Mutter kochte
vorzüglich.

Sein Vater, ehemals Leiter eines zentralen Postamtes
(und damit Vorgesetzter von hundertzwanzig Bedien-
steten), war eben pensioniert, aber gesund und zäh;
während die um fünfzehn Jahre jüngere Mutter mit geradezu hysterischer Lebenslust durch das Haus
rauschte und dabei Pläne für sein Alter schmiedete, die
sie ihrem Mann wortreich unterbreitete oder auch in
Selbstgesprächen reflektierte.

Bisweilen schien sie in eine geistige Verwirrung zu geraten, die jedoch nie obsiegte, da die Frau einen ausge-
prägten Sinn für das Praktische hatte, was sie immer
wieder stabilisierte – und nun war es der Sohn, um den
sie sich kümmern wollte. Alle anderen Dinge mußten
zunächst zurückstehen; das wäre gewiß nur ein vor-
übergehender Verzicht – als Kind war Paul auch
schwierig gewesen, aber man hatte nie länger als eine
Woche gebraucht, um ihn genau so hinzubiegen, wie
man ihn haben wollte.

Jetzt planten die Eltern vielleicht vierzehn Tage ein –
darüber war Rust sich im klaren –, und sie würden ihm
all die Aufmerksamkeit schenken, die sie nur aufbräch-
ten. Schon die Art seiner Fesselung machte ihm deutlich, wie gut sie es meinten: Bis auf den Kopf, die Finger
und die Zehen konnte er nichts bewegen.

»Was bist du nur für ein unruhiger Geist«, hatten sie
früher oft sagen müssen; zu Anfang hatte das noch rat-

los geklungen, später meistens ärgerlich und wütend, und die Mutter hatte ihm dann unter Drohungen und dunklen Prophezeiungen eine Medizin verabreicht, in der Regel Tropfen aus braunen Glasflaschen, manchmal auch Tabletten, die sie im Wasserglas auflöste, indem sie diese nervös und energisch mit der Teelöffelspitze oder dem Messerknauf zerstieß.

Sie war kurze Zeit Krankenschwester gewesen und neigte dazu, an Paul, der sich zu Recht für einen kerngesunden, kräftigen und eigentlich prachtvollen Burschen hielt, ständig nach Krankheiten und Abweichungen zu suchen, für deren Regulierungen sie dann eine ganze Kompanie von Ärzten, später auch Heilpraktikern, in die Pflicht nahm; denen sah sie auf die Finger.

Ihr erster, wesentlich älterer Sohn, Pauls rothaariger Bruder Christian, war auf ihre Bitte hin Mediziner geworden, allerdings ohne sich selbst vor einer tödlichen Ansteckung bewahren zu können. Nein, dachte Paul, Mutter ist fromm, und Vater will für mich nur das Beste.

Dies war auch nicht anders gewesen, wenn sie ihm in der Kindheit mit der Erziehungsanstalt gedroht hatten, einer auf die Pädagogik spezialisierten Einrichtung, die Kniffe kannte. Wie oft tastete er sich in Gedanken an eine solche Feste der Erziehung heran, die er sich umschlossen von hohen Mauern vorstellte, umgeben von einem breiten Graben, abgelegen, ohne Himmel, unerreichbar für ein Signal.

Die Eltern hatten ihn mit einem Schlafmittel mattgesetzt, und er war sich nicht sicher, ob sie an ihm nicht die Wirkung der allerunterschiedlichsten Medikamente studieren würden, schwiege er noch länger; aber er schwieg schon eine ganze Woche lang —

und sie hatten noch nicht ein einziges Mal mit ihm geschimpft.

Wenn sie sich neben ihm aufbauten – was sie morgens und abends vor dem Essen taten – und recht freundlich zu ihm sprachen, las er von des Vaters Lippen immer wieder das Wort »Anpassung«, während die Mutter unentwegt »vernünftig sein« sagte; mitunter sagte sie auch »der liebe Gott« oder »der Herrgott« und »verlorener Sohn«.

Nach ihren Reden – fortwährend unterbrachen sie einander – pflegten sie sich an ihn heranzudrängen, ihre Wangen an die seinen zu drücken und ihm ein paarmal die Schulter zu reiben – dann wurde von der Mutter serviert und zugefüttert, während der Vater, eine Hand in der Hosentasche, dabeistand und gerührt zuguckte.

Er war ein mittelgroßer Herr mit einer Halbglatze, einem breiten Haarkranz, einem dunklen Grübchen im feinen, aber scharfkantigen Kinn und einer teddyartigen Figur; er hatte sich früher als Turner ausgezeichnet und beherrschte noch immer den Handstand auf einem Arm: Auf den Betriebsfesten der Post war das ein Höhepunkt gewesen, wenn der Chef, stark angeheitert, endlich dem Bitten und Drängen seiner Kollegen nachgab und den einarmigen Handstand vorführte und andere, manchmal gewagte Übungen zwischen Tisch und Stuhl, die ein Raunen der Untergebenen hervorriefen. Er war ein geselliger Typ und ein ausgesprochen beliebter Amtsleiter, kompetent, fair und fürsorglich.

Seine Augen glichen Haselnüssen, blinkende, sehr rege Kugeln unter einer massiven Stirn; seine Haut leuchtete in einem künstlich wirkenden Weiß. Rasierte er sich einen Tag nicht, an den Wochenenden gönnte er sich diese Nachlässigkeit hin und wieder, keimten rote

Bartstoppeln, die aus einem menschenfreundlichen ein gefährliches, beinahe verbrecherisches Antlitz machten. Ein federnder, kraftvoller Gang und eine harte, durchdringende Baritonstimme gaben seiner Erscheinung und seinem Auftreten etwas Respekteinflößendes. Aber jedermann durfte sich seiner Zugänglichkeit versichert fühlen, und daheim liebte er es behaglich und gemütlich. Allerdings ... Pflicht und Ordnung! Er tat seine Pflicht, und er hielt Ordnung. Also mußten die Söhne auch ihre Pflicht tun und Ordnung halten.

Paul wollte das nicht. Und deshalb gab es die Übungen zur Ordnung, die Überprüfungen und die Medikamente. Und deshalb gingen die Eltern mit ihm zum Gesundheitsamt und ließen ihn auf seinen Geisteszustand untersuchen; eine Art Psychologe sagte: »Mittelprächtig!«

Damit war der Vater aber nicht einverstanden, der Mutter paßte es auch nicht, nur Paul grinste, weil er seinen Geisteszustand nüchterner beurteilte – er hielt ihn für unterkühlt, dabei handlungsbereit, behielt dies aber für sich. Das Ausfüllen von Testbögen blieb ihm in seiner Erinnerung ein vergnüglicher Vorgang, der ihn das Paradoxe der Täuschung lehrte. Seit diesem unvergeßlichen Tag im Gesundheitsamt, er war elf Jahre alt, liebte er Zahnräder.

Ein mitleidiger Arzt, das Mitleid galt natürlich seiner Mutter, hatte ihm dann eine Serie großkalibriger Spritzen verpaßt, die nicht besonders schadeten. Aber ein Mensch vergaß solche Impfungen nicht und gewährte nur in einem Augenblick der Schwermut das ihnen zukommende Maß der Dankbarkeit.

Paul wußte das Gift der Tabletten mit Gleichmut zu schlucken. Fast desinteressiert zermahlten seine Zähne

Pillen, die ganz zu lassen ihm befohlen war. Und ohne jede Aufgeregtheit saugte er das teuflische Zeug aus den Kanülen, vertraute er doch den Säften seines unzerstörbaren Leibes. Nichts an ihm war krank.

Die Mutter hielt selbst seine Füße für entstellt und hieß ihn Greifübungen mit den Zehen auszuführen, monatelang. Keineswegs schulte dies ihren Jüngsten in der gewünschten Weise. Nicht selten wurde er gefragt: »Hast du keine Schuhe?«

Paul Rust überprüfte jeden Tag seine Fesseln; die Eltern taten das auch. Sie kannten ihn, sie unterschätzten ihn nicht. Er war stark, und er aß gut, weil er bei Kräften bleiben wollte.

Die Fesseln bestanden aus dicken, strohigen Bindfäden, um die seine Mutter Halstücher, sein Vater Hosengürtel gezogen hatte, Hosengürtel, mit denen Paul in seiner Kindheit gezüchtigt worden war, ohne daß ihn dies länger als einen Tag gebessert hätte.

Die Mutter fütterte ihn geduldig, weil sie um ihn hoffte. »Lieber Gott, sei unser Gast« – diese Worte sprach sie, ehe das Menü begann. Man glaube nicht, daß sie es bei der Zubereitung des Essens an Können und Mühe hätte fehlen lassen!

Der Vater schenkte ihm zu trinken ein, des Abends auch ein Bier.

Der Spiegel zeigte ein friedliches Bild: In der Mitte den gefesselten Paul auf dem Thron, links vor ihm den Vater, rechts vor ihm die Mutter, zwischen beiden stand ein Teewagen, ein schöner Teewagen aus Nußbaum, mit goldenen Leisten, mit einem goldenen Handgriff und mit vier goldenen Rädern. Seit jeher nannte ihn die Mutter »unser goldenes Wägelchen«.

Das weiße Geschirr leuchtete, als stünde es auf einer Festtafel. Mag sein, dachte Paul, daß heut ein Festtag ist.

Die Farben der Speisen dünkten ihm unvermischt: Das Grün der Bohnen, das Gelb der Kartoffeln, das Braun von Fleisch und Soße. Doch als sein Blick auf den Salatteller traf, schmerzte ihn sein Kopf, und seine Hände zuckten: Das waren zu viele, das waren alle Farben – alle Farben auf einem einzigen Teller.

Seine Mutter wußte, wie sie ihn erniedrigen konnte!

Er schloß die Augen und suchte seine Gefühle zu beherrschen.

Niemand als die Mutter kannte den Grund für seine Erregung besser: Jahr für Jahr war er verschmitzt heimgekehrt, stand in der Schule der Kunstunterricht auf dem Plan. Doch nie erreichte er in diesem, seinem liebsten Fach ein »Sehr gut«. Ein, zwei Mitschüler waren genial, er nicht. Er war nur der Arbeiter, der seinen Schweiß ließ über den Farben. »Ein guter Versuch«, lautete das Urteil des Lehrers Bild um Bild. Aber Dietrich war genial; er saß direkt hinter Rust und schwitzte nicht mal beim Sport.

Paul starrte auf den Salatteller vor sich und auf den Salatteller im Spiegel: Zwei Stunden in der Woche habe ich mich mit unglaublicher Hingabe auf die Farben gestürzt, warum? Nie habe ich die Malerei studieren wollen, nie habe ich mich ihr in meinen Mußestunden gewidmet. Eigenartig.

Vielleicht war jede reine Farbe nichts anderes als das Blut von Lebewesen, die außerhalb der Welt menschlichen Erkennens existierten – er wollte sich nicht erinnern an die Schule, den Physikunterricht, die naturwissenschaftlichen Fächer und ihre anmaßende Exaktheit ...

Die drei Menschen befanden sich im Familienzimmer, in dem Christian, Paul und die Eltern fast zwanzig Jahre miteinander gelebt hatten – nun war Christian ein beerdigter Arzt, Paul ein Jurastudent; die Eltern glaubten jedenfalls, er studiere.

Sinn seines Besuches war vor allem gewesen, ihnen endlich mitzuteilen, wie wenig ihm an der Rechtswissenschaft, wie viel ihm an einer einfachen Erwerbstätigkeit (als Bademeister vielleicht) lag – aber sie wollten nichts davon hören, obwohl er vernünftig begonnen und – trotz sofortiger scharfer Einwände – seine Verständnis heischende Argumentation ruhig fortgesetzt hatte: Die Mutter verbat ihm den Mund (»Sei jetzt still!«), der Vater (»Geh in dich!«) zwang ihn zu einem Trunk unter Männern, der ein Besäufnis wurde, in dessen Mittelpunkt Preußen und die Dankbarkeit standen.

Wer soviel Gutes von seinen Eltern erfahren hatte wie Paul, mußte dankbar sein und das Begonnene ordentlich zu Ende bringen.

Solange er denken konnte, hatte die Mutter ihm mit Beruhigungsmitteln den Schwung genommen. Kam er aus der Schule, gab es Baldrian; brauste er durchs Haus, mußte er Tee trinken. Jeden Tag flößte sie ihm eine Kanne Beruhigungstee ein; abends gab es einen Becher warme Milch mit Honig: »Wir sind unruhig«, sagte seine Mutter oder: »Jetzt sind wir ruhig.«

Die Eltern ließen sich durch Pauls Anwesenheit nur bedingt in ihrem Lebensrhythmus stören. Sie wurschtelten im Haus und im Garten herum, schauten aber alle Stunde nach ihm.

Des Klaviers wegen hatten sie einst das Familienzimmer schalldicht machen lassen; kam Besuch – selbstverständlich empfingen sie weiterhin Gäste, sie nahmen schließlich am Leben mehrerer Vereine teil, hatten einen Freundeskreis und hielten gute Kontakte zu den Nachbarn –, klebte ihm die Mutter einfach den Mund zu.

Er hatte einige Male versucht, mit seinen Eltern über sein Hauptproblem zu sprechen, aber im letzten Augenblick verließ ihn immer der Mut.

Es war falsch gewesen, noch einmal nach Hause zu kommen, ein offensichtlich unverzeihlicher Fehler, aber er hatte im letzten halben Jahr die Überweisungen kassiert, ohne sich auch nur einmal blicken zu lassen. Einander Briefe zu schreiben, war keine Gepflogenheit der Familie, und in den Telefongesprächen ging es stets um die abschließenden Semester eines Studiums, dem er sich verweigerte.

Wollte er seine Notdurft verrichten, läutete er seiner Mutter mit einem Knopfdruck (die Klingel war eine kleine Tüftelei des Vaters); sie kam rasch und gern, auch in der Nacht, und sie säuberte ihn mit der Selbstverständlichkeit und Sorgfalt der geübten Krankenschwester. Immer noch war sie eine schöne Frau, beide Söhne hatten sich als Knaben in sie verliebt. Sie achtete sehr auf sich, und wenn sie neben Paul vor den Spiegel trat, konnte sie ihrer Wirkung auf ihn sicher sein. Nicht nur mit ihrem Leib, auch mit ihrem Gesicht brauchte sie keinen Vergleich mit Frauen zu scheuen, die in der Welt der Fotografie ihr Aussehen verkauften.

Paul hatte ihr Verhältnis zu Männern nie einschätzen können, aber mit seinem Bruder darüber gesprochen, der sie für ein Flittchen hielt, das es mit den Ärzten trieb, sich aber in Gesellschaft den Anschein einer tugendhaften Frau gab.

Mit jeder Einzelheit ihres Körpers zog sie die Blicke auf sich. Auch heute noch schauten sich junge Männer nach ihr um. Nur ihretwegen waren früher die Schulkameraden an der Haustür erschienen – und vor Respekt erblaßt, wenn sie ihnen öffnete.

Das Haus hielt sie sauber wie einen Operationssaal; das Mittagsmahl bereitete sie – trotz ihrer Fertigkeiten und ihrer Gabe für die Sache – in einem Zustand der Hektik und Ängstlichkeit vor. Was immer sie tat, sie wollte es perfekt tun: »Die Sache einer Frau beherrschen«, nannte sie das.

Pauls Vater war ständig fremdgegangen; sie duldete dies aus unerklärlichen Gründen und liebte ihre Söhne, für die das Schlafzimmer der Eltern eine seltsame, abstoßende Zone war. Aber wenn die Mutter ihre herrliche Leibwäsche auf die Leine hängte, wirkte das schamlos; sah ihr Paul dabei zu, zwinkerte sie ihn an.

Als er dreizehn war, fragte sie ihn, ob er onaniere; er leugnete, sie zeigte ihm die »Landkärtchen« in seinem Schlafanzug und meinte lächelnd: »Laß es in ein Papiertaschentuch spritzen.«

Bei diesen Worten war ihm, als verbrenne sein Gesicht. Später hatte er sich dafür gehaßt, sie zu lieben. Und den Vater verachtete er – denn er war nicht der Mann, für den Paul ihn gehalten hatte.

Irgendwann war Christian eine Andeutung darüber entschlüpft, mit wem ihr Vater fremdging – allein der Gedanke an dessen Abartigkeit erzeugte bei Paul eine Übelkeit, die ihn kraftlos machte.

Als er die Konstellation in seiner Familie einigermaßen begriffen hatte, feierte man seinen achtzehnten Geburtstag – und den Tod des Bruders. Ja, der Tod des Bruders war ein höchstes Fest gewesen: Weinend spielte Paul Klavier, der Vater hielt eine Rede mit grauem Gesicht, die Mutter sang Totenlieder mit der Stimme eines Engels.

Auf den Eichenthron mußte sich setzen, wer die Gemeinschaft der Familie beschämt oder wer sich um sie verdient gemacht hatte; pädagogisch war das nicht ungeschickt. Der Vater behielt sich selbstverständlich die jeweilige Entscheidung vor; er traf sie in priesterlicher Laune. Lachszenen blieben nicht aus.

Christian hatte selten, die Mutter häufiger auf dem Thron sitzen müssen: Darüber berichtete der Hüter dieser Ordnung, seine Frau bestätigte es kichernd – aber die Söhne hatten nie Zeuge sein dürfen: Der Stuhl wird zu diesem Zweck in das Schlafzimmer geschoben.

Die Eltern reisten einmal im Jahr für drei Wochen in den Urlaub, stets getrennt; auch das hatte Christian herausgebracht. Die Söhne wurden in dieser Zeit »deponiert«, wie der Vater es scherzhaft nannte.

Stets ging es mit irgendwelchen Jugendgruppen in süd- oder westeuropäische Länder, deren Sprachen man sich anzueignen hatte. Die Ausbildung ihrer Söhne ließen sich die Eltern einiges kosten. Sie selbst wirtschafteten überlegt und lebten in bescheidenem Wohlstand. Das Gehalt des Vaters war nicht schlecht, schloß indes Extravaganzen aus; scheinbar, denn der Amtsleiter verfügte über Nebeneinnahmen.

Paul spielte mit den Fingern an seinen Fesseln und suchte zu errechnen, welche Summe die musikalische Unterrichtung verschlungen haben mochte: Kein Zweifel, sein Vater hatte den Klavierlehrer ernährt. Und die Zimmer der Söhne standen mit Büchern voll. Und auf dem Dachboden schlummerten in großen Kisten Gerätschaften und Spielzeug von Kindheit und Jugend – diese Dinge legten Zeugnis ab.

Welcher andere Vater mit vergleichbarem Einkommen hatte seinen Kindern im Keller seines Hauses einen eigenen Sportraum eingerichtet?

Paul Rust spielte gelassen an seinen Fesseln; er konnte Hände und Füße bewegen, nahm sich aber nichts anderes vor, als ruhig abzuwarten und die Selbstdisziplin nicht zu verlieren. Und er begann davon zu träumen, sein verbleibendes Leben mit einfachen, schönen Arbeiten zu verbringen, eine einfache Stellung anzunehmen, vielleicht ein Gärtner zu sein, ein Chauffeur oder Pförtner. Es mußte ein Posten ohne Verantwortung, aber mit kleinen Pflichten sein. Und wenn er es wünschte, müßte er freiwillig etwas mehr tun dürfen. Je nach Wetterlage oder ... Museumswärter!

Als er am vierzehnten Tage seiner Gefangenschaft auf die Vorträge und Fragen seiner Eltern immer noch keine Antwort gegeben hatte, erschien sein Vater am darauffolgenden Morgen elegant gekleidet mit einem Koffer in der linken Hand und seinem Sommermantel über dem rechten Arm im Familienzimmer. Er trug einen hellen Hut auf dem Kopf, und aus der Brusttasche seines Jacketts schaute ein buntes Kavalierstuch. Es ging ein dezenter Duft von ihm aus, er lächelte, begann zu reden, aber Paul schaute nur kurz auf seine Lippen: Er betrachtete die ganze Gestalt des Vaters, als sähe er diesen zum letzten Mal, und er bestaunte die verblüffenden Gemeinsamkeiten mit seinem Erzeuger – die wachen bernsteinfarbenen Augen, die kräftige Nase, die saubere Geometrie der Kinnpartie, die untersetzte Turnerfigur.

Das war sein Vater, keine Frage – bürgerlich korrekt, gepflegt gekleidet; und das offene Gesicht zeigte den typischen harten, aber menschenfreundlichen, ja, humorvollen Ausdruck. Mit einem solchen alten Herrn konnte man sich weiß Gott sehen lassen.

War er nicht immer ein Mann der Wirklichkeit gewesen, ein sachlicher Mann mit quadratischen Händen, im Krieg Offizier einer Aufklärungseinheit?! Zweifellos pflegte er sein Gesicht mehr als andere Herren; im Bad standen einige Salben für ihn, und die verbliebenen Haare trug er in einem charakteristischen Soldatenschnitt – eine kleine Abweichung von der Norm, die er sich zugestand.

Sein Vater hörte auf zu reden, lächelte liebevoll und ein bißchen bitter: Paul wußte, was jetzt kam – ihm sollte ein Kuß auf den Mund gegeben werden und dann ein zweiter und ein dritter; lange Männerküsse.

Der Jüngling begann sich zu winden. Seit jeher versuchte er sich dieser herben, rauchigen Zärtlichkeit seines Vaters zu entziehen, und dabei hätte er oft genug nichts lieber getan, als seine Arme um diesen treuen Edelmann zu schlingen.

Geküßt hatte er seine Söhne allerdings immer, selten zwar, aber von Anfang an zu bestimmten feierlichen Anlässen; und dann mit großer Herzlichkeit und möglichst auf den Mund – für Paul nicht nur eine fremde Sitte, sondern vor allem eine befremdende, ungleich schlimmer als die Küsserei der Großeltern, die recht rüstig auf dem Lande lebten und regelmäßig besucht wurden, des Vaters hochbetagte Eltern – die der Mutter waren sehr früh kurz nacheinander verstorben; der engere Familienkreis war klein, der weitere aus verschiedenartigen Gründen ohne Bedeutung.

Paul, der nun den Kopf verzweifelt hin und her riß, um
dem Kuß zu entgehen, sah des Vaters Gesicht so blau
anlaufen, als flösse Tinte in dessen Adern. Auch zeigte
die Miene des Alten jetzt eine tiefe Enttäuschung und
die Verständnislosigkeit des Zurückgewiesenen; der
Widerwille des Sohnes erschreckte und verletzte.
Der Vater trat mit seiner Bewegung des Sich-Vorbeu-
gens einen Schritt nach hinten und erstarrrte für eine
Weile gleichsam in der ergebenen Haltung eines Die-
ners: Was, mochte er sich fragen, hatte er in der Erziehung seines Sohnes falsch gemacht?
Ich bin eine Pflanze, der zuviel Licht und Wasser zuteil
wurde. Ich bin ein Raubtier, dem man Tag für Tag die
besten Stücke Fleisch vorlegte, ein Wolf, der nie jagen
mußte, ich bin der heimliche Geliebte meiner Eltern,
dachte Paul, und zitternd studierte er im Spiegel mit
wachsender Furcht sein Antlitz – es schien ihm, als be-
gänne sein Fleisch darin zu wuchern, besonders die
Partie um den Mund. Der Vater bemerkte es und
brüllte plötzlich auf Soldatenart: »Du kriegst eine große
Schnauze, wenn du die Wörter zurückhältst!«
Und Paul wollte wieder hören: Er hörte jedes der ge-
brüllten Worte und genoß es.
Sein Vater lächelte, und um seine Augen wurde die
Haut ganz hell: »Wenn du willst, erzähle ich dir zum
Abschied noch ein Märchen, Paul.«
»Laß nur, Vater. Wie lange verreist du?« Er stellte die
Frage mit herablassender Höflichkeit und faßte das
Messer auf dem goldenen Wägelchen ins Auge, das
spitze, gezackte, schlanke Obstmesser.
»Vierzehn Tage. Oder zwei bis drei Monate. Vielleicht
einige Jahre, vielleicht für immer.«
»Für immer?«

»Mutter meint, das sei für uns die beste Lösung. Wenn es mich nicht mehr hier gäbe. Für dich, für sie, für mich.«

»Und Mutter?«

»Frag sie selbst.«

»Und meine Unruhe?«

»Frag Mutter ... Ich habe doch gut für dich gesorgt, Paul?«

Paul nickte.

»Ich habe dir das Radfahren beigebracht und das Schachspiel. Ich habe deine Schuhe lange geputzt und dir eine Briefmarkensammlung angelegt. Ich habe jahrelang mit dir geturnt und dir Musikinstrumente gekauft. Ich habe für euch gearbeitet, ein Haus gebaut, und ich bezahle dein Studium. Vor allem habe ich dich Pflicht und Ordnung gelehrt – kannst du mir das bestätigen, Paul?«

Paul nickte, und fröstelnd gedachte er jenes Tages, an dem der Spiegel, dieser beinahe unbestechliche, dieser immer mitleidlose Zeuge, von zwei fröhlichen Arbeitern ins Haus getragen und aufgehängt worden war: Seine Aufgabe war es, vor jedem Sonntagsspaziergang die Familie zu versammeln und sie als eine vorbildliche Einheit auf die Flanierwege der Stadt zu schicken, des ausgesuchten Grußes, der respektvollen Beachtung wert – »etwas sein«, das war des Vaters Maxime. Zählte er nicht zu den führenden Häuptern der Stadt?

»Pflicht und Ordnung«, wiederholte der Vater und setzte hinzu: »Das Wichtigste für jeden Menschen ist eine gute und anständige Familie in geordneten Verhältnissen.«

Paul sah, daß sein Vater weinte – zum ersten Mal in seinem Leben sah er seinen Vater weinen: Es war ein zu

Herzen gehendes Weinen, ein unterdrücktes, kummervolles, tieftrauriges, tränenloses Weinen mit zusammengepreßten, unmerklich zitternden Lippen und eigenartig klein werdenden Augen.

Die Mutter war in das Zimmer getreten, und Paul erkannte mit wachsendem Entsetzen den Verlust ihrer Schönheit: Von einer Stunde zur anderen hatte sie ihr jugendfrisches Aussehen eingebüßt. Der wunderbare Schimmer ihres kupfergoldenen Haares war erloschen; das Haar schien an Fülle verloren zu haben, und graue Strähnen verliehen ihm die unsaubere Farbe des Alterns. Das Gesicht wirkte müde; die Falten, nachgezogen wie mit schmutzigem Griffel, gaben ihm etwas Abweisendes und Strenges. Die unglaublichsten Veränderungen fielen jedoch an ihren Bewegungen auf: Sie ging, als suche sie mit jedem Schritt Halt – als lerne sie gehen!

Mit linkischen Gesten trat sie an die freie Seite des Thrones neben den Sohn, der erschauderte: Alle drei Personen, vom Spiegel zynisch verdoppelt, mußten Kunstfiguren sein, groteske, menschenähnliche Puppen, herausgenommen aus einer theatralischen Schaufensterdekoration, aufgestellt von einem unsichtbaren Magier, der sich hinter dem Vorhang daran weidete, wie die Reflexion seine Geschöpfe bloßstellte – mit ihren verdorbenen Seelen, ihren hinfälligen Leibern und dem verzweifelten Begehren in den Augen. Und irgendwo, nein, genau über der durchsichtigen Zimmerdecke, lauerte die Meute der auf Sänften herangeführten Zuschauerschaft und genierte sich nicht, eine Ermunterung loszuwerden, Dummheiten zu prahlen, Befehle auszustoßen.

Weintraubengroße Blutstropfen lösten sich aus den herabhängenden Händen der Mutter, deren Rock halb

zerrissen war und eine dunkelnde, ölig glänzende
Scham freigab. Ihre großen Brüste, einst ein stolzer
Reiz, hingen gleich unförmigen Klumpen unter einer
verschlissenen Bluse, in deren Ausschnitt eine Weiße
Nelke dorrte. Der abgewetzte Gürtel saß schief und lächerlich stramm; seine Schnalle war defekt. Die dicke
Perlenkette, ihr bevorzugter Schmuck, glich einer Wu-
cherung, die den Hals entstellte. Aus einem Ohr rann
eine braune Flüssigkeit bis zum verrutschten Polster-
stück auf der Schulter, und die einst so verführerisch
vollen Lippen der Frau waren so ausgetrocknet, daß
sich Fasern von ihnen lösten.

Das Gesicht des Vaters schillerte jetzt in blauen, roten
und gelben Tönen. Endlich ließ er Tränen – sie fielen in
einer glatten, dünnen Linie über die Wangenknochen
bis auf den wasserblauen Anzug, während der Mund
bei leicht geöffneten Lippen eine Bitte zu äußern sich
mühte –, aber es war nichts mehr zu sagen.

Ohne die Tränen hätte der Vater sehr intakt gewirkt
und gelten können als ein älterer, gesundheitlich etwas
angegriffener Diplomat, wartend am extravaganten
Abfertigungsschalter eines Flughafengebäudes: Sein
Hemd war weiß und ohne Flecken, die elegante Krawatte würde ihren korrekten Sitz nie verlieren, auf der
sie fixierenden Schlipsnadel strahlte ein Edelstein, die
feinste Quelle selten zu sehender Farben.

Die Uhr am Handgelenk und das Schuhwerk, das Ma-
terial des Koffers – Merkmale der Güte. Dieser Mann
führte Dokumente wichtigster Unternehmungen mit
sich. Aber die Tränen, sie verrieten ihn; wie auch die
peinliche Anstrengung des Mundes. Und aus dem
Schleier der Tränen trat das grünliche Licht der Be-
gierde, die hohe Stirn für immer zu zeichnen.

Das Rollo des Zimmers war an diesem Morgen halb hochgelassen, und auf Paul ruhte ein heller Schein, der seine Gestalt im Spiegel hervortreten ließ: Die Fesseln lösten sich.

Einige waren bereits ganz, andere erst halb von ihm abgefallen. Hände und Unterarme lagen auf den Lehnen, als setze der Jüngling in jedem Moment zum Aufstehen an; der vorgestellte Fuß hob bereits leicht die Ferse.

In seinem ebenmäßigen Gesicht fand sich keine Regung mehr, die man seiner Schwäche oder Feinfühligkeit hätte zuschreiben dürfen – seinem Entsetzen war ein Entschluß, dem Entschluß die Erleichterung gefolgt.

Das Morgenlicht, dieses kühle Licht der Wahrheit, zeigte ihn in gelassener, fester Haltung auf dem Stuhl, den Blick leicht gehoben, als fixierten die ruhigen hellbraunen Augen hinter der Grenzfläche Grund und Abgrund des Spiegels, und das Lächeln auf seinen sanftgeschwungenen Lippen, im Begriff sich zu verstärken, ließ die richterliche Zornesfalte auf der reinen Stirn schwinden: Lachend, fast aufjauchzend fuhr er sich mit einer Hand durch das rotgoldene Haar. Unter dem groben Leinentuch seiner Bekleidung spannten sich die Muskeln, der Brustkorb wölbte sich im tiefen Atemzug. Die Fesseln lagen wie bunte, ihn schmückende Bänder. Er hatte sich erhoben, und um Antlitz und Gestalt war ein Schein, wie er nur den edelsten Figuren zu eigen ist, wenn sie aus dem Schatten treten. Paul Rust erkannte sich, und da er sich erkannte, verblaßte das Spiegelbild seiner Eltern, und alle Gegenstände des Raumes suchten, ehe sie sich in ein Nichts auflösten – als wollten sie ihn erinnern, mahnen, umstimmen –, noch einmal seine Aufmerksamkeit: die altmodische Stehlampe, das gläserne Haupt gebeugt über den runden Eichentisch, wo man zu lesen und gelegentlich Karten und Schach zu spielen pflegte, das wunderbare schwarze Klavier, das Erziehungsinstrument der Familie, am Geburtstag der Mutter bestreut mit gelben Rosen, das dunkelbraune Bücherbord, mit Würde aufreihend die Werke der Weltliteratur, Fotografien der Ahnen, tote Menschen aus toten Reichen, gerahmte Meisterschaftsurkunden des Vaters, bescheiden, sich darbietend, wo der Raum im Halbdunkel blieb, eine Porträtzeichnung der Mutter, sündhaft in den Mittelpunkt gerückt, schien die Sonne gegen Abend ins Zimmer, zwei dunkle Ledersessel links und rechts neben der Marmorskulptur eines tanzenden Paares – und über den Fußboden gebreitet der geliebte weinrote Teppich, auf dem sie so oft zu viert gelegen, gelacht und gespielt hatten.

Paul Rust beachtete diese Dinge nicht mehr, als sie es verdienten: Seine Hand griff das Obstmesser, während sein Fuß das goldene Wägelchen gegen den Spiegel fegte, der mit furchtbaren Lauten zerbarst.

Ein Grenzfall

Auch am Abend vor ihrer ersten gemeinsamen Reise war dem Archivar Dr. Hans Eick an seiner Frau Veronika nichts aufgefallen, nicht etwa, weil sie ihm gleichgültig gewesen wäre, das Gegenteil traf zu; es fiel ihm aufgrund seiner ständigen Insichgekehrtheit nie eine Veränderung an seiner Frau auf. Nuancierungen des Äußeren interessierten ihn nicht, betrafen sie nun eine Person oder eine Sache.

Im Grunde wußte er mit seiner Frau wenig anzufangen; er achtete sie als den Menschen an seiner Seite, wenn sie abends still in ihrer Wohnstube saßen, ein Glas Wein tranken und lasen. Dabei hörte er gern die Musik alter Meister, und er pflegte, obwohl er wußte, daß Veronika für klassische Werke nicht empfänglich war, oft stundenlang im Sessel zu liegen und den feierlichen Klängen mit andachtsvoller Miene zu lauschen, als sei das Bedürfnis seiner Sinne vor allem auf diese Weise zu befriedigen. Und so verhielt es sich. Er liebte es, in Zurückgezogenheit seinen wenigen Neigungen nachzuhängen; jegliche Berührung mit andern bereitete ihm Unbehagen, weil ihm eine tiefverwurzelte Abneigung gegenüber den Mitmenschen innewohnte. Sein Beruf ersparte ihm unnötige Kontakte, da er seine Tätigkeit in zwei souterrainen Räumen ausübte, die nur ihm vorbehalten waren. Man schätzte seine Arbeit, die als ebenso genau wie unbestechlich galt, ihn schätzte man bedingt. Es hieß, er arbeite im *Verlies* des Rathauses. Dennoch hatte er in dessen oberen Stockwerken seine Frau kennengelernt, eine stille, scheinbar unnahbare Angestellte; sie war deutlich jünger als er und in ihrer Melancholie auf eine unbestimmbare Art interessant.

Ganz plötzlich war es ihm sinnvoll erschienen, gerade mit ihr verheiratet zu sein. Er warb in einer zurückhaltenden, vornehmen, nichtsdestoweniger zielgerichteten Weise um sie, selbst verwundert darüber, wie rasch sie seinen Antrag annahm – im Hause rätselte und lästerte man über das Zustandekommen dieser Ehe. Veronika, wurde gemunkelt, habe die Erfahrung zweier gescheiterter Verlobungen für sich und sei wegen oder trotz ihrer zweiunddreißig Jahre nun erpicht auf geordnete Verhältnisse, Sicherheit und ein solides Haus. Überdies wurden dem verschwiegenen und stets auf Distanz bedachten Dr. Eick magische Fähigkeiten angedichtet, hauste er doch für die durchschnittlichen Gemüter in einer Geheimniswelt der Urkunden und Akten. Bei diesen Einschätzungen spielte auch der Neid eine Rolle.

Nach der Hochzeit, die im kleinsten Kreis stattfand und Züge einer Trauerfeier trug, hatte Veronika ihre berufliche Tätigkeit aufzugeben; ihr fiel es zu, Haus und Garten in Ordnung zu halten, die Mahlzeiten zu bereiten und darauf zu achten, daß in Abwesenheit des Hausherrn niemand durch das eiserne Tor ihr Grundstück betrat, das Fremden einzusehen durch eine hohe, weißgetünchte Mauer und einen dichtbepflanzten Ringwall gänzlich verwehrt wurde.

Hans Eick, einziges Kind eines verstorbenen Apothekerehepaares, war wohlhabend; er lebte ohne verwandtschaftliche Bindung und Verpflichtung. So wie er sich von Menschen absetzte, setzte er sich bei allem Interesse von den Dingen ab, die er zu archivieren hatte: Er war in der Lage, Schriftstücke nicht nur mit der Lupe, sondern auch gleichsam wie ein Arzt zu *beobachten*. Nicht selten arbeitete er dabei mit einem Atemschutz ... Seine Angst vor dem Leben war krankhaft; aber davon hatte er keinem Menschen je ein Sterbenswörtchen verraten. Weder sah noch merkte man ihm seine Ängstlichkeit an; seine Selbstdisziplin ließ das nicht zu. Vornehmlich lebte er in einer Welt selbsteingerichteter Zonen und selbstgeschaffener Regeln. Manche Menschen hielten seine Miene für überheblich, sein Schweigen für unhöflich; andere bezeichneten ihn als einen Dandy eigener Art, da er maßgeschneiderte Anzüge trug, das Rathaus mit einem eleganten Spazierstock betrat und verließ und sich oft mit dem Taxi kutschieren ließ. Indes war die Stadt zu seinem Glück groß genug für eigenwillige Charaktere und Erscheinungen.

Eick, dies sei angeführt, war schlank, einen Meter achtzig groß und recht gutaussehend. Ein dunkelbrauner Schnauzbart verdeckte den bitteren Zug des Mundes. Der Archivar war auf eine Brille angewiesen, die er aber im Freien in einem Etui verbarg.

Kam er von der Arbeit, die er pünktlichst begann und beendete, heim, wühlte er bei jedem Wetter und bei jeder Jahreszeit eine Stunde im Garten, weil er dies seiner Gesundheit schuldete. Beim Essen und Trinken hielt er Maß. Seine Hauptangst bestand darin, die Entwicklung der Menschheit könne in mittelalterliche Schrecknisse zurückführen. Sein großes Auto hatte er immer nur für gelegentliche Ausflüge aufs Land benutzt.

Veronika war ihm wegen eines ungewöhnlich großen
Busens, den sie in einfarbigen, schlichten Kostümjak-
ken zu verbergen suchte, und eines altmodischen
Haarknotens ins Auge gestochen – er hatte gelesen,
Frauen mit großen Brüsten seien zuverlässig, solide
und häuslich. In seinem ganzen Leben war er über an-
fängliche Kontakte zu Frauen nicht hinausgekommen;
dabei litt er keineswegs unter einer körperlichen An-
omalie. Als er in die Pubertät kam, war sein Vater bereits fünfundsiebzig Jahre alt gewesen.
Über Veronika viel in Erfahrung zu bringen, war ihm
nicht gelungen. In der Kämmerei im mittleren Dienst
beschäftigt, schien sie privat ganz wie er selbst zurück-
gezogen zu leben. Er hatte sie ein paarmal getroffen
und an ihrer Einsilbigkeit Gefallen gefunden. Nur einmal war er in ihrer Wohnung gewesen; sie liebte Blumen und Bücher, vor allem aber Bilder. Sie fotogra-
fierte gern, besaß zwei Dutzend Alben legte ihm aber
überwiegend nur jene Fotos vor, die sie von ihm und
seinem Anwesen schoß. Er fand es interessant, in welcher Weise sie ein Geheimnis um ihre Fotosammlung
machte, die nach dem Umzug in sein Haus in einer
Kommode verschlossen blieb. Dies kümmerte ihn nicht
weiter, denn die Annäherung gelang ihnen beiden
nach und nach so zufriedenstellend, daß sich in seinem
Inneren beinahe ein männlicher Kern entwickelte.
Wenn sich seine Frau zur Nacht auszog und den Knoten ihres Haares löste, hatte er ein atemberaubend ero-
tisches Weib vor sich, das mit der Angestellten in der
Kämmerei nur wenig gemein zu haben schien. Aber
Dr. Eick sah das kaum – er war schlicht dankbar für
ihre Anwesenheit, ihre gleichbleibende Freundlich-
keit, ihre Unaufdringlichkeit im Umgang, ihre absolute

Akkuratesse in allen Dingen. Wie selbstverständlich erledigte sie alle Hausarbeiten, sie stellte keine Forderungen und äußerte keine Wünsche, die er als unangemessen empfunden hätte. Selbstverständlich sorgte er für eine erstklassige Garderobe; man aß und trank das Beste, lebte gut und komfortabel in der eigenen Villa.

Hinter deren Mauer begann für Eick nach Feierabend jenes leidenschaftslose Dasein, in dem er jede Abwechslung als Störung wertete. Die wenigen Bekannten, in erster Linie Nachbarn, wimmelte er ab, die intime Nähe der Freundschaft hatte ihn bereits in frühester Jugend abgestoßen, und so blieben die beiden Menschen für sich allein, und er kam nicht auf die Idee, seiner Frau könnte dieser Umstand mißliebig sein, denn nie war der Wunsch nach Geselligkeit auch nur in einer Andeutung über ihre Lippen gekommen.

Manchmal, wenn er in seiner Kasematte für einen Augenblick von der Arbeit abließ, kam ihm der Gedanke an seine Frau, und er überlegte, was sie zu Hause wohl täte – sie würde, da war er sich sicher, im Garten fotografieren, und ihre Motive wären Blumen, Vögel, Schnecken, auch das Haus, die Terrasse, die Bäume, der Himmel ...

Wenn sie ihm diese Aufnahmen zeigte, heuchelte er Interesse – das war nicht redlich, und er schalt sich deswegen. Er lobte sie, fand die Bilder aber schlecht, amateurhaft und sogar kitschig.

Wie bekommt sie diesen Sonnenuntergangskitsch hin? fragte er sich. Zum Glück brachte sie die Filme zum Entwickeln in ein Fotolabor.

Eick hatte es als Kind *gehaßt*, fotografiert zu werden. Seine Eltern hatten ihn tausendmal fotografiert Jahr für Jahr jeden seiner Schritte festgehalten, bis zum Abitur. Dann waren sie gestorben, und mit ihnen wanderten, in den Stoff der Särge geschmiegt, alle Fotografien der Familie in das kräftige Feuer des Krematoriums.

Bei schönem Wetter spielte er mit seiner Frau Federball; dabei kam es vor, daß sie in einer Weise juchzte, die er als ordinär empfand, aber er behielt das für sich, denn es reichte, wenn ihr an seinem Interesse für ihre Fotografie Zweifel kämen.

Beim Schachspiel hatte sie ihn überrascht, denn sie bevorzugte ein mit Logik und Härte geführtes Angriffsspiel und verlor nur, wenn sie verlieren wollte. Das war sein Eindruck.

Von Zeit zu Zeit fuhr sie mit dem Auto zum Fotografieren in die Vorstädte. Sie nahm mit Vorliebe kleine Betriebe auf, Schlachtereien, Bäckereien, Friseurläden, Gaststätten, Imbißbuden, und wenn sie die Sofortbildkamera nahm, was sie gern tat, zeigte sie ihm abends die Bilder und sprach von »Milieustudien«. Er mochte das nicht von Herzen akzeptieren, tatsächlich ging es ihm gegen den Strich; er sagte natürlich nichts, aber sie spürte seinen Unwillen und tat die Fotos lächelnd beiseite, indem sie mit einem Seufzer sagte: »Auf jeden Fall wird das ein schönes Album.« Er nickte dann. Seine Neugierde an den weggeschlossenen Alben hatte er binnen Tagen verloren, obwohl Veronika »noch bis vor wenigen Jahren«, wie sie mit Genugtuung verriet, Fotos bei überregionalen Journalen untergebracht hatte, aber als er deswegen nachbohrte, rückte sie mit der Sprache nicht heraus. Und ihm war's recht. Was für ein angenehmes Heim bot er seiner Frau, und sie hatte dieses Zuhause, das keine Unruhe und keinen Streit kannte, ein gutbürgerliches Asyl in einer kopflosen und immer hektischer werdenden Welt, sehr liebgewon-

nen; das teilte sich ihm mit in ihrer Einfühlsamkeit.
»Veronika«, stellte der Archivar nach einem Jahr der
Ehe fest, »entbehrt nichts.«
Wenn sie bei ihrer abendlichen Lektüre vor dem Kamin
saßen – sie bevorzugte dickleibige Familiendramen, er
widmete sich fast ausschließlich Biographien –, trug sie
mit seinem Einverständnis bequeme Hausmäntel; sie
versorgte auch das Feuer, legte Holzscheite nach, und
wurde es ihr zu warm, lockerte sie den Gürtel, so daß sich
der Mantel öffnete und die wundervollen Brüste sich
darboten, derentwegen sie ihm doch aufgefallen war.
Sah er in einem solchen Moment auf, blinzelte er ihr
brüderlich, vielleicht sogar verschmitzt zu, ehe er wieder
in seinem Buch versank, sich hingebend der Lebens-
geschichte großer Männer. Sie las dann auch weiter.

Keine zwei Wochen lag es nun zurück, daß ein un-
erwarteter Wunsch den Frieden seiner Gedanken
schmerzlich gestört hatte. Sie wollte mit ihm eine
kleine Reise unternehmen, ihm einmal die Stätten
ihrer Vorfahren zeigen, die wären doch jetzt wieder
problemlos zu erreichen, nach dem ersten glücklichen
Ehejahr könnte ein solcher Ausflug das gemeinsame
Leben bereichern: »Wir sollten mal etwas unternehmen, einfach mal das Ränzlein schnüren, kurzent-
schlossen – was meinst du?!«
Ihm war gar keine andere Wahl geblieben als zuzustim-
men, und er hatte den Schock nicht nur verdaut, sondern überlegen geantwortet: »Im Amt kann ich mich
ohne weiteres für ein, zwei Wochen freimachen,
warum nicht!«
Nur nach außen hin bestärkte ihn dieser Entschluß in
seiner männlichen Rolle; ihm war nicht wohl dabei.

Dennoch wahrte er in den sich anschließenden Gesprächen seine freundliche Haltung, wirkte aufmerksam und schien gelassen.

Nun stand die Abreise bevor. Alle Vorbereitungen hatten in Veronikas Hand gelegen, die Koffer waren gepackt und bereits im Wagen verstaut, nur noch eine Nacht, und es ging los. Sie wollten früh starten und hofften, ihr Ziel, einen kleineren Ort im Böhmerwald unweit von Budweis, noch vor Einbruch der darauffolgenden Nacht zu erreichen.

Böhmen! Hatte der alte Name des Landes nicht einen märchenhaften Klang ... Ein Land der Sprachvermischungen und Kulturbesonderheiten, Land der Tschechen, Deutschen und Juden, verwunschenes Herzogtum und Königreich jenseits von Erzgebirge und Bayerischem Wald, Landschaft auch für wanderndes Volk, für Sektierer und Sonderlinge – Veronika sprach seit einer Woche von nichts anderem, noch nie hatte er sie so mitteilsam und aufgewühlt erlebt, und fast gereute es ihn, sein Einverständnis zur Reise gegeben zu haben, denn seine Frau entwickelte eine Geschäftigkeit, die ihm mißfiel, weil er sie nicht übersah. Kam er abends heim, bombardierte sie ihn mit Reiseführern, Prospekten, Karten – trug ihm gar tschechische Redewendungen vor; das setzte ihm zu. Aber er behielt sein feines Lächeln, tat, als gönne er seiner Frau die Aktivität und Vorfreude.

Am 17. September standen sie früh auf. Eick hatte schlecht geschlafen und erhob sich nur mißmutig von seinem Lager. Über Nacht war ein Sturmtief herangezogen, und der Wind zerrte, im Ablauf der Stunden heftiger werdend, am Haus herum, aus dem Garten hörte man das Rauschen der Bäume, deren Stämme sich bogen, während die Wipfel hin und her geworfen wurden und sich dabei zumeist in südöstliche Richtung neigten. Ein ums andere Mal schlug ein kurzer Regenschauer hernieder, und die Temperatur sank um Grade ab; der Herbst kündigte sich an. Am Morgen war der Himmel freigefegt, der Wind mit den Wolken verschwunden, die Luft kühl und rein.

Nachdem Eick einen liebevollen Blick über sein Grundstück geworfen hatte, folgte er seiner Frau durch das Tor und verschloß es andächtig: »Wir sind ja bald zurück.«

Hinter dem Steuer dachte er: Das Wetter ist für eine Autoreise gar nicht schlecht – und sich an Veronika wendend, äußerte er sich entsprechend. Sie nickte nur.

An diesem Morgen sprach sie nicht viel, ihre Euphorie schien verflogen, ihre Einsilbigkeit die Oberhoheit zurückzugewinnen.

Ihr Mann registrierte es mit Befriedigung.

Nach einer halben Stunde Fahrt erreichten sie die Autobahn, die Richtung Süden über Hessen nach Bayern führte. Trotz eines regen Verkehrs kamen sie zügig voran.

Während der Fahrt ließ die klare Luft einen weiten Blick in die wunderbaren Landschaften zu, durch die sie ihr Wagen trug. Eick wußte einiges über die Ortschaften, an denen sie vorüberzogen, und er fühlte sich verpflichtet, seiner Frau mit Anmerkungen und Informationen Kurzweil zu bieten. Sie hörte mit Interesse zu, stellte aber kaum eine Frage. Daß ihre Bildung an die seine nicht heranreichte, störte ihn gelegentlich; vor allem vermochte ihn ihre stille Begeisterung für Romanschnulzen zu irritieren – da zeigte sie eine rätselhafte

Neigung zum Vulgären, Kitschigen und Theaterhaften.
Auf einem Rastplatz in der Rhön wurde sie gesprächiger; sie hatte ein herrliches Picknick vorbereitet und erzählte, während sie sich gütlich taten, von dem Bergwerkstädtchen im Böhmerwald, das sie als die Heimat ihrer Familie ausgegeben hatte. Schon vor der Heirat war Hans Eick der Familiengeschichte seiner Frau mit Wohlwollen begegnet. Die lebende Verwandtschaft Veronikas in Nordamerika zu wissen, ersparte ihm im eigenen Land die Pflege unnötiger Beziehungen.

Nördlich von Regensburg pausierten sie erneut; das Fahren hatte ihn ermüdet, und ein Glas Rotwein vermochte ihn nicht zu beleben, an lange Autotouren war er eben überhaupt nicht gewöhnt.

Nach vorher getroffener Absprache überließ er ihr gern das Steuer, sie kannte die Strecke in- und auswendig und hatte als Kind einige Jahre im Ostbayerischen gelebt.

Um so verwunderter blickte er sich eine halbe Stunde später um: Sie gondelten über einen Teerweg, links und rechts ragten hohe Tannen auf, und der Wagen schaukelte sanft über die Bodenwellen.

Irgendwann mußte er eingenickt sein, er erinnerte sich, die Augen geschlossen und auf die Fahrtgeräusche gelauscht zu haben; nun rieb er sich die Stirn und begriff nicht, was sie auf diesem Weg machten. Er zögerte mit einer Frage, denn eine Erklärung zu erhalten, schien ihm billig. Minuten verstrichen.

»Ist das der Weg nach Bayerisch Eisenstein?«

Veronika lächelte.

»Wo fährst du denn lang? Hier geht es doch niemals nach Bayerisch Eisenstein?«

Die Bäume wichen jetzt ein wenig zurück, aus der schmalen Teerstraße wurde ein breiter, befestigter Weg; es fiel mehr Licht in die Schneise, und man konnte ein gutes Stück voraussehen. Seine Frau hatte ihm noch nicht geantwortet. »Ist das eine Abkürzung?« Eick wurde ärgerlich. Eigenmächtigkeiten dieser Art befremdeten ihn, und er betrachtete seine Frau mit ratlosem Ingrimm.

»Ja, das ist eine Abkürzung.«

Sie scheint sich zu belustigen! Endlich bequemte sie sich zu einer Antwort, sagte diese aber so lapidar und – verächtlich dahin, daß es ihm im ersten Moment die Sprache verschlug: So kannte er seine Frau nicht!

Er betrachtete die Tachonadel, die um die Zahl vierzig – mal in die eine, mal in die andere Richtung ausschlug, eine schnellere Fahrt ließ der Weg nicht zu. Im übrigen schien seine Frau nicht die geringste Eile zu haben.

»Bist du einfach abgebogen?« Seine naive Frage klang wie eine Entschuldigung. Veronikas Verhalten riet ihm zur Behutsamkeit.

»Nein.« Sie dachte gar nicht daran, ihn aufzuklären.

»Wo sind wir hier?«

Bisher war die Zeit mit ihr schön gewesen, die Dinge waren in ruhigen Geleisen nach seiner Fasson abgelaufen, geborgen durften sie sich fühlen in einem gepflegten Bürgerhaus; bisher hatte es zwischen ihnen kein böses Wort gegeben und keine Disharmonie. Die Szene auf dem Standesamt kam ihm in Erinnerung: Der Standesbeamte war ihm zu vertraulich geworden. Dies war eine Gefahr, der man sich in seinem Gewerbe aussetzte. Auch hier konnte zuviel guter Wille eine unerwünschte Wirkung erzielen. Trauzeugen waren zwei ihrer Kolle-

gen gewesen, die sich mit einem Diner abfinden ließen.
Wie rasch ein Jahr verfliegt, dachte er, eigentlich habe
ich sie recht unbesehen bei mir aufgenommen, aber sie
hat meinetwegen sofort den Beruf aufgegeben, und
meine unausgesprochenen Bedingungen im Laufe der
Monate akzeptiert; ich bin von ihr weiß Gott angetan
und könnte nicht ertragen, wenn es umgekehrt nicht
genauso wäre, aber ob es Liebe ist, kann ich nicht sagen
... Was will sie in diesem Waldstück? Sie fährt so, als
hätte sie etwas Bestimmtes vor.
Plötzlich wollte er sie zum Anhalten zwingen und eine
Erklärung von ihr verlangen, doch er beherrschte sich —
es würde ihn entwürdigen, seine Haltung vor ihr zu verlieren. Er würde es keinem Menschen gestatten, hinter
seine Fassade zu gucken, einer Frau schon gar nicht.
Die Art und Weise, wie er ihre Fotografiererei ertrug,
nötigte ihm vor sich selbst Respekt ab. Vermutlich wäre
es tatsächlich so, daß sie nur eine Abkürzung nahm. Sie
hatte drei Jahre in dieser Ecke der Welt gelebt und erinnerte sich ihrer Kindheitswege, gab er einem Impuls
nach, einer Eingebung, hatte vielleicht ein Hinweis-
schild entdeckt, was auch immer, es galt für ihn, an sich
zu halten.
»Wir befinden uns zwischen Zwiesel und Freyung.«
Sie sprach teilnahmslos wie ein Straßenbahnschaffner,
der es müde ist, seine Stationen auszurufen.
»Hier kommt doch niemals ein Grenzübergang ...«
Verdammt! Er war wütend auf sich, aber die Bemerkung war ihm entschlüpft. Eick zwang sich zur Ruhe,
und er gestand sich ein, Angst zu haben, keine konkrete
Angst, die sich an einer Sache festmachen ließ, es war
ein tiefes, beunruhigendes Gefühl, eine undeutliche,
düstere Vorahnung.

»Es gibt hier einen kleinen Grenzübergang, es gab ihn, und es gibt ihn wieder. Wir sind in zehn Minuten dort. Gedulde dich, Geduld ist doch eine deiner Stärken.«

Der Spott in ihrer Stimme erschütterte ihn, und in ihm wandelte sich das Gefühl für sie. Während sie stur geradeaus schaute, studierte er ihr Gesicht, in dessen Profil eine Weiblichkeit aufleuchtete, die sein Unbehagen vergrößerte: Die Wangen waren zu drall, die Lippen zu voll und sinnlich, und der Haarknoten, sonst sorgfältig gesteckt, schien in Auflösung begriffen. Und als sein Blick über ihren üppigen Busen glitt, fand er den Ausschnitt ihres Kostüms anstößig.

Ich fasse das Steuer und stoppe den Wagen; in einer Minute haben wir kehrtgemacht. Er kämpfte mit sich: Sag doch einfach halt! Doch er brachte keinen Ton heraus, seine Arme lagen schwer in seinem Schoß, er war unfähig, sie zu bewegen, geschweige denn, einzugreifen.

Er sah nicht nach vorn, starrte nur auf Veronika. Ihm war, als säße er neben einer Fremden, in einem Auto, das niemals ihm gehört hatte. Es war seltsam leise im Wageninneren, selbst die Geräusche der Fahrt glitten an dem Gehäuse ab, allein das gleichmäßige Summen des Sechszylinders schwebte als betäubender Ton um den Kopf, den Hans Eick nicht von seiner Frau wenden mochte. Ob sie krank ist? fragte er sich, aber das war eine dumme Hoffnung. Wenn er ehrlich war, kannte er anderes: Sie strotzte nur so vor Gesundheit und Lebensfreude! Sie brannte vor Lebenshunger und – Wollust!

Er schluckte, denn sie begann sich zu bewegen. Unruhig verschob sich ihr Hintern im Sitz, sie ruckte mit dem Oberkörper, ihre Lippen öffneten sich, und ihre

Hände glitten hastig um das Lenkrad, das feucht
glänzte. Eick schluckte noch einmal.

Sie hob ihren rechten Arm und stieß ihn wortlos nach
vorn: Ein Schlagbaum!

Erleichtert legte sich ihr Mann in seinen Sitz zurück;
seine Phantasie, diese nie versiegende Quelle seiner
Angst, hatte ihm so manchen Augenblick des Lebens
verdorben, der wohl romantisch, nicht aber gefährlich
gewesen war.

»Das hätt ich nicht geglaubt!« Sein Seufzer war, wie
ihm sogleich bewußt wurde, ein Eingeständnis, das
Veronika wenig rührte; und je näher sie einer offensichtlich altersschwachen verblichenen Schranke kamen, desto unsicherer wurde er wieder. Hinter dem
dicken Balken, dies konnte man im Näherkommen
ausmachen, nahm der Weg ein eigenartiges Aussehen
an; er war mit Gras zugewachsen, kleine Sträucher hoben sich aus seiner Spur, und aus der Entfernung erschien seine Passierbarkeit zumindest fragwürdig.
Noch ehe Eick, dem erst jetzt auffiel, daß es die ganze
Zeit bergaufgegangen war, eine Bemerkung machen
konnte, gab Veronika Gas, und der Wagen schoß die
verbleibenden Meter zum Schlagbaum vor.

Die Frau stellte den Motor ab.

An diesem Punkt reichte der Wald wieder dicht an die
Fahrspur, und angestrengt folgte der Blick des Archi-
vars dem Verlauf des Weges, der sich hinter der
Schranke gabelte und mit seinen Verzweigungen im
Wald verschwand, während seine ursprünglich gerade
Weiterführung den Launen der in dieser Region üppi-
gen Vegetation überlassen blieb.

Links oberhalb des Schlagbaums, über eine Treppe aus
altersgrauen Eisenbahnschwellen zu erreichen, lag in-

mitten einer kleinen Lichtung ein schmuckes Häuschen, gebaut aus urigen Bohlen, versehen mit einem
Holzdach, über dem ein bunter Wetterhahn den
Schnabel aufriß. Eick beugte sich vor und suchte nach
einem Fahnenmast, der Nationalfahne, einem Grenz-
emblem, ohne dergleichen entdecken zu können, und
er begriff, gegen den Widerstand dessen, was Hoffnung
und Glaube in der Lage sind, der Welt abzuringen, sofort, daß sie wohl ein Grenzland, gewiß aber nicht dessen Passierstelle erreicht hatten: Wohin war er geführt
worden?
Er drehte die beiden Reisepässe in der Hand, und sie
lachte hämisch, als säße an ihrer Seite ein armer Irrer.
»Du hast dir wohl eine Überraschung einfallen lassen?« fragte Eick und zwang sich zu einem Tonfall der
Ironie, die seine Distanz zur Situation vortäuschen
sollte, aber das Lächeln im Gesicht der Frau, die ihn für
einen kurzen Moment ansah, verhieß nichts Gutes –
Veronika schien ihn nicht mehr für voll zu nehmen.
Lässig warf er die Pässe ins Handschuhfach zurück und
erschrak – jemand, der von hinten an den Wagen her-
angetreten sein mußte, klopfte an seiner Seite gegen
das Fenster, dicht davorstehend und ohne sich herab-
zubeugen.
Hastig blickte Eick auf seine Frau, die nur ihre Arme
verschränkte, und er starrte auf die goldene Uhr an
ihrem Handgelenk, dann schoß sein Blick zum Haus,
weil dort ein Licht anging – schneller als an anderen
Orten bemächtigt sich im Wald die Abenddämmerung
aller Konturen und macht das Sichtbare weich und un-
gegenständlich.
Der Archivar drückte auf eine Taste, und das Seitenfenster glitt fast lautlos herab, während er mit der zwei-

ten Hand, bestehend auf diesem formalen Vorgang, die
Pässe erneut aus dem Handschuhfach holte und sie in
die Fensteröffnung gegen ein doppelreihiges graues
Jackett hielt, das zu einer Uniform hätte gehören können.

»Ihre Pässe sind uns unwichtig«, sagte ein Mann, indem er einen halben Schritt zurücktrat und sich endlich
herabbeugte. »Wir wollen nur Ihr Album kontrollie-
ren«, lachte er und zeigte sein Gesicht: Es war der Standesbeamte!

Bis zu diesem Zeitpunkt war Eick ihm, obschon sie
doch im selben Haus arbeiteten, nicht wieder begegnet,
aber die Zeremonie der Trauung, das ihn abstoßende
vertrauliche Gehabe des Beamten, in dessen Lachen
Veronika nun mit einem Jauchzer einfiel, war ihm ge-
genwärtig, und er zuckte zusammen, holte erschreckt
Luft und stammelte: »Was machen Sie denn hier?«

Während Veronika weiterkicherte, wurde der Beamte
ernst und dienstlich: »Das Album, bitte!«

Eick wußte, daß er amüsiert hätte reagieren müssen,
aber ihm war nicht zum Lachen zumute, und als er sich
an seine Frau wenden wollte, sah er auf der untersten
Stufe der unverwüstlichen Treppe zwei Männer in
dunklen Anzügen stehen, deren weiße Hemdkragen im
letzten Licht des Tages wie ein bedeutendes Schnitt-
muster die Würde ihrer Träger betonte: Dort standen
die beiden Trauzeugen, und sie standen lächelnd wie
Untersuchungsrichter, die einen Empfang geben.

»Vermutlich soll ich mir einen Reim darauf machen«,
wandte sich der Archivar an seine Frau.

Statt ihm zu antworten, griff sie hinter den Beifahrersitz
und holte das Album hervor, das er als das Hochzeits-
geschenk seiner Kollegen erkannte und seit einem Jahr

nicht mehr gesehen hatte. Er drückte auf die Taste, und während sich das rechte Seitenfenster automatisch schloß, umrundete der Standesbeamte den Kühler. Veronika öffnete die Fahrertür, legte das Album auf ihren Schoß und schlug es an einer beliebigen Stelle auf.

Nun näherten sich die beiden Trauzeugen gemessenen Schrittes, und alle drei Herren beugten sich mit ihren Köpfen dem Album zu, das die Frau ihnen schräg hinhielt, aber nicht schräg genug, um ihrem Mann den Blick auf ein großformatiges Foto zu verwehren, auf dem die ehemalige Angestellte der Kämmerei nackt und mit obszöner Gebärde zu sehen war. Entsetzt und angewidert zog Dr. Eick den Kopf ein, zugleich drehte Veronika die Innenbeleuchtung des Wagens heller, sie ließ die Seiten des Albums unter ihrem Daumen hindurchgleiten, und die Männer reagierten mit erfreuten Ausrufen, denen sie zweideutige Bemerkungen folgen ließen.

»Das hier«, herrschte die Frau ihren Mann an und hielt ihm das Album dicht vor die Augen, indem sie beide Arme einsetzte und es auf und ab bewegte, als wolle sie ihn zwingen, eine Aufnahme anzusehen, die ihr besonders gefiel, »das hier wollen die Gentlemen durchgehen!«

Aber Eick kniff die Augen zusammen.

Seine Frau zog den Zündschlüssel ab und stieg aus.

»Kommen Sie, Doktor! Wir machen heut einen drauf – in der Hütte warten noch zwei wundervolle Damen aus Veronikas alter Abteilung, das gibt einen Mordsspaß, hahaha!« Der Standesbeamte lachte dreckig, seine beiden Kompagnons lachten mit, und einer fügte hinzu: »Aber ohne Album werden Sie hier nichts, da bleibt der Schlagbaum unten.«

Der Archivar blickte endlich hoch, in seinen Augen schimmerten Tränen. Zwei der Männer gingen zum Haus hoch, wo der Vorhang vor das Fenster gezogen wurde und eine Musik ertönte, die arabisch oder türkisch klang.

Veronika hatte den kleineren ihrer Koffer aus dem Wagen geholt und dem wartenden Mann übergeben, und ohne sich umzuwenden sagte sie, mit Worten, die noch tief im Wald zu hören waren: »Jede Wette, daß diese trübe Tasse noch morgen früh im Auto hockt!«

Als sich hinter seiner Frau und ihrem Begleiter die Tür des Häuschens schloß, gab es ein lautes Hallo, und dann hörte Eick nur noch die Musik, eine leise, fremdartige Musik.

Er saß ohne sich zu bewegen, die Augen weit geöffnet und die Hände gefaltet, und sein Kopf nickte leicht hin und her, vor und zurück, im gleichbleibenden Tempo, ohne Pause, ganz so, als entwickle er eine endlose Kette von Gedanken, denen er, kaum daß sie sein Gehirn passierten, auch schon zustimmte.

An die Hütte verschwendete er keinen Blick, denn von dort käme niemand, um nach ihm zu sehen. Um sich zu beruhigen und die Arbeit seines Verstandes sicherzustellen, ging er das vergangene Jahr durch, Monat für Monat, Woche für Woche, bis es ihm gelang, sich nicht nur einiger besonderer Tage zu erinnern, er war in der Lage, unzählige Tage in sein Gedächtnis zurückzurufen, weil sie von einer Gleichmäßigkeit, Ordnung und Stille gekennzeichnet waren, die ihre Bezifferung ermöglichte. Nur die Jahreszeiten, indem sie das Bild des Gartens behutsam wandelten, dokumentierten das Verstreichen von Zeit. Und die Garderobe.

Schon dem Sohn und dem Schüler Hans Eick war bedeutet worden, man könne nach seiner Art zu leben die Uhr stellen, und in seiner Studienzeit hatte es auf dem Verbindungshaus, in dem er viereinhalb Jahre ein Zimmer bewohnte, Leute gegeben, die das taten.

Eick saß eine halbe Stunde lang fast ohne jede Bewegung, er dachte nur nach, und seine Gedanken füllten die so plötzlich entstandene Leere seines Inneren, bis die Welt darin wiedererrichtet, geordnet und vertraut war.

Um ihn herum war es fast dunkel, der Vorhang hielt das Licht im Haus, und der hochaufragende Wald schnitt aus dem Nachthimmel einen düsteren Kolben, in dem nur wenige Sterne Platz fanden.

Der Archivar durchwühlte seine Hosen- und Jackentaschen nur flüchtig, denn daß seine Frau die Ersatzschlüssel für den Wagen bei sich trug, stand außer Zweifel – und seinen Zündschlüssel hatte sie zusätzlich, ob mit oder ohne Absicht, eingesteckt, wenn er also nicht, wie sie es behauptet hatte, im Wagen hocken bleiben wollte, mußte er aussteigen, zum Haus gehen und seine Schlüssel fordern, oder er hätte den Waldweg zu nehmen und sein Heil in einem Fußmarsch zu suchen, der ihn zur nächsten Landstraße, zu einem Dorf oder wenigstens zu einer menschlichen Behausung brächte.

Eick fühlte nach seiner prallgefüllten Brieftasche, dann griff seine Hand den kurzen Mantel vom Rücksitz, und er stieg aus dem Wagen, um ein paarmal tief durchzuatmen und zum Himmel zu schauen, denn der Blick zum Himmel gewährt fast immer Trost: Er wußte, warum er es nie über sich brächte, an die Tür der Hütte zu pochen und die Wagenschlüssel zu fordern.

Die Musik vernahm er nun deutlicher; sie hatte nichts

eingebüßt von ihrer Fremdartigkeit, sie war für ihn
ebenso geheimnisvoll wie unerträglich, ihre Faszination blieb nicht ohne Wirkung auf ihn, aber sie paßte
nicht in diese reine Abendstunde, sie hatte nichts verloren in diesem Wald, unter diesem Himmel, in diesem
Land – aber sie mochte die richtige Begleitmusik sein
für das, was sich abspielte in einer abgelegenen Hütte,
aus deren Schornstein der Rauch, vom Auge eben noch
wahrnehmbar, kerzengerade aufstieg.

Dr. Eick wollte eben seinen Mantel zuknöpfen, als ihn
eine jähe Idee die Wagentür öffnen und einen Druck-
knopf auf dem Armaturenbrett betätigen ließ – der
Deckel des Kofferraums klappte hoch, und er zog den
Zehnliterkanister heraus, der randvoll war.

Der Doktor der Philologie, der einst promoviert hatte
über ein Thema des mittelalterlichen Stadtrechts, lächelte glücklich, schloß den Kofferraum, lehnte sich,
den Kanister zwischen den Beinen, an seinen Wagen
zurück und ließ sich viel Zeit. Er wartete eine volle
Stunde und dann noch einmal eine halbe, und er hörte
mit Genuß die Musik lauter werden und die Männer-
stimmen und das Frauenlachen.

Etwa um 22.00 Uhr war von den Menschen in der Hütte
nichts mehr zu hören, nur das Musikkarussell drehte
sich munter weiter. Eick nahm den Kanister und ging
los. Er übergoß zunächst die Eingangstür, dann die
Fenster und die Fensterläden mit Benzin, und er tat das
sehr gründlich, hütete sich, auch nur einen Tropfen zu
vergeuden, verteilte knochentrockenes Kaminholz, das
an der Rückwand der Hütte bis unter das Dach gestapelt
war, unter den Fenstern und vor der Tür, tat dies alles
geräuschlos, brauchte dafür eine Viertelstunde, in der er
Blut und Wasser schwitzte, und dann war es endlich

soweit, und er rannte um die Hütte von Punkt zu Punkt und ließ sein Feuerzeug fünfmal aufblitzen.

Obwohl der Wind fehlte, war das Ergebnis seiner Anstrengungen ein Brand, den er nicht erwartet hatte. Binnen Sekunden verwandelte sich die Eingangstür in eine krachende Feuerwand, und um die Fenster tanzten Flammen, die sich gegenseitig beleckten, und im Kaminholz zuckte und brodelte es wie in einem Osterfeuer, das Bauernburschen in Gang gebracht haben.

Natürlich sah der Doktor auf seine Uhr, denn es interessierte ihn, wie lange die Menschen in der Hütte, die Damen und Herren aus der Kämmerei des Rathauses benötigten, die für sie, wie er bei sich dachte, »brenzlige Situation« zu erfassen.

Eick stand mit einer Axt, die beim Kaminholz gelegen hatte, zehn Meter von der Hütte entfernt, als das erste Fenster, genau eine Minute war verstrichen, aufgerissen wurde, nachdem ein erster Schrei, dann ein zweiter, dritter, die Menschen alarmierte und zum Handeln zwang.

Der Kopf des Standesbeamten war noch im Fensterrahmen, als ihn die Axt spaltete, am nächsten Fenster drang sie einem Trauzeugen in die Brust, am dritten blieb sie für Sekunden im Hals einer Frau stecken. So ging sie reihum.

Daß niemand die Tür aufgerissen hatte, erklärte sich Eick mit ihrer soliden Verriegelung von innen.

Als er Veronika halbbekleidet aus einem Fenster hängen sah, hielt er in seinem Handwerk inne und dachte: So muß es im Dreißigjährigen Krieg gewesen sein, wenn marodierende Söldner herumzogen und Bauernhöfe überfielen.

Niemand kam, der das Feuer hinderte, die Hütte zu fressen, und Hans Eick freute sich auf den Augenblick, da er sich auf die Suche nach den Schlüsseln machen würde – er lächelte sehr zufrieden und mochte nicht glauben, wie das alles gekommen war. Und ein wunderbares Gefühl sagte ihm, daß er vor Menschen nie mehr Angst haben würde.

Bericht eines Mannes, der mehr weiß

E s ist Freitagabend – draußen streicht der Wind seufzend über die Klagemauer des Spirituosengeschäftes, drinnen nippen wir an einem mittelmäßigen Sherry. Oberstleutnant K. – Angehöriger einer Reserve, die niemals Ruhe gibt, ein arbeitsamer, respektierter Kaufmann mittleren Alters, leider auch ein Mensch, der von vaterländischen Grillen geplagt wird und in seiner Freizeit Pläne für die Rückeroberung Elsaß-Lothringens austüftelt – räkelt sich zufrieden in seinem Sessel und meint etwas gönnerhaft: »Mach mir 'ne Liste ...« Ich könne anfordern, was mein Herz begehre: »Es wird geliefert.« Natürlich ginge es nicht nur um Waffen, sondern um »Kühe, Klamotten, Werkzeug – kurz, um alles«.

Haubitzen in Depots, Depots in Berlin und im Südharz, da hauptsächlich. OTL d. R. K. ist kein Kamerad, der heiße Luft abläßt. Er hat zwar bis dato keine Hitler-Tagebücher gefälscht, aber der Ankauf und Vertrieb von Militaria aller Art ist sein Steckenpferd. Zu seinem olivgrünen Fuhrpark zählen u.a. völlig legal erworbene, einsatzbereite Bw-Zweitonner. Gegen die Art der Sicherung seines Grundstückes kann auch ein pingeliger Pionier keine Einwände haben. Zur Bewaffnung eines schwer zugänglichen Dachbodens gehören eine Feldkanone 20 mm und zwei MG auf Lafette.

K. demonstriert mir den Einsatz des NVA-Kampfmessers als Säge (»Davon hat Oberfeld B. dreihundert Stück zu Haus, hähä…«), zeigt mir dann stolz das ostzonale Einheitsdoppelfernrohr: »Kann Infrarotquellen aufklären. Carl Zeiss, Jena. Ich hab rund hundert Mark dafür bezahlt. Kostet doch normalerweise über tausend … Willst du eins haben?«

»Und ob!«

»Kein Problem.«

Seine Machenschaften haben in den letzten Jahren meine Beziehung zu K. eingetrübt, aber er bleibt mein Lieblingswahnsinniger.

»Natürlich enden diese Warenbewegungen nicht an der Oder-Neisse-Linie …« Natürlich nicht. Wir denken beide an K.s Beziehung zu einer kleinstädtischen Speditionsfirma, die seit zehn Jahren im Sowjethandel mitmischt und kürzlich Kampfgas via Bremen, Portugal nach Marokko lieferte. Und jetzt? Wie immer braucht Afrika nichts dringender als schwere Waffen. Man kriegt das Kotzen, bleibt aber brav auf seinem Stuhl sitzen.

»Was du nicht weißt – ich bin ein Krimineller.« Der Kaufmann zerreibt den Rest seiner erkalteten Zigarette zwischen den Fingern. Am Montag tanzt Oberfeldwebel B. an, neue Bestellungen zu diskutieren.

»Von der Roten Armee gibt's nichts mehr.« Der Oberfeld, im Zivilberuf Abteilungsleiter einer Firma, die Industrieöfen herstellt, schüttelt energisch den Kopf. »Die haben ihre Leute wieder unter Kontrolle, und wer beim Waffendiebstahl erwischt wird, kommt in eine Bleimine nördlich von Krasnojarsk.« Noch vor einem halben Jahr hat B. Kalaschnikows für tausend Mark ge-

kauft und für zwei- bis dreitausend Mark wieder ver-
scheuert – goldene Zeiten, wo seid ihr? »Nebeltöpfe
will ich dir so viele besorgen, daß du den Landkreis
Cuxhaven verschwinden lassen kannst ...« Zum Glück
trinken wir. »Don't make alcohol cut your way of life
short« – steht auf dem eisernen Stiefel, den wir zur
Brust nehmen; Abschiedsgeschenk von US-Soldaten
der »Hell on wheels«-Panzerbrigade, die Garlstedt ver-
läßt, weil die Wüste ruft. Unverzeihlich, jetzt nicht unsere Heimatschutz-Truppe einzusetzen: »Ich verstehe
die Bundesregierung nicht: Objektschutz! Das wäre
doch *die* Aufgabe für uns Reservisten!«
Oberstleutnant K., der die Getränke stellt, kann nicht
mehr hinter dem Berg halten: »In Kürze verfüge ich
über zwei Zentner TNT-Sprengkörper, dazu kommen
jede Menge Sprengkapseln, Zündschnüre.« Aber die
Sendemasten sollen nicht gesprengt werden: Es lohnte
nicht mehr, denn von Radio Bremen kämen seit der
Wiedervereinigung sowieso nur noch Pieptöne. »Aber
die Franzosen-Brücke in Lilienthal!« schlägt der Abteilungsleiter vor. Warum? Die Pendler müßten sich neue
Wege suchen ...
Die Jungs lassen mich nicht länger zappeln: »AK 74,
zwölf Stück. Kannst sie sogar selbst abholen.«
»Abgemacht.«
Auf dem Sessel neben mir sitzt seit einer halben Stunde
eine Puppe in der Hauptmanns-Uniform eines Rotar-
misten und muß gelegentlich Backpfeifen einstecken:
»Gorbatschow ballert im Baltikum rum, paßt auf!« Da
sind wir uns einig: Bürgerkrieg – und das ist erst der
Anfang. Aber ihren Verbindungsmann darf ich nicht
kennenlernen: »Der hat Muffe.« Angeblich ein EDV-
Hai, der seit Jahren Ostgeschäfte en gros betreibt, mit

hohen russischen Offizieren unter einer Decke steckt
und Waffen jeder Reichweite verschiebt – ein ehemali-
ges Mitglied des Stahlhelm-Bundes, dem die Polizei
regelmäßig die Bude auf den Kopf stellt. – Aha.

Mittwoch, 15.00 Uhr. K. und ich federn im BMW über
mecklenburgische Landstraßen: eigentlich ganz gemütlich. Um 16.00 Uhr Zusammentreffen mit einem
ausgemusterten Chargierten des ortsansässigen Mot-
Schützen-Regiments vor der Hauptpost. Umsteigen.
Fahrt in einer Knatterkiste am Wasser entlang. »Zie-
gelsee«, flüstert K.; der Kamerad von der ehedem anderen Feldpostnummer grinst nur. Ein Tor geht auf und
schließt sich wieder. Zwar keine Kühe im Depot, aber
ein schmuddeliger Lastwagen, dessen Kühlerhaube
heiß ist. Ein Tourist besichtigt das Schloß, ich Diebes-
gut aus GST- und Armeebeständen.
Wir laden den Kofferraum gestrichen voll, zahlen cash.
Landser-Lieder auf der Heimfahrt: »Argonner Wald
um Mitternacht ...« Später gemütliches Beisammensein im Kaminzimmer, Flammen züngeln, Scheite
knacken, alles ging wunderbar glatt. »Bei der nächsten
Wehrübung übernehmen wir die Feinddarstellung«,
grinst K., »...und alles in Original-Ausrüstung. Es ist
nicht zu fassen.« Der Fernseher läuft. Die Verhandlun-
gen in Genf sind gescheitert. Wir haben auf jeden Fall
unsere Karabiner.
»Bald geht's auf der ganzen Welt zu wie im Dreißigjährigen Krieg«, murmelt K. »Die Bagdader Philharmoni-
ker blasen zur Ouvertüre.«

Frühjahr 92

Ohne auf dieses Geschäft aus zu sein, verkaufe ich in den nächsten Monaten die Kalaschnikows an CDU-Mitglieder und einen SPD-Ortsvorsitzenden, der zwar in den sechziger Jahren gedient hat, aber aus der Übung ist. Da er bei der Artillerie war, vermittle ich ihm einige infanteristische Grundkenntnisse auf dem bäuerlichen Anwesen eines Jugendfreundes, der vom Castel del Monte träumt und das Vierte Reich will: »Auf dem flachen Lande ist die SPD doch eigentlich rechts«, nickt er freundlich, da ich ihm den Ortsvorsitzenden vorstelle. Der strahlt, verbeugt sich artig vor Nordhof und meint verlegen: »Deutschland bewahren – das wollen wir doch alle.«

Nach zwei Tagen Häuserkampf gibt der »Bauer« ihm einen Schinken mit, während er mich unter vier Augen mit verbotener Literatur versorgt und die Einladung für einen interessanten Ausflug nach Thüringen ausspricht.

»Worauf will der Genosse eigentlich schießen?«

»Der will beizeiten gewappnet sein. Vor zehn Jahren hat er noch in Ruhe Tabak und Zeitungen verkauft, heute ist er von all den Schlagzeilen verwirrt und hat die Hosen gestrichen voll, fürchtet Fundamentalisten, Nazis, Sozis, Sintis, Amis, Nachrichtensprecher und Schauspieler.«

»Ist der wirklich Ortsvorsitzender?«

»Ein kleiner Ort, aber es gibt ihn.«

Dem Landmann entringt sich ein kehliger Laut der Freude: »In so manchen SPD-Büros Mitteldeutschlands hängt wieder die Reichskriegsflagge.«

»Las in der ›Welt am Sonntag‹ auch davon«, antworte ich mürrisch, »die überholen uns rechts.«

Wir schicken den Sozialdemokraten zum Buttermilchtrinken und Mäusebegucken in einen Speicher: Ferien auf dem Bauernhof. Derweil besprechen wir Grundsätzliches.

»Ich werd mit meinem Jagdzug im nächsten halben Jahr einige PDS-Größen ausspähen, ihren Anwälten Feuer unter dem Arsch machen, ihre Verstecke ausheben ...« Und dann erläutert er mir seine Pläne der Erneuerung: Nordhof ist Adliger, Ritter, Staatssekretär und Stratege. »Nie davon sprechen, immer daran denken« – dies beherzigt, wer ihm dient. Seine Tarnung ist perfekt, die Gefolgschaft handverlesen, die Illusion organisiert und hochgerüstet. Welche Spielkameraden ich gelegentlich mitbringe, überläßt er mir: »Keiner hat wie du das Ziel im Auge.«

Ich weiß seine Anerkennung zu schätzen, erzähle ein bißchen was von einer Spritztour zum Montserrat – »Hubschrauberdemo mit ein paar Blutsbrüdern von der Falange« – und berichte von einer Feuerzangenbowle mit Christdemokraten: »Wir sind eigentlich nur so in der CDU...« Unser Lachen ist herzerfrischend.

»Lieber Karl«, sagt er und legt mir die Hand auf die Schulter, »diesen Kaufmann K. hast du falsch eingeschätzt. Der ist verdorben, wird mir lästig und ist für uns eine Gefahr. Ein Absahner, ein Pfeffersack, eine Scheißhausfliege – beerdige ihn.«

Nun muß ich doch schmunzeln. »Weißt du, lieber Nordhof – ich mußte ihn im vergangenen Jahr noch ein bißchen bei Laune halten, sein Umfeld aufklären. Was wußte er schon von uns? Der Mann war unrein.«

»Soll das heißen, Kamerad...?«

Mit meiner Antwort gebe ich auch das Zeichen unseres Ordens. »Ich ahne deine Befehle, und mein Friedhof ist groß.«

Wir umarmen uns und bringen dem anschleichenden
Demokraten das Schenkendorf-Lied bei: »Wenn alle
untreu werden, so bleiben wir doch treu, daß immer
noch auf Erden für euch ein Fähnlein sei ...« Nordhof,
nie sah ich ihn so gerührt, überreicht dem Besucher,
dem Vater und Mutter leider nur ein abgebrochenes
Studium ermöglichen konnten, dann sein »Allgemei-
nes Deutsches Kommersbuch« – das er aus der Bur-
schenschaft Frisia dereinst einfach hatte mitgehen lassen: »Wirklich die einzige Unrechtstat in meinem Leben«, wie er mir bei einer Maibowle beteuerte.

Juli 92

Mit dem OG d. R. »Einzahn« Grimm, einem mir treu
ergebenen Nationalliberalen der Reservistenkamerad-
schaft »Prinz Louis Ferdinand«, treffe ich um
20.00 Uhr wenige Kilometer nördlich von Torgau auf
dem Truppenübungsplatz Annaburger Heide, über die
schon die Kavallerie des Kaisers preschte, mit einem
Warncke-Eiscremewagen ein. Der kleine weiße Lkw
ist eine Art Leihgabe, Einzahn zur Zeit arbeitslos, aber
nicht ohne Freunde und keineswegs untätig.
Fregattenkapitän a.D. Heitmann, bis zum Umbruch
Kommandant des bescheidenen Nordhafens von Pee-
nemünde, verkauft für eine halbstaatliche Firma aus
dem Bestand der in Höchstgeschwindigkeit auseinan-
dergelaufenen Volksarmee Lastwagen, Autokräne, Sa-
nitätseinrichtungen und Feldküchen – unterm Laden-
tisch bringt er Leichtfeuerwaffen an den Mann. Wir
setzen uns in einem jener Fachwerkhäuschen zusammen, in denen früher die Generalität, von anstrengen-
der Besichtigung genervt, Atem schöpfte. Heitmann
erzählt einen Witz: »Was ist der Höhepunkt in

einem russischen Pornofilm? – Lenin nimmt die Mütze ab.«

Grimm lacht nicht, weil er Verständnisschwierigkeiten hat. Verunsichert nimmt der Jungunternehmer mich beiseite: »Warum hat der nur einen Zahn?«

»Das hat religiöse Gründe«, antworte ich, »der darf sich nichts heilemachen lassen.«

Wir nehmen noch ein paar zur Brust, während Heitmann nicht ohne Stolz über die minutenschnelle Gefechtsbereitschaft der NVA philosophiert: Grimm guckt groß.

Zwei Stunden später beginnen wir fünfhundert Kalaschnikows und dreißigtausend Schuß Munition zu verlagern. Ich zahle mit einem Eurocheque; ein Paar Zelte und Tarnnetze gibt es umsonst. Bevor wir in den Norden zurückkehren, suchen Grimm und ich in Torgau jene Stelle auf, an der Amerikaner und Russen am 10. April 1945 zusammentrafen. Wir holen unseren Schwengel raus und pissen fluchend in die Elbe. Einzahn bringt dabei etwas Poetisches: »Fliege hoch, du deutscher Aar! Bring zurück, was einmal war ...«

Mir tritt Wasser ins Auge.

Die Autobahn heizen wir runter, als verfolge uns schon der Gerichtsmediziner. »Ob ich wohl auf Gran Canaria Asyl bekäme?« fragt der OG. Urlaub kann er sich nicht leisten.

Weihnachten/Silvester 92

Herrenpartie zum Kyffhäuser! Nach Nordhofs Ansicht hat der Stab sich den einwöchigen Ausflug verdient, denn im letzten halben Jahr wurde ganze Arbeit geleistet: Ein Netz kleiner Kampfgemeinschaften ist dergestalt verspannt, daß an jedem Ort der Republik zu jeder

Zeit ein Auftrag ausgeführt werden kann. Unsere Tarnung ist perfekt, die Sprache verschlüsselt, keine Meldung ließe sich dechiffrieren. Mit Genugtuung erfüllt mich die Namensgebung unserer Freikorps: »Peter Fechter«, »Ernst Moritz Arndt«, »Willy Messerschmitt«, »Justus Liebig« ...

Am Heiligabend nehmen wir zunächst an einem Gottesdienst in Erfurt teil, der vom ZDF übertragen wird: Wir müssen dummerweise in der ersten Reihe sitzen, aber Nordhof ist durch seine Ergriffenheit wie gelähmt und darf nach dem Krippenspiel seitlich gestützt werden. Zwei Stunden vor Mitternacht schwenken wir in vier Rotten auf dem Versammlungsplatz vor dem Kyffhäuser-Denkmal ein, nehmen die Stufen der vereisten Treppe im Gleichschritt und marschieren mit angehaltenem Atem durch die gedrungenen Arkaden bis an das eiserne Geländer des düsteren Barbarossa-Hofes, umfangen von einem wärmenden Nebel, den ein einzelner Stern in fließendes Gold verwandelt, zwölf Mann, entschlossen zu allem, ein jeder geboren in einem anderen Monat, ein jeder verpflichtet einem anderen Jünger, ein jeder unterrichtet in einer anderen deutschen Mundart – so nehmen wir Aufstellung, pflanzen die Fackeln auf, und, da wir das Lied der Deutschen singen: Barbarossa erscheint in unserem Kreis!

Aus fast tausendjährigem Schlaf erwacht, mustert er uns mit zusammengezogenen Brauen. Nachdenklich greift er sich mit der Linken in den langwallenden Bart; zugleich faßt die Rechte das Schwert. Und während der Kaiser den Mund öffnet, um das Wort an uns zu richten, setzt er den rechten Fuß unter die steinerne Bank: Jeden Moment wird Barbarossa sich erheben, sein unterirdisches Schloß verlassen und im Reich für Recht und Ordnung sorgen ... Doch dann bleibt er – gleich den Raben, die ihn umfliegen – fest in den Stein gebannt. Wir aber tragen die Fackeln hinauf zu jenem turmähnlichen Monument, aus dessen Portal Wilhelm I. reitet, den Blick nach Osten gerichtet, während »die Geschichte« zu ihm aufblickt und »der Krieg« ihn schützt. Nordhof stimmt »Stille Nacht, heilige Nacht« an und sein pommersches Heimatlied: »Wenn in stiller Stunde Träume mich umwehn ...«

Die nächsten Tage werden sehr schön: Wir tafeln in einer ehemaligen Stasi-Zentrale unterhalb des Denkmals, führen einen Spähtrupp mit Kampfauftrag durch (Ausschaltung des Fernsehturms auf dem Kulpenberg) und organisieren die Briefbogen-Affäre um Möllemann – mit Kinkel haben wir seit seinem Verfassungsschutz-Dienst besten Kontakt.

Karfreitag 93

Auf einem Abtanzball für polnische Laienprediger läßt Bischof Schmude die Bombe platzen: »Jungs, tut mir leid, es ist alles nicht wahr: Wir haben das Grab gefunden!«

Zwei Tage später stürzt sich eine islamische Luftflotte auf Wien, China greift Rußland, Syrien Israel an; die USA ziehen ihre Truppen über Nacht aus Europa ab, Engländer fliehen nach Neuseeland, Australien, Kanada; die Niederlande kündigen an, drei Millionen Lkw über Deutschlands Autobahnen nach Polen rollen zu lassen; fix stülpt die Bundeswehr blaue Helme auf und schreit nach Boutros-Ghali – aber der schwebt als Gerippe in einem Segelflugzeug über Somalia: Unsere Stunde hat geschlagen!

Am Ostermontag werden in einem Handstreich sämtli-

che Fernseh- und Rundfunkanstalten genommen, die
Redakteure politischer Sendungen an die Wand gestellt
und durch eigene Leute ersetzt, im Zusammenwirken
mit Polizei und Bundesgrenzschutz, die auf Notsitzun-
gen quakenden Parlamentarier der Länder, des Bundes
mit wenigen Ausnahmen in den Schleppnetzen gefan-
gen und im nächstgelegenen Fluß ersäuft. Hier und da
gelingt es, Einheiten der Bundeswehr – zweihundert-
fünfzigtausend Mann sind natürlich beim Osterspazier-
gang –, drei oder vier Soldaten in die Kasernen zurückzurufen, wo sie erst einen Arschtritt erhalten, dann ein
Formular unterzeichnen, später geimpft werden. Inzwischen hat das Freikorps »Peter Fechter« ganze Arbeit
geleistet: Pizzabäckereien, Geldwaschanlagen und
»Reisende Täter« gibt es im Deutschen Reich nicht
mehr. In Moabit dreschen Honecker, Kohl und Eng-
holm Skat, derweil ihr Präparator herantapst: Die Jungs
sollen für das Nürnberger Museum ausgestopft werden.
»Haftverschonung«, seufzt Honi plötzlich, »das waren
noch Einfälle.« Seine Anwälte sind längst in der Schweinemast von Jungbauer Schröder verfüttert, der jetzt als
Wiedereinrichter der alten Königspfalz Tilleda die »Goldene Aue« vor sich hat ...
In seinem Hauptquartier läßt mich Nordhof einige Minuten im Vorzimmer warten, bittet mich aber schließlich aufgeräumt herein: »Entschuldige, mein Lieber,
aber ich mußte Innenminister Stolpe eben die Beglau-
bigungsurkunde überreichen; der kann nun endlich
wieder ganz er selbst sein!« Wir bleiben vor seinem
Schreibtisch stehen, den Finnen und Norweger in
schwarzen Uniformen flankieren.
»Alles lief nach Plan«, sinniert Kaiser Baldur I. alias
Nordhof, »aber – wie konnte es passieren, daß Lafon-

taine und ausgerechnet dieser Guglhupf Schönhuber nach Cuba entwischten?«

Da weiß ich, daß mein Spiel aus ist.

»Ausgerechnet du ... Judas Ischariot«, knurrt Baldur böse und gibt den Finnen ein Zeichen.

In einem VW-Kübel bringen sie mich zur Wasserburg Heldrungen, foltern mich dort mit Audie-Murphy-Western und Helmut-Kohl-Nahaufnahmen, bis ich bereit bin, ein Geständnis in die Maschine zu tippen – ich soll mich beeilen, denn draußen wartet mit abgezogener Gesichtshaut meine Schließerin, die ausgemusterte Sarazenen-Gespielin Herta D. Gm.: Sie fordert meinen Kopf!

Und ihr, die ihr meine Zeilen lest? – Sagt nicht, ich hätte euch nicht gewarnt.

Zweigstelle des Todes

Hamburg ist eine Stadt, in der die Fahnen wehen; aber in meine Segel will der Wind im Augenblick nicht fassen: Seit drei Monaten bin ich arbeitslos, ein Steuermann ohne Schiff, ein Kerl, dem die Frau getürmt ist, ein Mensch, der mal ein eigenes Haus hatte – gut, an meiner mißlichen Lage bin ich nicht völlig schuldlos, aber ich sag euch, da war 'ne Masse Pech mit im Spiel ...

Daß ich zur Zeit im Seemannsheim neben dem Michel logiere und zugucke, wenn sie am Kirchturm herumbasteln, macht mich der Reederei verdächtig – doch was soll's, ich habe eine neue Braut, jung ist sie, gesund und die kann zupacken.

Wir essen in der Kantine zu Mittag: gebratene Rippchen, Spiegeleier, Kartoffelsalat, Petersilie.

Warum heißt das nicht Gustavsilie? fragt Romy. Außerdem glaubt sie an die gradlinige Verbindung zwischen beiden Ohren. Sonst ist sie schwer in Ordnung und bleibt guter Dinge, auch wenn ihr der neue Job zu schaffen macht: Eine Oma schmiert ihren Kot jeden Tag in die Gardinen, eine andere schüttet die Suppen unter Absingen eines Volksliedes in den Nachtschrank, eine dritte garniert ihr Bett mit Fischköpfen.

Grundsätzlich landet die Hälfte der Mahlzeiten im Bett, und dann sieht man den Stofftieren beim Fressen zu: Ja, euch schmeckt's, was?!

Und jeden Tag muß Romy Prügel einstecken. Sie lacht
darüber.

Die meisten Alten haben allerdings keinen Mumm
mehr, kommen nicht mehr raus aus ihrer Kiste; wer im
Glück ist, setzt ein letztes Mal den Fuß vor die Tür, ver-
läuft sich draußen in den Anlagen oder in den Seiten-
straßen des Viertels und erfriert des Nachts (und dafür
müßte immer Winter sein).

Verwandte, die auf sich halten, erscheinen alle vierzehn
Tage, sonntags, und spendieren vielleicht einen Strauß
Pißnelken; das Geld ist zum Fenster rausgeschmissen.
Da könnte ebensogut Gras auf dem Nachttisch stehen.

Ja, mit den Tieren ist das einfacher. Deinen Köter
schläfern sie dir ein, wenn er blind und zahnlos durch
die Stube hinkt, und wenn du fünfzehn Mark drauf-
packst, kannst du ihn gleich beim Tierarzt lassen. Was
willst du ihn unter einem Stein in deinem Garten be-
erdigen, tot ist tot.

Ja, Scheiß Romantik.

Mann, sage ich, kannst du was verdrücken!

Ich muß härter ran als jeder Hafenarbeiter. – Sie behauptet das einfach und hält die Gabel für zwei Sekunden senkrecht in der Faust.

Im Foyer des Heims stehen die Seeleute beisammen,
schwatzen und spielen Schiffeversenken. Wenn sie getrunken haben, prahlen sie mit Abenteuern, fluchen
auf den Staat, drohen der Regierung, und einer knurrt:
Wir brauchten einen kleinen Adolf, einen *kleinen* –
dann ging's uns besser... Die andern werden dann unsicher.

Romy weiß, daß ich hier nicht gerade glücklich bin,
aber einen Batzen Geld auf der hohen Kante habe.

Wenn ich nicht bald aus der Flaute rauskomme, suche ich mir eine kleine Wohnung. Ich könnte natürlich sofort in das Haus meiner Eltern ziehen – meine Mutter steht ständig mit offenen Armen in der Tür.

Im Seemannsheim kostet mich der Platz im Doppelzimmer elf Mark pro Tag. Drei Wochen lang lebte ich mit einem Polen zusammen, kein unrechter Kerl, spricht weder Englisch noch Deutsch und will nach Kanada. Bekommt von unserem Staat vierhundert Mark im Monat und darf in Hamburg umsonst Straßenbahn fahren; verputzte für fünfundsechzig Mark Tageslohn Rohbauten, schickte seinem Vater ab und zu zwanzig Mark nach Breslau, ist jetzt in einem Sammellager.

Seinen Platz hat ein junger Bursche von den Gilbert-Inseln eingenommen. Dort unterhält die Laiß-Reederei, die hat ja schon im Sklavenhandel abgesahnt, eine Nautiker-Station und bildet Einheimische für die Seefahrt aus; erzählt ihnen, wo vorn und achtern ist und daß ein Schiff 'nen Schornstein hat und 'nen Kamin, und dann müssen die Jungs ein Jahr lang fahren, bekommen dafür zweihundertfünfzig Mark im Monat – diese Sache macht uns kaputt. Aber die Burschen halten oft nicht durch. Sitzen nach vierzehn Tagen an der Reling und murmeln: My island in the sun ... Die kriegen unheimlich Heimweh. Kann man natürlich verstehen. Na, wenigstens spricht der Kerl einigermaßen Englisch. Zuerst war er mir ja ein bißchen zu braun, aber waschen tut er sich ordentlich. Morgens beim Frühstück höre ich die beiden Küchenfrauen auf die Schwatten schimpfen: Das ist hier ja wohl bald ein Asylantenheim und kein Seemannsheim mehr, und den ganzen Tag hängen sie im Vorraum rum, keiner kommt da mehr durch, und im Sommer sitzen sie auf der Treppe vorm Eingang und palavern!

Da hat der Negerpfaffe schuld, nickt ein blonder Zwei-
zentnermann und schlürft übellaunig an seinem Kaffee, weil man ihm geraten hat, endlich umzuschulen.
Wenn er besoffen ist, muß die Polente ran.
Ja, fährt die Frau an der Ausgabe heftig fort, und bei
uns kommen sie an und betteln um Essen. Das wollen
sie auch noch umsonst haben, und ich kann hier den
ganzen Tag rumschuften wie 'ne Blöde ...
Ich halt dann meine Klappe, weil ich auch nicht weiter-
weiß, haste aber nach jedem Frühstück zum nächsten
Kiosk, um in den neuesten Zeitungen irgendwas zu lesen, was mir hilft, das heißt, ich lese keine Zeitungen:
Ich fresse sie, schlinge sie runter, zerlege sie in ihre Be-
standteile, quetschte sie aus nach der kleinsten, unbe-
deutendsten Nachricht, fliege über die Zeilen, klebe an
jedem Wort, will alles wissen, mache Jagd auf Artikel,
hechele durch Reiseberichte und Katastrophenstories,
horche jede Seite mit dem Stethoskop ab, erlausche die
Herztöne der Redakteure, lasse mich anregen und auf-
regen und beschwindeln, nur beruhigen lasse ich mich
nicht, freue mich über Lügen, ärgere mich über Wahr-
heiten, glotze auf Fotos – die Fotoreporter sind wirklich
eine Bande ausgemachter Schweinehunde –, nicke
Kinderbildern zu, Japanern, Norwegern, armen Schei-
ßern, greife zur Lupe, meine Finger sind schon
schwarz, ich muß die Augen zusammenkneifen: *Unserer Wirtschaft geht es unerwartet gut!* – Da lache ich,
spucke auf Börsenkurse, Firmenzusammenlegungen,
Pleiten und den Witz der Wall Street – und hoffe auf
die große, letzte, mich erlösende Meldung: AUF-
SCHWUNG IN DER DEUTSCHEN SEEFAHRT!
Keine Nachricht darüber. Und ich muß wieder auf
Seite eins beginnen, muß mir neue, andere, noch unab-

hängigere Zeitungen kaufen, jeden Tag – daß ich nur nichts übersehe, daß mir nichts entgeht; vielleicht werde ich irgendwo wirklich dringend gebraucht. Vielleicht habe ich sogar Aussicht auf ein eigenes Kommando, ein Schiff – ich habe doch das Patent, hört ihr?!

Als ich Romy mein Zimmer zeige, deutet sie auf den Zeitungsberg. Fürs Klo, sag ich und: Laß uns zum Schwimmen fahren!

Sie schwimmt gern, und ihr Badezeug liegt ständig im Fond ihres Wagens. Da sie Nachtdienst hat, können wir uns Zeit lassen, gondeln durch den trüben Januartag, und das Essen sackt; ein gutes Essen ist doch das Wichtigste.

Mit meinem Talent zum Nichtstun ist es nicht weit her; da hänge ich nun seit Wochen herum, fluche in mich hinein, und meine Braut kratzt alte Weiberärsche aus – vielleicht sollte ich doch mein Elternhaus übernehmen? Vater wird bald achtzig, Mutter ist siebzig – und sie ist das Problem: Wie sie in der Tür steht, wenn ich heimkomme! Wie sie die Arme zur Seite streckt, so steif und spastisch, so unglaublich übertrieben, so süßlich lächelt und dann kräht: Wä-är kommt denn da-ha? Mir, während ihr vor Freude und blödsinniger Hoffnung die Tränen in die Augen schießen, zieht sich sogleich der Bauch zusammen, und während ich nach Luft ringe, nimmt sie mich in die Arme, und ich muß sie dann auch in die Arme nehmen, ihren abstoßenden Körper spüren, mit dem ich früher nie tanzen mochte, als ich das gerade gelernt hatte, und es wird mir ganz anders, am liebsten würde ich dann davonrennen.

Deine heutige Nachtschicht mache ich mit, Romy!

schreie ich, und ich schreie nicht nur, weil der Motor
ihres Autos einen unerträglichen Lärm macht.
Sie grinst flüchtig: Flasche!... Ist das dein Ernst?
Mein Ernst.
Sie stochert noch eine halbe Stunde in den Straßen
herum, soll sie. Orientieren kann sie sich nicht; keine
Frau kann sich orientieren, weder mit Hilfe der Ge-
stirne noch auf einer Karte. Welche Frau könnte schon
prompt die Himmelsrichtungen angeben? Dreht sich
Romy auch nur zweimal im Kreis, geht die Sonne in
Belgien auf.
Seltsam, wie sich das weibliche Geschlecht trotzdem im
Leben zurechtfindet.
Wir entdecken ein Schwimmbad in Blankenese, aber
das Wasser ist kalt; so knutschen wir wüst in der glit-
schigen Umkleidekabine. Ich umfasse ihr Kreuz, packe
mit der Rechten in ihren runden, fälligen, strammen
Weiberarsch. Meine Finger spreizen sich, als sei ich
Franz Liszt, und dabei regen mich Hallenbäder wenig
an; sie riechen nach Kinderklinik und öffentlichem
WC.
Nach bescheidenen Schwimmversuchen — es ist eine
Art Warmbadetag, und man kommt kaum zum Zuge —
fahren wir hinüber nach Alsterdorf. Die Straßen sind
heillos verstopft, und für die wenigen Kilometer brauchen wir eine Stunde, in der ich vom Fliegen träume,
heben doch direkt hinter Romys Wohnblock rauchende
Passagiermaschinen ihre rundgeschmirgelten Schnau-
zen in die Luft, um zu entschwinden — mit diesem breiten, orchestralen Krach, dem ich gebannt nachlausche:
Tonga, West-Samoa, Tahiti, Jamaika, Mexiko, Ha-
waii! Singapur, Bangkok, Shanghai, Neuseeland ...

Die Altenpflegeanstalt in Alsterdorf war früher eine
Kaserne. Schön sind die Bäume, bemerke ich.
In Haus 5 liegt der Keller voller Toter, antwortet sie.
Wie lange liegen die da?
Tagelang.
Wieso?
Weiß ich auch nicht. Heut morgen ist uns wieder 'ne
Alte gestorben. Mußte ich mit rüberschleppen.
Als meine Braut im Oktober hier begann, brach gleich
eine Achtzigjährige tot über ihr zusammen. (Die hab
ich wohl zu kalt geduscht!)
Wir tuckern im Schrittempo durch die Anlage. Eine
Oma in einer blauen Strickjacke schlurft über den Bür-
gersteig: Die weiß bestimmt nicht, wo sie ist! stellt
Romy fest. Eigentlich müßte ich der jetzt helfen. Aber
sie hat ihr Gewissen unter Kontrolle.
Und die Oberschwester spritzt gelegentlich die Seelen
ins Himmelreich: Natürlich! Was glaubst du denn?!
Von Zeit zu Zeit hält sie einen abgefaulten Hacken in
der Hand: Zuerst weißt du nicht, wohin damit.
Bei Romy darf ich nicht wohnen, selbst meinen Besuch
müßte sie anmelden. Wir schleichen also auf das Zimmer, stürzen uns in ihre Bettlaube und pressen uns zu-
sammen, daß die Schwarte kracht: »Genesungsfick«
nennt sie dieses Duell.
Und dann wird es ernst: Um zwanzig Uhr beginnt ihr
Dienst, und ab zwanzig Uhr dreißig bin ich mit von der
Partie auf ihrer Station in Haus 2: Der Fußboden
glänzt, die Wände sind weiß, die Vorhänge und Bilder
bunt, die Lampen ohne die winzigste Spur von
Fliegendreck, und es riecht so gut wie gar nicht nach
Urin.
Es beginnt die erste, die leichte Runde; Zimmer für

Zimmer klappern wir ab, die meisten Räume sind mit sechs Personen belegt, Romy schiebt ihren kleinen Teewagen, teilt Tabletten zu, sammelt Zähne ein, sie spricht laut und akzentuiert: Geben Sie mir mal Ihre Zähne, Frau Schmidt! Hier liegt nicht etwa die Frau von Helmut Schmidt, noch nicht.

Es beginnt die Nacht der Achtzig- bis Hundertjährigen, die meisten werden nur wenig schlafen — sie dämmern nur dahin, sind ratlos, staunen, seufzen.

Romy holt ihnen die Zähne aus dem Mund, zurrt die Betten zurecht, kippt Medizin in sie hinein — das Mädchen hält nichts von Tabletten; sie ist selbständig und dosiert nach eigenem Gutdünken: Das ist zuviel, sagt sie, der geb ich weniger.

Alte, uralte Frauen, alt wie dieses Jahrhundert.

Zunächst wage ich es nicht, über die Schwelle in einen Raum zu treten. Wie von einem Magneten fixiert, bleibe ich im Türrahmen kleben, meine Augen erfassen das beklemmende Bild einer lichten Vorkammer des Todes, beigefarbene Wände, ein paar exakt aufgehängte Großfotos, lange, dichte Vorhänge, eine weiße Decke, weiße Stahlrohrbetten, kahle Nachtschränke, gleitende Neonröhren, ein riesiges Waschbecken mit einem entsetzlich klaren Spiegel darüber, ein Tisch, drei Stühle, ein hellgrauer, gewienerter Linoleumfußboden — und dann diese Gestalten aus einer Geisterbahn: Was für ein Fräuleinwunder!

Verbraucht und ausgelaugt sie alle, mit wässrigen Augen, fleckigem Hautteig, apathisch, blöde grinsend, ausdruckslos, fett oder knochig, sehnig und breiig, und die Gesichter zeigen die unzähligen Spuren, die ein Gesicht haben kann; und sie zeigen weder Demut noch Stolz: Es sind die mitgenommenen, seltsam gleichgültigen Antlitze jener, die ihr Urteil empfangen haben. Und jede Revision ist ausgeschlossen.

Was begreifen sie noch? Sie leben in der vagen Welt einer letzten Abenddämmerung. Tag und Sonnenschein kann es für sie nicht mehr geben. Welchen Besucher erkennen sie? Romy stellt mich tatsächlich vor. Die Frauen betrachten mich ungerührt; oder gar nicht.

Es ist tropisch warm. Der Tod heizt diese Räume ein. Der Tod heizt uralten Kindern ein, die keine Sprache mehr lernen, die nie mehr spielen werden.

Doch manchmal gebärden sie sich widerspenstig, da erwacht in ihnen, aber das ist keine Rückkehr ins Leben, ein selbstquälerischer Eigensinn, und sie kämpfen um Spielsachen, die sie nicht mehr haben, sie schlagen um sich, verbeißen sich im Pflegepersonal, teilen Tritte aus, fluchen, stellen irre Forderungen, rütteln am Bettgitter, wollen Geld – und jammern nach ihrem Liebsten, nach Mutter und Vater, nach ihren Kindern.

Romy bleibt geduldig, versieht ihre Pflicht mit freundlichem Gleichmut und fester Hand. Bisweilen lacht sie auf, wenn jemand die Zähne nicht herausrücken will, die Lippen zusammenkneift, einen Boxhieb austeilt.

Ich stehe nur in der Tür, eine uninteressante Figur, ein festgeschraubter Mann, dem es unbehaglicher wird.

Eine greise Squaw muß die ganze Nacht aufrecht im Bett hocken und mit heiserer verzweifelter Stimme um Hilfe schreien, unentwegt, stundenlang: Hi-ilfe!... Hi-ilfe!... Hi-ilfe!

Aus ihrem offenem Nachthemd schaut die skeletthafte Brust. Strähnig hängt das eisgraue Haar bis auf die Schultern. Sie streckt das scharfe Kinn vor, ihr Mund ist ein grausiges Loch; bei jedem Ruf hebt sie die hageren Hände, wiegt dabei mit letzter Anstrengung den Oberkörper; kein mitleiderregendes, ein unwirkliches Bild.

Ihre Zimmergenossinnen beachten sie gar nicht, und Romy meint, scheinbar leichthin: In einer Woche ist sie tot.

Um zweiundzwanzig Uhr dreißig sitzen wir im Aufenthaltsraum an einem großen Tisch, und ich schneide bunte Papierbögen in Streifen, aus denen Romy dann eine Art Blume bastelt: In einer Woche ist Tag der offenen Tür! Auch das noch.

Mich verstimmt die Fummelei, aber ich halte durch, um mein Mädchen, das sich keine Pause gönnt, nicht im Stich zu lassen.

Ich weiß nicht, gestehe ich nun, ob ich das könnte – diese ekelhaften Wracks überhaupt anfassen.

Manchmal, gibt sie zu, habe ich Alpträume.

Um zwei Uhr nachts haben viele in das Bett gemacht. Jetzt beginnt die Schufterei erst; es stinkt. Ein warmer Gestank füllt die Räume.

Romy dreht und wälzt die sich auflösenden Körper; graue, schlapprige Pflaumen, tote Titten, rote, dunkelrote, schwarze Ärsche und Rücken, wundgelegenes Menschenfleisch in vollgeschissenen Windeln; Knochen stechen gelb aus der Haut, und daneben offene klebrige Stellen, die nur noch die Erde schließen wird: Zwei, drei Schritte trete ich in das Zimmer, fast bis an das erste Bett, die Arme fest verschränkt.

Eine Alte hat es sich im Bett gemütlich gemacht und ißt ihren Kot, stopft sich die kleinen, festen Stücke wie Bonbons seelenruhig in den Mund; kotverschmiert ist ihre Koje.

Romy verzieht keine Miene. Erst als sie mich ansieht, sieht, daß ich, von Übelkeit befallen, in den Türrahmen zurücktrete, da lächelt sie spöttisch: Na, Seemann, ich denke, du wolltest mir helfen!

Sie nimmt die Körper mit einem Arm hoch.

Mich gruselt es. Sorry, hauche ich.

Hin und wieder schlurft eine Gestalt über den Flur, schlurft mit anerkennenswertem Tempo die gebohnerte Piste hinunter, bis Romy sie zurück ins Bett scheucht: Du mußt aufpassen, daß dir von den Wanderliesen morgens keine fehlt!

Am Ende des Flurs wacht eine Frau die ganze Nacht in einem Korbstuhl, sitzt einfach nur da, bewegt sich nicht, sagt nichts; sie hat, eine Gemeinheit des Schicksals, noch alle Tassen im Schrank.

Keine Ahnung, warum die hier gelandet ist.

Wie kann ein normaler Mensch weiterleben, sperrt man ihn zu den Umnachteten?

Das gekachelte Bad mit seinen Wannen und Flaschenzügen, die Toiletten mit ihren Sitzhilfen, der Wäscheraum, die Küche, der Aufenthaltsraum mit dem Fernsehgerät, das Schwesternzimmer – ein ordentliches Hotel zur letzten Nacht.

Und draußen der herrliche Park, des Paradieses gepflegter Vorgarten: Kurzgeschnitten der Rasen, prachtvoll entwickelt der Rhododendron, gewienert die Bänke, schwungvoll und rein die Wege; wirklich etwas für das Auge.

Romy wütet nun in ihrem Steinbruch, stopft die Beutel mit der Dreckwäsche, bezieht die Betten neu, nicht jedes, sonst würde sie tot umfallen; sie schnauft verhalten, schwitzt, schiebt ihren riesigen weißen Wagen.

Ich kann nicht anders, muß an Vater und Mutter denken. Wie lasse ich meine Eltern verschwinden? Die trifft doch niemals der Schlag ...

Mutter ist zäh, Vater gesund – das saubere Pärchen stirbt mir glatt an Altersschwäche, stabilisiert durch eine sagenhafte Batterie von Medikamenten, mich an den Lehnstuhl, mich ans Bett rufend –?

Vater hofft immer noch, daß ich in sein Haus ziehe, es hüte, seinen Garten bestelle, die Pflaumen pflücke, den Rasen mähe, den Jägerzaun streiche, die Heizung versorge, die wunderbare überdachte Terrasse nutze, die Hollywood-Schaukel – Hollywood! Für wen hab ich das Haus gebaut, klagt Vater: Für euch doch.

Er klagt nur schüchtern; achtzig ist er, versteht nicht so recht, was er falsch gemacht hat. Ein Sohn ist tot, der zweite hat, weit entfernt, ein Bauernhaus ausgebaut und vier Kinder – nur ich bin, scheine jetzt greifbar: Du, unser Jüngster. DU, unser Seebär!

Ein arbeitsloser Seebär... Ich kann meine Eltern nicht einweihen. Einmal im Monat rufe ich sie an.

Einschläfern oder Alsterberg, schließlich wohnen sie vor den Toren Hamburgs. Und wenn ich selbst alt bin: Einschläfern oder Alsterberg. Herr im Himmel: Mach, daß mich ein Blitz erschlägt, wenn ich sechzig bin, und laß mich nicht im Bett sterben, nicht im Haus 2, wo die alten Puppen ihren Kot fressen, nicht im Haus 4, wo die Männer vor sich hin geistern.

Romy ist bei der Arbeit nicht nur still: Ich schufte mich hier tot, und das Stammpersonal hängt tagsüber faul im Schwesternzimmer rum. Ganz unten bin ich hier... Manchmal zeigen mir die Frauen Fotos, Soldatenfotos. Plötzlich denken sie für Augenblicke klar, wollen was unternehmen, müssen unbedingt was erledigen. Das kann dann traurig sein.

Kurz vor fünf Uhr – ich gehe Romy in der Küche zur
Hand, wir schmieren Brote für das Frühstück, essen
selbst – klingelt im Schwesternzimmer das Telefon,
und wenig später wird eine alte Dame gebracht, der sie
zur Unzeit Nägel und Drähte zogen; für sie ist ein Ein-
zelzimmer vorgesehen.
Mich darf man nicht antreffen, auch die Kontroll-
schwester erscheint auf der Bildfläche, und ich muß
untertauchen.
In irgendeinem Zimmer verschwinde ich, stehe dort
wie erstarrt zwischen halbgeöffneten Gardinen – kann
man von hier aus nicht zur hübschen Voliere neben
dem Café schauen? –, lausche in die Atemzüge der
Halbtoten, bis eine Stimme flüstert: Raus!... Raus!
Die Stimme klingt kräftig und herrisch, und ich muß
schmunzeln. Unter den Greisinnen des Hauses liegen
ein Dutzend Frauen, die erst um die sechzig sind und
hier mitversorgt werden, weil es in ihrem Oberstübchen
ein bißchen durcheinandergeht, keine gefährlichen
Verrückten, harmlose Menschenkinder.
Ich gebe keine Antwort und sehe, wie sich eine Frau
langsam im Bett aufrichtet: Raus!... Raus!... Was willst
du hier?
Ach, Muttchen! denk ich.
In dem spärlichen, durch den Vorhang einfallenden
Lichtschein gleicht der Raum einem Bühnenbild des Todes: Ich kann nun beobachten, wie sich die Frau aus dem
Bett gleiten läßt, schließlich neben diesem steht und zu
mir sich wendend fragt: Wer sind Sie?... Bist du es?
Es ist still im Zimmer; ein Schauder der Beklemmung
läuft über meinen Rücken. Vom Flur, auf dem es gerade geschäftig zuging, dringt kein Geräusch zu uns
herein, das mich ablenkte.

Die anderen Schreckgespenster schlafen mit ruhigem Atem. Nein, will ich antworten, aber ich bekomme keinen Ton heraus, denn meine Augen, eben noch dem Neonlicht ausgesetzt, gewöhnen sich an das Dunkel und nehmen sich weitend wahr, wie die kleine Frauengestalt um das Bett herumtastet, an seinem Fußende haltmacht, nur drei Meter von mir entfernt, und ich stehe, mir jede Bewegung versagend, im Spalt des Vorhangs, bin gut zu sehen für jemanden, der im feinsten Schimmer eines künstlichen Lichtes – kein Stern steht vor diesem Fenster – die Nächte durchwacht in der Hoffnung, es erschiene ihm ein verlorener Mensch.

Bist du endlich da? fragt die Stimme wieder. Aber ihr Klang ist nicht schaurig, eher trocken und herausfordernd.

Nein! Wieder sicher geworden, stoße ich das Wort hervor, und es erleichtert mich, zu sehen, daß ich die Alte in ihre Schranken gewiesen habe: Sie schreckt zurück, sie dreht sich zu ihrem Lager, legt sich langsam hinein und wortlos.

Was sollte sie auch sagen? Ich bin nicht der, für den sie mich gehalten hat –. Wartet sie nicht auf jemanden, von dem sie sich ohnehin nichts erhofft?

Unsere Alten – sie haben sich selbst diese Stationen gebaut, auf denen wir ihr Leben endgültig abwickeln.

Raus!... Das gilt noch einmal mir. Jetzt klingt es wie ein Wunsch. Ich reagiere nicht und stehe stumm und ohne Regung da, ein dunkler Posten, der auf einen Rat dankbar lauschte.

In diesem Zimmer bin ich überflüssig, aber ich verlasse es erst, als ich Romys Schritt auf dem Flur höre: Sie ist jung, ihr Fleisch saftig, und ich werde sie im Morgengrauen auffressen.

Wer sich verrechnet

Ich erinnere mich gut, daß ich in jüngeren Jahren, ohne schlecht zu leben, jeden Pfennig zweimal umdrehte, so, als handelte es sich um meinen letzten; dabei war ich nie geizig, gab aber mit Bedacht aus und trug das selbstverdiente Geld der ersten Berufsjahre brav zusammen: das bescheidene Häufchen investierte ich in eine kleine Privatfehde, aus der ich mit hängenden Ohren und gänzlich leeren Taschen hervorging.

Mein Verhältnis zu jüngeren Damen und zum Geld änderte sich. Für einige Monate kaufte ich mir Frauen, ohne diesem Kauf besondere Erfahrungen zu verdanken, es seien denn jene, daß französische Umgangsformen sich in einem hannoverschen Bordell der frühen siebziger Jahre einer gewissen Beliebtheit erfreuten und daß meine klammen Herbst- und Erntehände bei einer sehr, sehr weißen Hure nicht ankamen. Außerdem gab sie mir ein unanständiges Bilderbuch, in dem ich blättern mußte.

Geld wurde mir völlig gleichgültig. Die Jahre gingen ins Land, ich sah ein winziges Haus und kaufte es, ohne daß ich Pfennige gehabt hätte, die umzudrehen ich genötigt gewesen wäre. Eine Bank gewährte mir einen beträchtlichen Kredit. Als ich merkte, worauf ich mich eingelassen, wie unklug ich gehandelt hatte, war es zu spät: Mein Gesicht wurde schmaler, Frau und Kinder blickten ein wenig trüber, aber wir lebten durchaus weiter und standen an den Sonntagen mit gestärkten Hemden und blankgeputzten Augen auf unserer bunten Hauswiese, uns selbst die schönsten Gartenzwerge.

Ich zahlte Zinsen, strich den Zaun, mähte den Rasen, beobachtete den Pflaumenbaum und hütete die Kontoauszüge – zwei Jahre lang. Dann bot mir die Bank einen neuen Vertrag an – zwölf Prozent Zinsen.

Die ersten Nächte stand ich senkrecht im Bett. Ich wurde ein Waffennarr. Beim Frühstück studierte ich statt der Zeitung die Karte der Vereinigten Staaten von Amerika. In der Dämmerung fuhr ich mit Tarnlicht und umschlich die mir bekannten Standortschießanlagen. Ich sammelte Informationen über internationale Bankenkartelle und faßte den Plan, sie mit einem Schlag zu vernichten. Ich vertiefte mich in die Aufzeichnungen meines Lieblingsfeldherrn von Manstein.

Meine Familie litt: Sie mußte auf dem Dachboden an Sandkastenübungen teilnehmen, Kampfanzüge tragen. Ich richtete den Kindern das Feldbett, erfand Gute-Nacht-Geschichten von der Brigade Erhardt und anderen bemerkenswerten Freikorps. Meine Frau erwies sich bei schnellen Gepäckmärschen als ungeheuer zäh.

Natürlich, wir versuchten es auf friedlichem Wege: Für Leser mit unglaublich guten Augen war in Zeitungsannoncen von unserem Häuschen die Rede als einem kleinen Sonnenstern im Grünen, den seine Bewohner leider verlassen müßten. Nun waren die Zeitungen Hamburgs und Berlins voll von solchen kleinen Sternchen, die lichterloh brannten und doch zu verlöschen schienen. Häuser waren zu kaufen wie Streichholzschachteln oder Wundertüten, billig für jeden, der seinen Sparstrumpf gut gestopft hatte.

Die Zinseintreiber lächelten und machten ernst und füllten ihre Teller voll, belegten sich das Butterbrot mit dicker Wurst, tranken ihre guten Tropfen, legten sich in ihre Höhensonne – immer weißer wurden ihre Zähne, die sie hämisch zeigten, mit weißen Zähnen spricht das Recht.

Die Zinsnehmer, diese kleinen, mickerigen, mickrigsten Rechenmeister, saßen mit ihren angespitzten Bleistiften vor ihren Haushaltsheftchen, beugten sich ratlos über ihr Soll und Haben, das schon zerfloß im Schweiß, der aus den Stirnen springt und sich vermischt mit den salzigen Wässerchen trauriger Augen.

Bestraft sei, wer seine Verhältnisse nicht bedenkt, den Winter für eine harmlose Jahreszeit hält und sich Geld borgt.

Wir begannen Zeitungen auszutragen und Blut zu spenden. Sonntags sammelten wir Früchte und Heilkräuter. Den Rasen pflügten wir zu einem Kartoffelfeld. Morgens um drei Uhr bauten wir auf dem Flohmarkt einen Stand auf, alte Hosen und Heimatbilder zu verkaufen,

Gleichzeitig liefen unsere Kriegsvorbereitungen auf vollen Touren. Mein Sohn hielt erstklassige Lagevorträge: Feind, eigene Lage, Auftrag...

Wir waren zu weinen nicht bereit, wir gingen um unser Haus und sagten: Acht Prozent Zinsen sind genug.

Als klar wurde, daß wir die neue Zinslast nicht würden tragen können, beriet mich der Tierarzt, der im Kreise meiner Verwandtschaft sein Unwesen treibt und Tag und Nacht die rätselhaften Bauern belauscht, die sich seit Jahrhunderten fein auskennen im Untergang:

Man legt ein glühendes Brikett in einen Holzschuh, wickelt denselben in feuchtes Zeitungspapier, sucht für das Päckchen einen Platz, der keine Wärme verträgt, und geht aus dem Haus, um einer Hochzeit beizuwohnen, auf ihr zu tanzen, bis man jäh von der schrecklichen Nachricht erschüttert wird, daheim läge der schöne, alte Hof, an dem alle so gehangen haben, in Schutt und Asche.

Brandbeschleuniger darfst du nicht benutzen, rät mir ein Kommissar, die weisen wir ruckzuck nach.

Die letzte Nacht nahte, wir hatten unsere Fahrtenmesser angelegt, ich trat noch einmal auf die Terrasse, die ersten Sterne auszuspähen und mich zu fragen, was ich am kommenden Tag in der Bank tun würde.

Und kaum stand ich draußen, aufrecht und fast erledigt, schlug das Telefon an.

Euer Scheck, dein Scheck rettete mich.

Ich wimmerte vor Dankbarkeit und Ergriffenheit und summte wehmütige Lieder: Am Brunnen vor dem Tore, Kein schöner Land in dieser Zeit ...

Ich entwaffnete meine Familie und schickte meinen Sohn zum Austoben in den Wald. Frau und Töchter tranken bis spät in die Nacht hinein Sekt und hörten Wagner. Ich ölte das MG und die Panzerfaust ein und las dabei Grimms Märchen und die berühmten Friedensreden des amerikanischen Präsidenten Wilson. Draußen war es still über dem Land, aber hier und da erhellten große Fackeln die schwarze, nasse Ebene: Neubauten brannten wie Osterfeuer.

Am nächsten Vormittag erschien ich um zehn Uhr in der Bank, meine Brust war nichts anderes als ein Brutkasten kleinmütiger und rachsüchtiger Gefühle. Ich schnaubte, erlöst und angefeuert, zum Eingang des Geldinstitutes empor, bereit, die steinerne Treppe zu besudeln, dem Portal jede Würde zu nehmen, die riesi-

gen Glastore zu zersplittern und in der Marmorhalle
die Vergänglichkeit aller irdischen Existenz mit einer
Tonne Dynamit in Erinnerung zu rufen.
Bedauerlicherweise bleib ich völlig normal und über-
reichte meinem persönlichen Berater jenen Scheck, der
mich dem Kundendienst der Bank entzog. Ein paar lächerliche Formalitäten, und die Trennung war Gewißheit.
Ich faßte an meinen Hals und befühlte den roten, wunden Ring, das Zeichen meiner hündischen Existenz.
Ich ging als freier Mann.
Eine Änderung im Grundbuch wurde vorgenommen,
Grundstück und Haus auf deinen Namen und den Namen deines Mannes eingetragen.
Ach, dein lieber Mann, der gute, traurige Goldfisch, der
treue, brave Hund mit den wehmütigen, ewig enttäusch-
ten Augen: kein schlechtes Wort über diesen Menschen,
der wie ein Huhn geht und wie ein Hase ißt.
Dich aber, altes Mädchen, allzu mütterliche Freundin,
soll der Schlag treffen oder der Teufel holen oder ein
Lastwagen voller Felsen soll dich aus Versehen – aber
richtig – überfahren, zerspritzen magst du an der un-
verwundbaren Scheibe eines raschen Wagens gleich
einem überflüssigen, gefährlichen Insekt, dessen ge-
meine Stiche böse Krankheiten hervorrufen.
Gehe ich nun Jahr für Jahr in deinem Hause ein und
aus und suche artig, meine Schulden abzutragen, mein
Gesicht zu wahren, da du mir erzählst, was dein Stil ist
– und was nicht! Und während sich deine Hände drehen und wenden und du dein schillerndes altes Gefie-
der sträubst, bis ich deine nackte, sich kräuselnde Haut
sehe, steigt mir die Mahlzeit ganzer Negervölker aus
dem Magen, und ich schlucke und schlucke.

Auch heute wandeln wir wieder durch deinen Salon,
dein Mann schlurft hinter uns drein. Du zeigst mir ein
paar neue Bilder, Werke ziemlich mittelloser Künstler,
die du unterstützt, und sagst mir, wie ich zu stehen
habe, damit ich die Farben richtig sehe; danach
sprichst du eine Stunde lang von tollen tüchtigen Menschen, von Menschen, die zupacken, von Machern –
und ich nicke, Esel, der ich bin, dir ans Herz gewachse-
ner Esel, auf dem du herumreitest und dessen Fell du
traktierst – wie es deine Laune gerade will.

Du hältst mir einen kurzen Vortrag mit den Zeigefin-
gern, damit ich weiß, worauf es im Leben ankommt
und wie man es zu etwas bringt.

Wir setzen uns hin, und du beginnst Wein zu trinken.
Es ist ein sehr guter, sehr teurer Rotwein, nicht dieses
Zeug aus dem Supermarkt, nicht dieses ungenießbare
Gesöff, das Angestellte und Bergleute krankmacht.

Selbstverständlich sprechen wir von deinem neuen
Kleid, und du erklärst, warum dein Geschmack der beste ist.

Du bist mit der Geschäftsführerin eines bekannten Mo-
dehauses in Bederkesa befreundet – und alle Verkäufe-
rinnen freuen sich, wenn du erscheinst: Keine Frau
kann sich vor dem Spiegel so drehen wie du; du bist
allen die liebste Kundin. Bist du erst gegangen, geht die
Kasse noch lange wie eine Feuerwehrbimmel, und das
Lachen will kein Ende nehmen.

Derweil dein Mann an andere Dinge denkt, weist du
darauf hin, wie dezent dein Schmuck ist, und ich lobe
dich. Du rätst mir, fleißig zu sein.

Nach dem ersten Glas Wein – und das hast du schnell
getrunken – erzählst du deine Geschichte, eine Geschichte der Arbeit. Du ballst die Fäuste: Rangeklotzt,

geschuftet, jahrelang, ein Wochenende haben wir nicht
gehabt, bis spät in die Nacht hinein, unermüdlich, zäh,
getan, gemacht, aufgebaut, ohne Murren, bis der Betrieb stand und größer wurde und wuchs, wuchs, neue
Apparate, neue Mitarbeiter, rangeklotzt, geschuftet
nächtelang.

Dein Mann sagt nichts, er kennt die Geschichte, ich
kenne sie, er knuspert einen trockenen Keks, und seine
Wangen fliegen und zittern wie die Mümmelmanns,
wenn er die Ohren zurücklegt und die Löwenzahnblät-
ter meinereurer Hauswiese in sich hineinraspelt.

Du merkst, wie gerne ich dir zuhöre und magst nun wie
stets von den vielen Menschen berichten, die nichts
taugen, und von den wenigen, die es dir angetan haben.
Du gibst mir ununterbrochen Gelegenheit, deinen
Ansichten beizupflichten. Du bist bezaubernd – und du
weißt es.

Endlich ist die Flasche Rotwein leer, und du bist im Begriff, intim zu werden. Du hältst viel vom Geschlechts-
verkehr, und dein Mann meint: »Dauerfick!« Und während er sich rücksichtsvoll einer Darmerkrankung wegen für Minuten in kühlere Nebenräume zurückzieht,
flüsterst du mir zu: »Ach, wenn ich dich so sehe – ich
könnte, ich könnte...«

In diesem Augenblick, wahrlich, gruselt's mir, und ich
kotze auf den Tisch, ich erbreche mich restlos, reiße die
neugeöffnete Flasche Rotwein an mich, reinige mir den
Mund mit Frankreichs bestem Getränk und speie aus,
fülle mir den Mund und speie wieder aus, speie auf den
Tisch, speie auf den Teppich, spucke schließlich auf ein
Bild, das ich von Herzen liebe und dann auf dich: Dein
Maul ist zugeschnappt, und du bist blaß geworden.
Ich grinse und speie aus, lachend stoße ich den Tisch

um, tippe deinen herbeistolpernden Mann in sein Sesselchen zurück und sage: »Du armselige alte Schachtel.«
Dann nehme ich den Weg zu meinem Haus, stecke es an und ziehe glücklich in den Krieg.

Eine Stunde im Leben
des Knaben Adolf H.

Der Knabe stand an seinem Fenster in leicht gebeugter Haltung.

Die Unterarme mit den Ellenbogen auf der rauhen, sauberen Fensterbank, den Kopf auf übereinandergelegten kalten Händen, schaute er aus den ruhigen Augen heraus, als wolle er gar nicht sehen, als sei der Blick in eine Ferne gerichtet, die eine geheimnisvolle Landschaft in sich barg.

Die Augen waren rein und blau, und schöne Wimpern gaben ihnen, auch mitten am hellichten Tag, einen träumerischen Ausdruck. Unter glattem, dunkelbraunem Haar leuchtete ein weißes Gesicht aus Porzellan, ein Gesicht, auf dem sich kaum je eine Regung des Gemüts widerspiegelte.

Draußen erhob sich die Dunkelheit über unordentlich gepflasterter Straße, schloß sich mit immer enger werdendem Ring um die einzige Laterne, die wie ein nachglimmender Stern die entfernte Kreuzung erhellte, ein Licht, zu schwach, um ganz zu verlöschen.

Im Zimmer brannte die häßliche Wandlampe; durch den dünnen, billigen Stoff des Schirms diffundierte eine gelbe Wärme in den Raum, legte sich auch über das Antlitz des Jungen, und wie es nun um das Haus schwarz und schwärzer wurde, tauchte, es schien eine Ewigkeit zu dauern, auf dem Glas vor ihm, wie aus dem Nichts, ein bleiches, trauriges Bildchen auf, und so, halb liegend auf der Fensterbank, schaute er in das eigene Gesicht.

Er war dreizehn Jahre alt, zu jung, um den Vater zu verlieren — sagten irgendwelche Leute. Aber er war froh, daß sein Vater nun tot war.

Da er beerdigt wurde, hatte er wie ein Stock an seinem Grab gestanden und nicht geweint, nur unhörbar gewürgt, und die wenigen Trauergäste sahen ihn an, als sei er mit dem Vater gestorben.

Dabei begann sich das Leben erst jetzt in seinem Kopf wirklich zu regen, der Junge fühlte es mit dem bitteren Geschmack einer selbstquälerischen Schadenfreude: Die Mutter war nur mehr ein kümmerlicher Schatten, sie konnte ihn nicht schlagen; obwohl sie noch jung war, wirkte sie hinfällig. Der Vater ließ sie all die Jahre gut verwahrt im Haus; er schnürte sie ab vom Pulsschlag einer gleichsam von fern her rumorenden Welt. Ausgeliefert war sie der erbärmlichen Ordnung dieses Herrn und der Enge und Verlogenheit seiner Stube. Oft lag sie unter ihrem schweren Federbett, schwer und wie unter einem Zwang atmend, und der Knabe, ihr einziges Kind, sah es, ratlos und wortlos bei ihr stehend.

Er bedachte dies mit kühlem Verstand und hauchte gegen die Scheibe, um sein Gesicht nicht zu sehen: Für seine Mutter war es zu spät; für sie war der Mann zu spät gestorben. Es hätte ihn nie geben dürfen.

Manchmal beobachtete Adolf, wie sich die Mutter in den Garten wagte, diesen kleinen Gemüsegarten am Haus, mit Beeten so groß wie Kindersärge. Dort schritt sie mit krankhafter Ausdauer einher — zwischen winzigen Gehegen aus Schnittlauch, Petersilie, Porree, violettem Kohl und einem gepflegten Wäldchen aus Stachelbeersträuchern, Johannisbeerbüschen und

Brombeerhecken. Unter diesen Gewächsen bewegte
sich die Frau, als sei sie ihnen verwandt, als spräche sie
zu ihnen, und die Bienen und die Schmetterlinge waren
ein bunter Kranz auf ihrem Haar, dessen engen Knoten
sie in der warmen Sonne bisweilen mit hastigen Griffen, als täte sie etwas Verbotenes, löste, und wenn sie
sich dann nicht zu arbeiten anschickte, sondern sich auf
der weißen Bank unter dem Birnbaum für einen
Augenblick, einen gestohlenen Moment, ausruhte, so
hätte man sie, wüßte man nicht um ihre entstellende
Krankheit, für schön halten können.

Wohl betrog sie den Vater. Sie ging in den Garten, den
Vater zu betrügen. Sie träumte Unerhörtes – und sich
ihrer Sünde bewußt, saß sie mit errötenden und
schließlich blutroten Wangen auf der weißen Bank und
schämte sich ihrer Gedanken und des ärmlichen Kleid-
chens, durch das die Unschuld elfenbeinerner Haut
schimmerte, und sie legte wie eine Heilige die Hände
im Kreuz über die kleinen, lieblichen Brüste und bat
um Vergebung, betete mit geschlossenen Augen und
zurückgelegtem Kopf, aber vielleicht betete sie auch
gar nicht, vielleicht gab sie sich nur einem immer gleichen, erlösenden Traum hin. Doch die Vögel blieben
dem Garten fern.

In diesem Herbst alterte sie mit jedem der kürzer werdenden grauen Tage. Sie begab sich schon am frühen
Nachmittag, in die farblosen Tücher verstorbener Seelen gehüllt, in das Erkerzimmer, eine wahre Toten-
kammer aus verblichenen Erinnerungen; dort drängte
sie an die stummen Mauern, in deren Kälte und
Sprachlosigkeit sie ein betäubendes Fieber oder die
letzte Geborgenheit zu vermuten schien, starrte hinunter in das leblos werdende Gärtchen, grub die Augen in

den schmutzigen Boden, als berge dieser etwas Heiliges und Mitfühlendes.

Adolf wußte nicht, ob er die Mutter liebte, sie tat ihm, dies überlegte er mit einem interessierten Lächeln, nicht einmal leid; er empfand für sie wie für kleine tierische Studienobjekte, die er in einer Versuchsreihe den verschiedensten Reizen aussetzte, ehe er ihrem schließlich nutzlos gewordenen Leben ein Ende bereitete. Die Frau des Vaters wurde für ihn, gerade in dieser Stunde, zu einem Gegenstand seiner Verfügbarkeit. Nicht nur, daß sie ihn zu schlagen nicht vermocht hätte; sie schien sich ihm zuzuordnen in Gestalt einer willenlosen Puppe.

Diese Vorstellung gefiel ihm, er lachte kurz auf, und es war ihm danach, gewaltige Türflügel aufzureißen und gewaltige, orchestrale Geräusche zu erzeugen mit schmetternden Eisenkugeln und riesigen bronzenen Opferschalen.

Eine Fliege umkreiste ihn mit sonderbarem Gesurr, tanzte zur Wandlampe hinüber, setzte sich auf den braungelben Schirm; rasch, mit flinken Bewegungen und lebhafter Neugier, trat Adolf hinzu und erkannte sofort den Grund des ungewöhnlichen Surrens. Der linke Flügel des Insekts existierte nur noch zur Hälfte; das feine, durchsichtige Gewebe war an seinem äußeren Rand der Länge nach zerstört, angefressen, wie ihm schien. Er griff nach einem Buch, denn er las gern und viel, und als sich die Fliege auf der weißgetünchten Wand seines Zimmers niederließ, machte er ihrem Leben mit gezieltem Schlag ein Ende.

Er ging in die Küche, um eine Kerze, einen Teller und ein Messer zu holen. Die Kerze entzündete er mit Hilfe der Asche, die noch im Herd glühte; behutsam – er liebte es, sich Zeit zu nehmen – trug er die Dinge in sein Zimmer, verschloß sorgfältig die Tür, dachte für einen Augenblick daran, sie zu verriegeln, sah davon jedoch ab.

Nur das Kerzenlicht ließ er brennen, betrachtete im Schein der ruhig stehenden Flamme die tote Fliege, den schwarzen Körper, dessen zur Unkenntlichkeit aufgelöste plattgeschlagene Strukturen, starrte auf den schwachen, auseinandergespritzten, schon von der kalkigen Wand aufgesogenen Blutstropfen, der ein rötliches, zersprenkeltes Feld um den stecknadelgroßen Kopf bildete. Die Beine, verdreht, geknickt, halb abgerissen, standen mit Teilen völlig zerfetzter Flügel aus dem regungslosen, winzigen Leib heraus.

Ich habe das Tier erlöst, dachte Adolf, es wäre sicher langsam und qualvoll gestorben, ohne fremde Hilfe – wessen Hilfe? – wäre es dem Leben nicht mehr gewachsen. Jedes Tier, wie jeder Mensch, muß aus eigener Kraft existieren können – das Leben selbst will sich nur stark und gesund.

Er stellte die Kerze auf den Tisch, nahm den kleinen Teller und das Messer und kratzte die Fliege von der Wand, ließ ihren Leichnam auf den Teller fallen, rieb das bißchen Blut mit dem Daumen aus dem Putz, schob mit dem Fuß seinen Holzstuhl an den Tisch, setzte sich und war mit der Arbeit bis dahin zufrieden. Er faltete die Hände und überlegte, was weiter zu tun sei.

Schon nahm er den Teller, kippte ihn ein wenig, der schwarze, flache Körper glitt bis an den Rand, wurde dort von züngelnder Flamme ergriffen, ein leises Knistern und Knacken, als zerspränge ein unscheinbarer Stern, erfüllt für Sekunden den Raum, Adolf schob das Opfer mit dem Messer etwas nach, die Klinge und der

Tellerrand färbten sich tiefschwarz, und zum Schluß blieb ein Krümel fester Asche vor dem, was ihn vorhin umkreist und neugierig gemacht hatte. So war es doch am saubersten, die saubere Beseitigung eines Leichnams. Der Aufwand erschien ihm angemessen. Nach seinem Tod, dies würde er beizeiten in einem Testament festlegen, wünschte er, verbrannt zu werden. Auf keinen Fall – und das war ihm noch wichtiger – wollte er in der Hilflosigkeit seines Todes der Rede eines Pfarrers ausgesetzt sein.

Der arme, eingesargte Vater – wie war ihm an diesem Tage der Bestattung unter der Last der Kränze und Trauerkleider mit unerträglichem Getue und landesüblichem Singsang das Leben beschrieben und das Ende versalzen worden ... Keinen Pfarrer! Nur keine Kirche mit ihren schlauen, raffinierten, tückischen Einbildungen.

Und Gott? Adolf zerteilte mit dem Fingernagel den harten Aschekern, Gott war nichts anderes als DIE SUMME DER TOTEN SEELEN.

Nichts war lebendig an Gott, außer dieser zum Himmel schreienden Vorstellung über ihn.

Der Knabe studierte den eigenen Schatten an der Wand. Wenn ich mich richtig ins Licht setze, wirke ich viel größer, dachte er und begann ein geduldiges Spiel mit den Händen, ließ Tierköpfe und Zeichen aus unförmigen Klumpen erwachsen und war mit seiner Geschicklichkeit zufrieden.

Am Morgen, in der Schule, hatte ihn Dr. Schaller ein *letztes Mal* gewarnt: »Du verschwendest deine mäßige Begabung...«, und er hatte ihm, dem unaufmerksamen verschlossenen Schüler, mit dem Lineal einen überraschend schmerzhaften Schlag versetzt.

Adolf gedachte seines Widerwortes: Es macht mir doch Spaß. Er hatte es leise und ernst gesagt und – er haßte sich jetzt dafür – wie ein demütiger Hund zum Lehrer aufgeschaut, der den Worten nicht die geringste Beachtung geschenkt, die Zeichnung mit der Hand zerknüllt und mit betontem Desinteresse in den Papierkorb geworfen hatte.

Adolf nahm in der Erinnerung die Erniedrigung mit sanftem, bösem Lächeln zur Kenntnis. Und mit eben diesem Lächeln hatte er am späten Vormittag dem Dr. Schaller *gedroht*, ihn lange, unverwandt böse angeschaut, und dieser, plötzlich verstört, mußte sich mühen, seine langweiligen Übungen über die Zeit zu bringen – das war unglaublich...

Adolf, schwermütig werdend, genoß den Gedanken an diesen *Sieg seines Blickes* und schlug mit einer Seite der Messerklinge lässig in die Fläche seiner halbgeöffneten, freien Hand und erzeugte so ein gleichmäßiges, dumpfes Patschen, ein Geräusch, das ihn noch ruhiger werden ließ und einzuschläfern begann. Das Messer bewegte sich auf und nieder, als gehöre es nicht zu ihm.

Ich kann zeichnen, dachte er, nickte mit dem Kopf und schwor, die Augen in die Flamme hineingerichtet: Niemand wird mir das nehmen! Keiner soll es wagen, mich lächerlich zu machen ...

Hätte er sein Gesicht gesehen, wie es sich bei diesem Schwur zu einer Maske der Entschlossenheit wandelte – er hätte seine Freude daran gehabt.

Sogar der Vater gewährte manchmal ein knappes Lob, hatte keinen Zweifel an der künstlerischen Begabung des Sohnes, der aber sollte zuerst an das Nützliche denken, damit er es zu etwas brächte: Adolf müßte die Rechte studieren, um einmal einer Kanzlei oder einem

Amt vorzustehen – das war der Traum des pflichtbewuß-
ten, gestrengen Vaters; rechtzeitig war er gestorben.

Adolf zeichnete Plätze und Straßen, Gebäude, Türen
und Fenster, seltener Felder, Bäume und Laternen. Er
versuchte das Licht zu malen, das aus dem Himmel
herabfiel und sich im Wasser spiegelte oder vom Glas
der Fenster sprang. Dann und wann malte er Vögel,
Bienenkörbe, Handwagen und Blumen, *nie* malte er
Menschen – nur halbe Gesichter. Teile von Gesichtern,
große Augen, Ohren mit haarigem Gehörgang, auf-
gerissene Münder, Hälse und Kehlköpfe. Und er versuchte früh, das Aussehen von Herzen und Gedärmen
bis in die winzigsten Details zu erfassen – zu diesem
Zweck schnitt er Tiere auf.

Die Mutter erschrak über seine seltsamen anatomi-
schen Studien.

Sie war mit Fragen auf den Knaben eingedrungen, dessen Verstocktheit sie ärgerlich werden ließ. Vor ein,
zwei Jahren noch zog sie ihn heftig, beinahe haßerfüllt
an den Ohren, um eine Antwort herauszuholen, aber
seine Lippen hatten sich mit dem zugefügten Schmerz
zusammengepreßt, und er bildete seine Disziplin im
stummen Aushalten, wobei es ihm gelang, etwas wie
Freude und Genugtuung zu entwickeln, angesichts der
am eigenen Zorn leidenden Frau.

Nach den kleinen überstandenen Inquisitionen, die natürlich vor allem Sache des Vaters waren, hielt er sich
gern für ein angenommenes Kind und fand Gefallen an
dem Gedanken, aus besseren, wahrscheinlich adeligen
Kreisen zu stammen und aus geheimnisvollen Gründen ausgesetzt worden zu sein. Träume ließen ihn nicht
im unklaren darüber, daß er mit einem außergewöhnli-
chen Lebensschicksal rechnen durfte.

Der schöne Gedanke an das eigene Auserwähltsein machte ihn den täglichen Pflichten gegenüber faul und sorglos, die Schulaufgaben empfand er als lästig, es war ihm widerwärtig, mit vorgekauter Nahrung seinen Kopf zu füllen. Ein beliebiger Kopf zu sein, unerträglich!

Dann diese Lehrer – blutarme Gestalten, die er verachtete, kleinliche Stundengeber, die sich ängstlich an Nebensächlichkeiten klammerten, weil sie selbst nebensächliche, bevormundete Geister waren – ihre Seele litt nicht diesen unbändigen, nur von TATEN zu stillenden Hunger.

Dieser Schaller, *das* Beispiel für eine jämmerliche Natur. Ein Körper, der nur eine dünne Suppe hergeben würde, Kraft in ihm, die gut war für Geigenständer, ausgestopfte Enten, Gedichtbände.

Immerhin, er besaß dieses wundervolle Gesicht: unterkieferlos, mit fleischigem Mund, krummen Zähnen, engstehenden Augen.

Adolf erwog den Gedanken, alles Häßliche der Welt in ein Bild zu fassen, um dasselbe langsam und mit großem Gefallen zu verbrennen.

Der Knabe begab sich in der Küche an ein steinernes Becken, versuchte, den Teller und das Messer zu reinigen, säuberte das Geschirr, welches er für sein Nachtmahl benutzt hatte, trocknete die wenigen Teile ab, tat sie an ihren Platz in dem kleinen Schrank und trat durch die Waschküche hinaus in den Garten unter den kahlgepflückten Apfelbaum, um zu urinieren, denn der Weg auf den Abort war ihm zu weit.

Zufrieden betrachtete er sein Glied und zielte dessen Strahl gegen den Stamm. Einige Sterne waren aufgegangen, und der Mond schnitt mit seiner Sichel in langsam treibende Wolken.

»Weißt du, wieviel Sternlein stehen an dem großen Himmelszelt...?« Das Lied fiel ihm ein, er lachte und schüttelte den Kopf: Natürlich kannte niemand die Zahl der Sterne, und er fragte sich, was für einen Nutzen es habe, sie zu wissen.

In das Haus zurückgekehrt, zog er sich vor dem steinernen Becken nackt aus, um sich zu waschen. Die sorgfältig zusammengelegte Kleidung ruhte auf dem niedrigen bereitgestellten Schemel.

Der Knabe nahm den schweren Kessel vom Herd und goß das warme Wasser in eine weite Emailleschüssel. Mit rätselhafter Geduld begann er sich zu reinigen, behandelte auch Ohren, Augen und Zähne mit gründlichem Fleiß – die abendliche Reinigung des straffen, sehnigen Leibes war dem Jungen ein heiliges Tun, das seinen Tag beendete.

Nach einer guten Weile verließ Adolf die Küche mit einem prüfenden Blick auf deren Ordnung und Sauberkeit. In seinem Zimmer fand er die Mutter vor, sein Bett war bereitet, und er legte sich sogleich hinein, fühlte die angenehme Kühle des Bettzeugs und des weiten, weißen Nachthemdes. Durch das geöffnete Fenster strömte der würzige Geruch den Oktoberabends.

Draußen wurde es unruhig; Wind kam auf, drängte mit schnellen Schüben in den Raum, füllte ihn im Nu mit einem rauhen Herbstgeschmack, man hörte das Sausen in den Bäumen, und im Hausgiebel begann es zu rumoren.

Die Mutter schloß die Flügel und strich mit scheuer Bewegung über die Bettdecke des Kindes; dies zu tun, den Sohn zur Nacht zu betten, hielt sie für wichtig.

Er nahm es ohne ein Aufbegehren hin, lag still, eine zerbrechliche Figur unter dem trostlosen Blick der Frau.

Als sie fort war, durchmusterte er mit wacher Gewohnheit den vergangenen Tag, dachte dann kurz an den neuen und was an ihm zu tun wäre.

Danach wurde Adolf sehr müde, die Müdigkeit stimmte ihn milde, und schon halb im Schlaf beschloß er, zur Mutter gut zu sein. Sie hatte es verdient. Noch immer brachte sie ihn jeden Abend zu Bett.

Im Traum fand er sie tot an einem Strick, und er schrie und wachte schweißgebadet auf. Um ihn war es stockdunkel.

Das Wiehern des Pferdchens

Es fängt an, wenn du trocken schlucken mußt. Ich mußte als Kind *unheimlich* viel trocken schlucken. Deshalb gehe ich morgens immer schon recht früh in die Kneipe, so um zwölf Uhr. Elf Uhr aufstehen, zwölf Uhr Tresen. Auch hier im Süden, wo die Sonne den Auftrag hat, dich wachzukitzeln.

Für mich und meine beiden Kumpel gibt es nur noch den Tag und den Tag darauf. Wann der Tag beginnt, habe ich gesagt. Er dauert in der Regel zehn Stunden; dann torkeln wir heim, und wir wissen, daß wir torkeln. Die ersten acht Stunden sind eigentlich ganz erträglich (für Augenblicke sind wir ausgesprochen guter Dinge), die letzten beiden knallhart. Aber zu unserem Apartment haben wir es nicht weit.

Ich bin der Chef, und die Leute nennen mich »Hutmann«. Dann gibt es den »Sensiblen«. Er hat einen Bauch wie ein Akkordeon, und du siehst die Gedärme durchschimmern; seine Beine haben den schwarzblauen Olivanstrich. Die Knete von uns aber besitzt »Humpel«, genauer gesagt: seine Braut Hilke.

Hilke hat vierhundertsechzigtausend Mark geerbt; und die bringen wir jetzt durch.

Die Luft soll hier gut sein, deswegen sind wir auf dieser Insel. Seit einem Vierteljahr.

Hilke lag zuerst im Krankenhaus der Bezirkshauptstadt C.; jetzt fährt sie nur noch jeden zweiten Tag dort-

hin. Wenn sie uns begleitet, geht sie manchmal vor der
Kneipe auf und ab, Kilometer um Kilometer. Sie ist
achtundzwanzig und leidet an einer Art Leberlepra.
Humpel ist ihr Kämmerer, und das ist gut so. Das Ver-
fügen über einen Batzen Geld hat ihn keineswegs ange-
berisch gemacht; darüber freuen wir uns, der Sensible
und ich. Allerdings neigt Humpel dazu, so ab zwanzig
Uhr dreißig mit der Glocke rumzulärmen.
In der »hübschen Kneipenreihe«, so nennen wir unsere
Lieblingsstraße, finden sich vier Pinten nebeneinander
(eine hat uns für sechs Wochen gehört, haha), und in
jeder hängt eine blitzblanke Messingglocke über der
Theke, mit 'nem ordentlichen Schwengel dran und
'nem griffigen Tauende: Humpel schiebt sich gleichsam frisch entschlossen vom Hocker und verkündet:
»Ich gehe jetzt! – Aber nur bis zur Glocke, haha!«
Meistens sitzen nicht mehr als fünf Leute dabei, und
die Lokalrunde kostet uns 'nen Pappenstiel. Es ist für
unsereinen überhaupt ein billiges Sein hier. Zum Beispiel der Kaffee: eine Mark.
Morgens führe ich unseren Trupp in den Kampfstand,
lümmel mich gemütlich hin und gebe die erste Order:
»Krankenhauskaffee!« Humpel grinst dann allwissend,
und der Sensible nickt. Wo Hilke genau ist, erraten wir
selten.
»Bestimmt am Meer«, meint der Bräutigam ernst, »ertrinken kann sie ruhig, weil ich alle Unterschriften
hab! Hahaha...!«
Nur der Sensible lacht nicht mit. Neuerdings ruft er
dauernd seine Eltern an, bestimmt zweimal in der Woche, und in der Kneipe hält er sich mindestens drei
Hocker abseits von uns, und meistens sitzt er mit dem
Rücken zur Wand, wo die Theke ihr schummriges

Ende hat; hufeisenförmig ist sie, schön zum Ranflegeln.

Die Decke der Pinte ist übersät mit Aufklebern, und wir müssen uns den Nacken verrenken, wenn uns selbst keine dummen Sprüche mehr einfallen. In der Ecke gegenüber der klapprigen Toilette läuft der Farbfernseher ohne Ton. Unsere Lieblingssendung ist der Wetterbericht aus Deutschland. Aus den Lautsprechern weht manchmal sogar eine Heimatweise; drollig, so am Wendekreis des Steinbocks.

Seit Hilke im Krankenhaus lag, leben wir alle bewußter. Ab und zu gibt's 'ne Apfelsine oder einen Joghurt. Apropos, der Wirt in unserem Stammhaus heißt Kurt, seine Frau Waltraud und die Angestellte Inge – mitten im Atlantik!

Inge hat ein paar schöne Möpse, und die legt sie uns auch mal vor, wenn wir im engsten Kreise sind; unanständig ist sie aber nicht. Ein Fingerzeig, und sie treibt für uns in der Nachbarschaft Schnitzel auf.

Jeden Abend schichten wir unsere zweihundert bis zweihundertfünfzig Mark aufs Holz; manchmal rollt auch die Landeswährung. Seit einem Vierteljahr geht das so, und Kurt weist uns nicht die Tür. Er hat früher beim Entwicklungsdienst malocht und kann ein bißchen Französisch und Spanisch. Die Kneipe, die wir nebenan gekauft hatten, haha, haben wir nach 'nem Monat an Kurt weiterverkauft, hahaha ... Laß ihn seine Zwanzigtausend dabei eingestrichen haben, was soll's.

Einkauf – Verkauf will auch gelernt sein, haha! In der Sache waren wir ein bißchen verspielt. In diesem Meerkuhdorf hat sich das natürlich rumgesprochen, aber auf Kurt ist keiner neidisch, denn mit dem Tourismus hier ist es so gut wie vorbei. Hab gewußt, warum. Hab's wieder vergessen, haha ...

Wenn ich mir noch etwas zu merken habe, dann Hilkes und Humpels Kontostand. Weil wir ja auf etwas zusaufen, und bei wichtigen Terminen darf man sich nicht verkalkulieren.

Jetzt war ja Ostern, und wir haben uns mit dem Sensiblen einen harmlosen Scherz erlaubt – darüber wäre er früher nie sauer gewesen; hier verblüfft er uns mit einer gewissen Vornehmheit.

Was ist vorgefallen? »Es ist Ostern«, hat Humpel zu ihm gesagt, »mach uns 'ne kleine Freude, mal dir die Eier an, haha ... Farbe kannst du aussuchen, aber irgendwie muß da was Buntes hängen, und dann geh'n wir nacktbaden ans Meer, hahaha ... Und wenn du nicht willst – schade. Muß ich dich nämlich ausladen, haha!«

Humpel hat das nicht böse gemeint, niemals würde er den Sensiblen ausladen, und wir haben uns schiefgelacht.

Seitdem redet der Sensible mit uns nicht mehr, und wenn ich rufe: »Horcht!« – dann tut er so, als horche er nicht nur nicht, sondern als ob er weit weg und ganz woanders hinlausche – dabei ist das Wiehern des Pferdchens, so gewaltig die Brandung auch dröhnen mag, stets deutlich und rein zu hören: zuerst sein fröhliches Wiehern, wenig später der lustige Hufschlag.

Dreißig Meter entfernt von unserem Salon, dessen Glastür immer aufgestoßen bleibt, galoppiert der kleine Apfelschimmel mit der fliegenden Mähne und dem wehenden Schweif, und wenn das Wiehern ertönt, wissen wir: Jetzt sitzt ein Kind in seinem Sattel und ist glücklich. Und darüber haben wir uns von Anfang an gemeinsam gefreut. Das ist für uns das Schönste hier – ich meine, neben dem Whisky.

Seit dem Eierspaß redet der Sensible also nicht mehr mit uns, er hat Angst, daß wir ihm das Ticket für den Rückflug in die Flosse drücken, völlig unbegründete Angst. Und ich mache das jetzt so, denn nur am Wochenende schwärmen hier Kinder herum, daß ich nach jeder dritten Runde fix zum Pferdchen kantapere und es mit Geldstückchen füttere – ich weiß genau, es kommt der Moment, da wird der Sensible den Mund aufmachen und flüstern: »Horcht! Das Wiehern des Pferdchens...« Dann ist die Ostergeschichte endlich vergessen.

Der Zufall

In dem heißen Sommer Mitte der neunziger Jahre erhielt ich kurzfristig eine Einladung von meinem alten Kameraden Oberst im Generalstab Karl Boye, dessen Anwesen an einem See liegt, der Boye allein – und nur ihm – gehört, denn er ist ohne Familie.

Ich hatte Zeit, packte rasch einen Koffer und steuerte meinen Wagen binnen eines Tages in eine abgeschiedene Landschaft der Schleichwege und Schlupfwinkel. Wir verlebten ein paar beschauliche Tage, in denen sich die eigenartige Bedrücktheit des vertrauten Kämpen bald in die heitere Gelassenheit wandelte, die seinen Charakter so angenehm macht. Ich konnte mich nicht erinnern, und wir kennen uns jetzt dreißig Jahre, bis dahin auch nur den feinsten Ausdruck der Melancholie an ihm wahrgenommen zu haben.

Nun, es kam natürlich schon vor, daß wir uns einmal auf weniger spaßige Art unseres Junggesellen-Daseins annahmen, aber ein bitterer Klang wollte nie in die Stimmen, gingen wir jene amourösen Affären durch, die einer gemeinsamen Betrachtung wert schienen.

Nach all den Scharmützeln und Gefechten mit dem weiblichen Geschlecht – den einzigen Formen des Krieges, in denen wir beide uns bis heute bewähren durften – schien der Oberst auf einmal die Leere eines Daseins zu empfinden, das nicht die Sorge um Frau und Kinder kennt.

Gewiß war es bei uns beiden dann und wann zu Beziehungen gekommen, die man als rasante Verlobungen hätte werten dürfen, aber ... Wir waren eben auf der Hut! Und es gab einfach zu viele Frauen. (Die Angetrauten seiner Offiziers-Kameraden nannte er bevorzugt: alte Fregatten.)

Eine knappe Woche war vergangen, und wir saßen wie an jedem Abend beim Dämmerschoppen auf einem hölzernen Balkon unter dem breiten Giebel eines wuchtigen Reetdaches und plauderten im besten Tone einer alten Freundschaft, während unsere Blicke über den See glitten und jenseits des langsam dunkelnden Gürtels hochgewachsener Erlen und Eschen die bewaldeten Hügel des Ländchens hinaufwanderten, um sich heranzutasten an das heilige Rot der untergehenden Sonne: Jeden Abend bot der Himmel ein anderes, aber immer bot er ein ruhiges Bild.

Jetzt kehrten die Krähen heim, ein beeindruckendes Volk von weit über zweihundert Vögeln, das seine Schlafstätte mit dem Pflichtbewußtsein einer zuverlässigen Arbeiterschaft aufsuchte – morgens geschlossen in die Flur hinauszog, abends geschlossen heimkehrte. Bevor die Krähen verstummten, vermochte sie ein einziges, den menschlichen Sinnen nicht deutbares Geräusch aus ihren Nestern in den Bäumen hochzujagen. Manchmal flogen sie dann noch einmal einen weiten Bogen über den See, ehe sie sich endgültig zur Ruhe niederließen.

Große Spinnen spazierten hoch über unseren Köpfen durch Netze, die kleinste Beutestücke punktierten.

Das Schwanenpaar war mit seinen fünf Jungen eben im Schilf verschwunden, das mächtige Nest auf trockenem Boden nahe dem Gewässer aufzusuchen. Zwei Stockenten eilten in halbhohem Flug durchs Bild. Über eine Stunde würde es noch hell genug bleiben, um gröbere Einzelheiten der Uferzonen mit dem Auge nach einem Geheimnis abzutasten. Und für die Nacht hielten sich Mond und Sterne bereit, die sanft bewegte Fläche des schönen Sees schimmern zu lassen wie ein emailliertes Kunstwerk.

»Oberst?! Was ist los? Erzähl!« sagte ich unvermittelt, dies mit dem Nachdruck eines gutgemeinten Befehls. Frage und Aufforderung mußten von mir kommen, der Augenblick dafür war da.

Boye reagierte, indem er die schmalen Brauen ein wenig hob und einen etwas längeren Zug aus dem Römer nahm. Als er das Weinglas absetzte, wandte er sich mir mit einem Gesicht zu, dessen Züge mich erschreckten: Der Mann war — alt!

Es war das Alter im Antlitz des Freundes, das eine mich sonderbar dünkende Pein in mir hervorrief: Für einen Moment schien mir der Kopf ein Totenschädel zu sein, scharfkantig, grau, mit hohlen Wangen und tiefen Augenhöhlen. Und wie mit dem Beil gehauen teilten zwei schwarze Längsfalten das maskenhafte Gesicht in drei Streifen aus rissigem Schiefer.

Es ist das Licht, dachte ich; aber es war nicht das Licht. Wir saßen links und rechts von einem Tisch in zwei bequemen Stühlen, unsere Rücken zu den großen Glasscheiben gekehrt, hinter denen ein Herrenzimmer lag, dessen Wände von Erinnerungsstücken an Boyes militärischen Werdegang geschmückt waren.

Er begann zu erzählen, und bis er endete, sollte er mir nur einmal den Kopf zuwenden.

Ich darf hier einfügen, daß wir uns in jedem Jahr nur drei- bis viermal trafen, mein Beruf läßt mich ständig unterwegs sein, zumeist im Ausland, aber dreimal im Jahr müssen wir uns treffen. Die Termine dafür legen wir immer rechtzeitig fest, und nur besondere Umstände lassen uns einmal von dieser Regelung abweichen. Mir war von Anfang an klar, daß seiner überraschenden Einladung ein ungewöhnlicher Umstand zugrunde liegen mußte.

Mit seinen Worten, man glaube es mir, veränderten sich die Farben von Himmel und See, als betone eine überirdische Macht ihr zweites, eigentliches Wesen – auf die Schatten der Dämmerung legte sich der Glanz eines kühlen, betäubenden Hauchs.

»Auf deinem Stuhl«, begann er, »saß noch vor wenigen Tagen eine Frau; eine Frau, die ich zwei Jahre lang gekannt, aber vor dir immer verborgen habe. Gewiß erwähnte ich sie einmal in unseren Gesprächen, gab aber nie zu verstehen, daß sich zwischen ihr und mir mehr als eine unterhaltsame Beziehung entwickelt hatte. Das aber war der Fall. Sie dachte an eine endgültige Bindung, ich hingegen nicht, obwohl ich mir eine Zeitlang mit ungewohnter Hartnäckigkeit einredete, mit ihr die ... ersehnte Partnerin gefunden zu haben – ein Blödsinn!«

Er lachte trocken und machte eine Bewegung mit der Hand, als fege er eine Sache vom Tisch.

»Wie du weißt, empfange ich eine Frau lieber in meiner Stadtwohnung, hierher nehme ich sie nur mit, wenn mein Herz einen Schlag mehr tut – und der See zu ihr paßt, vielmehr: sie zum See ...«

Karl hielt inne, obschon er wußte, wie überflüssig es war, mich nachdenken zu lassen über seinen See, den er sich mit niemandem teilen mußte: Nur hier und da gehörte eine angrenzende Weide einem der Bauern, deren hochgelegene Gehöfte bisweilen mit ihren weißen Wänden und roten Dächern von den Hügeln herüberschimmerten.

An zwei Stellen konnten die Rinder aus dem See trinken; jetzt, in der Sommerhitze, standen sie um die Mittagszeit gerne einmal bis zum Bauche im Wasser, während Graugänse über ihre Weiden schritten und Gras zupften.

Für Wanderer waren Zugänge zum See nur mit Mühe zu finden, da er fast vollständig eingefaßt war von sumpfigen Erlenbrüchen und einer undurchdringlichen Buschwelt, vor der sich ein mal breit, mal schmal verlaufendes Schilfband dahinschlang, hier von einem Feld der Binsen, dort, wo das Wasser zu stehen schien, von frisch aufstrebenden Rohrkolben unterbrochen.

In seiner Form glich der See zwei mit den Spitzen ineinandergefügten Herzen, einem kleinen und einem größeren – aber nirgends verlief sein Ufer in einer geraden Linie, vielmehr glich der Gewässerrand einer einzigen wunderschönen Abfolge von Einbuchtungen, in denen nun gelbe Teichrosen aufblühten. Es war Juli geworden, die Tage heiß, die Abende lau.

An diesem Ort konnte man seinen Träumen nachhängen und in die Gefahr geraten, die Natur mehr zu lieben als einen Menschen.

»Ich ruderte an jenem Morgen, von dem ich sprechen muß, früh mit ihr los, nicht zu früh, sieben Uhr war es bereits, die zweite Sommerwoche begann. Am Abend davor hatte ich noch zwei Netze ausgestellt, war aber nicht in Laune, nach ihnen zu sehen. – Am ersten Tag ihres Aufenthaltes«, ließ er seine Gedanken zurückwandern, »schien sie vor dem Wasser Angst zu haben, ›nicht geheuer‹ war es ihr, da sich ihr Auge vergebens unter seine Oberfläche tastete. Zuerst hatte sie mit vor der Brust verschränkten Armen auf der zweiten Ruderbank gesessen, später stützte sie sich ab und genoß es, gerudert zu werden und mich anzulächeln. Ich ließ es stets gemächlich angehen, zog die Riemen locker durch, gab ein paar Erklärungen zum See, machte aufmerksam auf Wasservögel, sprach über Fische, und ich denke, wir beide waren wirklich guter Dinge. Wo das Wasser besonders sauber war, das Uferbild besonders hübsch, warf ich den Anker, und wir genossen eine lange Pause. Du kennst meine Boote, ich hatte das breiteste gewählt – eines ohne Fischkasten, versteht sich.« Weil er seine Rede unterbrach, versuchte ich, ihm aufmunternd zuzulächeln. Boye lächelte nicht. Sein Profil zeigte keine Regung, war Teil einer abgeschliffenen Büste; die Augen blickten starr geradeaus. Der Oberst hatte sein Glas geräuschlos auf den Tisch abgesetzt, seine Hände lagen gefaltet über dem Schoß, ganz als gäbe er sich einem Gebet hin.

Östlich der gründunklen Hügel lag das Meer, keine zwanzig Kilometer entfernt – ein paar Möwen stoben am Haus vorüber und schrien. Von irgendwoher antwortete eine Krähenstimme. Dann hörte ich die kurzen schlagenden Warnrufe aufgeregter Bläßhühner: Die roten Köpfchen ihrer Küken spukten mir plötzlich im Geist herum und ließen mich schaudern. Blutige Köpfchen, welch eine wahnhafte Vorstellung.

Es wäre schön gewesen, einfach nur die Abendstunde zu genießen, die Gedanken nicht zu beschweren und sich loszulösen.

Die Stimme des Oberst kehrte kräftig und monoton wieder. Kühle kennzeichnete ihren Klang, vielleicht eine kühle Trauer, aber keine Gleichgültigkeit. Er wollte mir etwas vortragen, ohne ein Geständnis abzulegen.

»Ich wußte nicht, ob ich die Beziehung mit ihr fortsetzen sollte – nein, ich wußte längst, daß ich sie beenden mußte. Aber ich hatte die Frau in mein Herz geschlossen. Und sie gab sich wirklich Mühe: Sie sprang ins Wasser, sie schwamm, sie sprang nackt ins Wasser, sie schwamm halbe Stunden; trotz der Aale, von denen ich ihr erzählte, trotz der Algen, die sich zu mehren begannen, trotz der Eiseskälte, die an den Füßen zu fühlen war. Ließ man sich im Wasser nur ein wenig sacken, hüllte den Leib im Nu die Kühle eines Totenreiches. Nach einem Kopfsprung tiefer als vier Meter zu tauchen wäre für mich tödlich gewesen. Einige Male streifte ich für Sekunden diese Grenze; der Leib nimmt dann die Farbe von Elfenbein an ...

Nur in Ufernähe mochte Anna nicht aus dem Boot, wenn ich in der Zone der Schwimmpflanzen herumwatete und das Boot am Seil hinter mir herzog, ihr vom Uferrand eine Blume brachte ... Nein, ich warf den Anker weiter draußen, wir hatten schöne Liebesstunden, verruchte Augenblicke, wir tranken und aßen, der Wind war warm, wir lagen nebeneinander und guckten zum Himmel, die Wellen plätscherten gegen die Bordwand, manchmal, bei einer Böe, schwankte das Boot ...

Kormorane fand sie fremd. Sie ließ sich täuschen von ihrem plumpen Flug. Die Vorstellung, ein Aal wände sich aus ihrem Schnabel, ekelte sie. Sie zählte die Sekunden, ging ein Haubentaucher auf Unterwasserjagd. Einmal ließ sie für einen ganzen Vormittag meinen Feldstecher nicht aus der Hand: Sie begriff die Jagd. Wenn das Lied der Schilfrohrsänger ertönte, lauschte sie entzückt.

Wir hatten bezaubernde Stunden. An den Abenden
ging sie dann früher als ich zu Bett; wir saßen eine
Weile stumm auf dem Balkon, und dann wurde sie
müde. Weißt du, das Gespräch mit ihr ...
Wir sind eine Woche lang jeden Tag auf dem See gewesen, sie fing an zu rudern. Mein Gott, dachte ich, das
wird schwer. Ihr Aufenthalt war begrenzt geplant. Sie
kochte gut. Und die Liebe mit ihr – ein Genuß. Para-
diesisch. Freund, das sind Aspekte ...
Zurück zu diesem verdammten letzten Morgen: Ich ruderte mit ihr zu den Bisamratten. Als sie wirklich voller
Vertrauen war. Du weißt, Bisamratten sind wild auf das
Fleisch der Teichmuscheln. Die Muscheln halten mir
den See sauber, filtern das Wasser, während die verdammten Ratten die Lilien wegfressen, kaum daß sie
da sind. Und das junge Schilfrohr aufbrechen. Diese
Biester gehören ausgerottet.
Anna hatte Gefallen gefunden am Herumstreunen auf
dem See, sie freute sich auf immer neue Beobachtun-
gen, sie wurde mutiger. Also steuerte ich den Kahn
schließlich in die Schilfzone, in der ich Anfang Juni
Bisamratten entdeckt hatte.
Ich verriet Anna nichts von der Existenz dieser Tiere.
Auch im nachhinein kann ich das nicht für falsch halten. Meine Einstellung zu ihr hatte sich in dieser Woche nicht geändert, ich mochte sie, fast liebte ich sie,
aber sie mußte ... aus meinem Leben verschwinden.«
Er hielt inne, verdrossen und ratlos.
Karl war völlig grauköpfig. Der kurze Haarschnitt um-
gab seinen Schädel wie ein Fell, das sich in phantastischer Dichte über den ausladenden Hinterkopf
spannte, einer ungewöhnlichen Kappe gleichkam.
Über dem stolzen Knochen der Stirn zeigte sich noch

ein Wirbel, der ihm als Jüngling, da sich unsere Wege während meines Wehrdienstes kreuzten, zu schaffen gemacht hatte.

Früher hatte seine kräftige, kompakte Gestalt den Kameraden Respekt eingeflößt, jetzt wirkte er schlank und zäh, beinahe hager. Auf den Unterarmen und Händen traten die Adern hervor, auch an den Schläfen. Die knorpelige Nase hatte etwas Spitzes bekommen; der Brustkorb war breit geblieben, der Bauch flach. Gewiß, er schätzte einen guten Wein und einen guten Whisky, doch in Beruf und Lebenswandel hielt er auf Disziplin. Eine Brigade hatte man ihm vorenthalten (was ihn nur mäßig verärgerte und schmerzte, denn er verachtete die eigene Armee), seine Aufgabe war die taktische Weiterbildung von Generalstabsoffizieren. Boye, den der Dienst zu langweilen begann, strebte seine vorzeitige Entlassung an. Sein Steckenpferd war die Sportfliegerei, seine geistige Vorliebe gehörte der Naturwissenschaft, seine Liebe dem See. Er war kerngesund, aber ohne Söhne. »Wenn die Weiber dich nicht wollen, lassen sie dich fallen wie eine heiße Kartoffel, aber wenn du eine loswerden willst, geht das Theater los«, pflegte er zu sagen. Und: »Tiefe Wunden der Seele vernarben nur mit dem Tod. Das reicht ja.« Man war nie geneigt, Mitleid mit ihm zu empfinden.

»Neun Schwäne zogen über uns hinweg. Anna riß die Augen auf und schaute ihnen mit wilder Begeisterung nach. ›Dieses Singen!‹ rief sie. ›Ja‹, antwortete ich, ›dieses unvergleichliche Singen des Flügelschlags.‹ Die Schwäne strichen über den See dahin, eine Formation vollendeter Schönheit, in diesem Moment für mich auch ein Schaubild der Reinheit und Wahrhaftigkeit. Annas Freude bedrückte mich: Bevor ich an diesem

Abend die Rücklichter ihres Wagens verschwinden
sähe, mußte ich ein klares Wort sprechen. Es konnte
kein Wiedersehen geben.

Anna wollte heraus aus dem Schilf und schwimmen.
Ich hingegen zog beide Riemen aus dem Wasser, legte
einen ins Boot, benutzte den andern als Stecken, stieß
ihn mal links, mal rechts in den braungelben Boden des
Ufergewässers, und durch Binsen und Schilfrohr schoben wir uns hinweg über Laichkraut und die ellipti-
schen Schwimmblätter des eben aufblühenden Knöte-
rich. Eine Unmenge von Blaupfeilen zischten um uns
herum, auch andere Libellen, vor allem aber Blaupfeile. Im Wasser huschten Schwärme winziger Fische,
Plötze und Rotfedern, davon wimmelt es hier. Das
Wasser war fast klar, der Boden an jener Stelle eher
sandig.

Wir konnten Muscheln vom Boot ausmachen, und
Anna fragte: ›Wie öffnen die Muscheln ihre Schale?‹
Sie spielte mir das Interesse nicht vor. Aber der Platz
machte sie mißtrauisch, weil der See mit einem Arm in
einen schwarzen Erlenbruch hineingriff, in dem ein
rätselhaftes, irgendwie unheimliches Leben herrschen
mochte, von dem sich der Mensch besser fernhielt. Insekten, Würmer, Schlangen – ich konnte ihre Gedanken lesen, die unsinnig waren, und doch wieder nicht,
aber ich unternahm nichts, ihre Empfindungen aufzu-
hellen, vielmehr suchte ich die entstehende Spannung
durch mein Schweigen zu steigern, auch dadurch, daß
ich ihren Blicken auswich und scheinbar friedlich und
gelassen Umschau hielt.

›Laß uns auf den See zurück!‹ bat sie. Ich sagte:
›Warte!‹ – so als wolle ich ein Geschehnis ankündigen.
Sie schwieg dann auch, weil sie nichts falsch machen

wollte, sah sich vorsichtig und mit erhöhter Aufmerksamkeit um, blickte auch nach oben. Ein Erlenzweig
senkte sich tief über unsere Köpfe, irgendwo zwischen
den schwarzen Stämmen hinter der ausgewaschenen
Ufernarbe blinkte das Gelb von Schwertlilien; an einer
Stelle, oberhalb des rötlichen Wurzelgeflechts ineinan-
dergewachsener Erlen, zeigte sich gleichsam im
Strauch das Vergißmeinnicht des Sumpfes, dessen
kleine Blüten im zartesten Blau aufleuchteten. Wir
horchten in die Stille, ein jeder studierte auf seine
Weise die geheimnisvollen Muster von Licht und
Schatten, die feinen Windspiele in den Blättern des
Schilfrohrs, die dem Auge ein anmutiges Bild, dem Ohr
gar wie eine Zärtlichkeit sind.

Dann kam eine Ratte. Anna bemerkte sie zuerst: Ein
Ruck ging durch ihren Körper, dem ein heftiges Zittern
folgte, das ich mit meinen nackten Füßen in den Boots-
planken zu fühlen meinte. Ihre Lippen preßten sich zusammen, ich hörte einen tiefen Atemzug, dem ein
Seufzer folgte; sie sagte nichts. Ihre Augen fixierten das
Tier, das lautlos und mit kleiner Bugwelle am Uferrand
entlangzog. Man sah nur Nacken, Kopf und die leder-
artige Nase mit den auffallenden Löchern, die sie über
Wasser hielt.

Als sich das Biest auf den sumpfigen Boden zwischen
dem Schilf aus dem Wasser hob, wurde es in seiner
ganzen Katzengröße sichtbar, und der Schwanz wand
sich ihm unter dem Leib, da es zu fressen begann. Das
sah possierlich aus, aber Anna beruhigte sich nicht.

Ich hatte den zweiten Riemen längst eingezogen. Der
Kahn lag still, festgehalten im Teppich der Unterwas-
serpflanzen; das Wasser stand, als gäbe es im See keine
Strömungen, keine Zuflüsse, keinen Abfluß. Der

Hauch des Windes verschied; doch nur im näheren Umkreis. Zwei Steinwürfe entfernt zappelten die Blätter einer Pappel unruhig um die Baumkrone, und zweihundert Meter weiter bewegte sich der See wie im leichten Tanz ...

Sieht man den Schwanz nicht, gleicht die Bisamratte eher einem kleinen Biber denn einer Ratte, was, wie du weißt, an dem schönen braunen Fell liegt, das dem Betrachter die Dicke eines Bärenfelles vortäuscht, wenn das Wasser abgeschüttelt ist.

Das Tier saß auf einem Sonnenfleckchen, knackte sich frisch sprießendes Schilfrohr, ging auf den Hinterbeinen in Position und machte sich über die weißleuchtenden Sprößlinge her, nahm sie zwischen die Vorderfüße, und du sahst die beiden großen Nagezähne.

Ein zweites Tier kam, ein drittes, ein viertes und ein fünftes. Und alle fraßen sie das Schilfrohr, auch seine Blätter. Man konnte sie bei der Mahlzeit hören. Ihre Abstände voneinander betrugen jeweils eine Lineallänge, eine friedliche Gemeinschaft mit kleinen Augen. Ob sie gut sehen, weiß ich nicht. Ihre Ohren sind fast im Fell verborgen – weiß der Teufel, sie taten so, als hätten sie uns weder gesehen noch gehört.

Anna hielt sich mit einer Hand an der Bordwand fest, mit der anderen an ihrer Sitzbank. Sie war blaß und atmete flach.

Ich beobachtete eine auffallend dicke Kreuzspinne, die sich ganz langsam über ihrem Kopfe abseilte, immer wieder verhielt, als sei sie zur Musterung ihrer weiteren Umgebung in der Lage.

Anna, die dicht an der Bordwand saß und über ihrem Badeanzug ein leichtes Sommerhemd trug, bemerkte die Spinne nicht; sie blieb im Banne der Bisamratten, denen eine direkte Bedrohung durch den Menschen noch fremd sein durfte.

In dieser Situation war mein Verhalten gegenüber Anna nicht eben ritterlich, im Gegenteil – ich erlebte, fast genoß ich ihre Angst: für mich eine Absurdität. Ein widerliches, verderbtes Gefühl. Und doch geduldet, denn sie sollte es sein, die mir den Laufpaß gab, nicht umgekehrt. Mir lag an einer Inszenierung, die sie durchschaute und mit einem Schlag gegen mich einnahm – mir lag an einer Gemeinheit. So feige bin ich geworden, daß ich den Frauen Schreckbilder stelle ...

Du mußt dir eine im besten Sinne weibliche, körperlich sehr anziehende Frau von ruhigem, verträglichem Wesen, angenehmem Gesicht und durchschnittlich wachem Geiste vorstellen – letzteres betrachte ich nicht als ein Übel, sondern als das Übliche. Wenn ich dir sagen sollte, was ich an ihr vermißt hätte, käme ich ins Grübeln. Vielleicht: Schlagfertigkeit? Esprit? – Dann hast du leicht ein Weib, das dir was vorschwatzt ... Was ich nicht ertrug, war ihre große Nähe. Was mich verstörte, ihre Liebe. Du weißt, wie wir sind. Man muß frei und hungrig bleiben. Natürlich, sie war nicht aus erster Hand ...«

Er machte eine Pause, nahm endlich die gefalteten Hände vom Schoß, griff aber weder zum Glas, noch stopfte er sich die geliebte Pfeife, vielmehr starrte er weiterhin über den See, der in Höhe des Hauses etwa achthundert Meter in der Breite maß und auf schwarzblauem Rücken zwischen blaßgoldenen und rötlichen Schleiern als dunkle und helle Tupfer ein paar Wasservögel trug. Von fernher meinte ich noch einmal das melodiöse Lied eines Rohrsängers zu vernehmen. Tags

hatte ich hinter den Erlenbrüchen Bussarde kreisen
sehn.

Der aufsteigende Wald bildete geometrische Partien
und gewährte hier und dort einen Durchblick. Ein
Staatsforst drang im spitzen Winkel gegen den See vor,
der zu Kaisers Zeiten in den Besitz der Boyes überge-
gangen war; wirtschaftlichen Nutzen wollten sie nie
daraus ziehen.

Bei Karls letzten Worten grinste ich matt: Am liebsten
wäre ich nach einem Spiegel gesprungen, diesem dem
alten Narren vor die Visage zu halten – und dann gleich
mir selbst. Aber nun sah ich sein Auge feucht, und rasch
nahm ich meinen Blick von ihm, füllte mein Weinglas
bis zum Rand und nahm einen kräftigen Schluck.

Die Sonne war abgetaucht, glühte verborgen hinter den
Hügeln und ließ den Himmel auf breiter Front mit
einem letzten weichen Feuer die Nacht ankündigen:
Dies war die Stunde des Zapfenstreichs, und ich
wünschte mir einen leisen Trommelwirbel und das
traurige Signal eines Hornisten. Indes, der Kamerad
aus längst vergangenen Tagen sprach weiter, irritieren-
der im Ton, mit gedämpfterer Stimme.

»Spätestens jetzt müssen wir uns wohl fragen, was wir
mit dem Rest unseres Lebens anfangen. Wenn du dir
eine Reise gönnst, dich niederläßt auf einer Terrasse irgendwo im Süden, am liebsten an einem mediterranen
Hafen, und hast keine Frau an deiner Seite – das ent-
mutigt. Aber andererseits, wenn es keinen Austausch
gleichartiger Gedanken gibt – dann lieber allein ... Die
Beziehung mit Anna habe ich einige Male unterbrochen. Und wieder aufgenommen. Auch Inkonsequenz
kann zu einem Symptom des Alterns werden. Man wit-
tert nunmehr eher Fäulnis als Frische. Wachst du mor-

gens mit einem üblen Geschmack im Munde auf, muß
der Rotwein nicht schlecht gewesen sein. Dein eigenes
Gekröse ist am Verderben.

Manchmal rief Anna mich nachts an: ›Ich wollte nur
mal deine Stimme hören...‹ Es ist drei Uhr, die Wolfs-
stunde, ein harter Arbeitstag wartet auf dich, aber du
wälzt dich in deinem Bett herum ...

Aus den Augenwinkeln gewahrte ich ihre Haltung ge-
löster. Mit der Prüfung erkannte sie deren Reiz. Sie
baute einen Widerstand auf, aber noch mißlang ihr
Versuch, mich anzulächeln. Zu tief saß der Krampf.

Plötzlich schoß sie von ihrem Sitz hoch, als habe sich
eine Feder in ihrem Körper gelöst! Senkrecht stand sie
im Boot, aber nur den Bruchteil einer Sekunde – ich sah
die dicke Spinne mitten auf ihrer klaren Stirn, den
Zweig der Erle, die grünen Blätter auf ihrem braunen
Haar: Und dann rutschte sie weg, kippte über ihre Sitzbank.

Vom vergangenen Tag war noch ein bißchen Wasser im
Boot geblieben; wir trugen es mit hinein, wenn wir uns
nach dem Schwimmen über das Heck zurückstemm-
ten. Vielleicht hatte es auch zur Nacht ein paar Tropfen
geregnet, ich weiß es nicht. Sie trug noch ihre Holzsan-
dalen, darunter muß ein nasser Fleck gewesen sein,
einen Handteller groß. Weiß der Teufel! Man wischt
nicht jeden Tag das Boot aus. Wir hatten auch die Dek-
ken und Handtücher noch nicht ausgebreitet, der Pick-
nickkorb stand unberührt hinter mir, es war ja kaum
neun Uhr. Die Bisamratten sind um diese Zeit nur selten aktiv. Es war ein Zufall ...« Seine Stimme brach ab.
Der Oberst räusperte sich und schluckte. »Komm, alter
Junge, laß uns mal anstoßen!«

Ich hob ihm mein Glas entgegen, er drehte sich kurz,

sein Glas war noch halb gefüllt, wir stießen an und tranken aus, ohne uns angesehen zu haben. Es fiel mir schwer, den Blick zu heben, denn Tränen in seinen Augen zu sehen, das paßte mir nicht.

»Alter Kämpe«, sagte er mühsam, räusperte sich erneut, um seine Geschichte zum Schluß zu bringen. »Du kennst ja meinen gemütlichsten Kahn, der läßt sich nicht eben leicht bewegen, aber man kann Tag und Nacht auf ihm zubringen, eine Woche lang auf ihm hausen, ein Zelt über ihm aufspannen, sich richtig breitmachen.

Normalerweise habe ich den zweiten Anker tief unter die Heckbank geschoben, an diesem Morgen lag er oben drauf ...

Ihre Hand fuhr ruckartig zur Stirn, sie rutschte schräg weg, schlug lang hin, mit dem Kopf auf eine Ankerkralle, ich hörte ein eigenartiges Knacken, dann drehte der Oberkörper über die Bordwand, und sie sackte ins Wasser weg. Augenblicklich schwebte eine Blutwolke über ihrem Körper – keine Chance für mich, einzugreifen, gar keine.«

Er bekam die Lippen kaum auseinander, seine Kiefer mahlten, seine Hände schlossen sich zu Fäusten. Schwer atmend beugte er sich vor, stützte sich mit den Ellenbogen auf den Schenkeln ab, ließ den Kopf sinken, und ein Laut des Schmerzes preßte sich ihm aus der Kehle.

Was passiert war, wagte ich nicht zu fragen. Eingestehen muß ich, daß ein schlimmer Zweifel sich meiner bemächtigte, und noch böser war ein Verdacht, dessen ich mich nicht erwehren konnte – nie hatte Boye das Schicksal gewähren lassen, er plante es. Was, fragte ich mich erschrocken, traute ich ihm zu? Vielmehr, mußte

ich die Frage nicht anders stellen? Wie schaffte ich mir
Menschen vom Hals, deren Liebe mich quälte?

Vom See ging eine unheimliche Kälte aus. Meine Erinnerung hatte ihn mir immer nur als ein Paradies erscheinen lassen, das ich über eine verwunschene Zufahrt erreichen konnte. Nur Eingeweihte fanden den
Weg. Die Illusion war zerstört, die Schönheit des Sees
etwas Künstliches, seine vielen hübschen Motive waren
nurmehr die Idee eines kaltherzigen Bühnenbildners,
die Farben Lockmittel, die Buchten Fallen, die Pflanzen und Vögel Mittel der Täuschung; für Unzähliges
würde das Wasser ein Grab, der Himmel nie mehr als
ein lästiger Zeuge sein.

Was alles mochte sich im Schilf verborgen halten? Und
erst in den Erlenbrüchen, dieser ewigen Zone des Sterbens? Was konnte sich dort anderes behaupten als das
Dunkle und Primitive?

Die Sonne war ausgebrannt, die Hügel wurden schwarz.
Über den düsteren Schwingen des Horizonts zuckte ein
Wetterleuchten. Irgendwo in der Ferne tobten die ersten
Sommergewitter. Der Wind schlief ein, nur die Spinnen
bewegten sich noch sinnlos in ihren Netzen. Eine Fle-
dermaus kam, verschwand, kehrte wieder – wahnwitzig
ihr Flug über einer toten Welt. Und die Frauen? Was
waren sie anderes als die brutale Antriebswelle männlicher Unrast. Das Glück mit ihnen? Immer nur vorübergehend. Nein, erst wenn einem die Frauen gleichgültig
wurden, kehrte Ruhe ein.

»Ich bin ihr sofort nachgesprungen«, sagte Karl gequält
und schwieg wieder.

Ich kannte ihn zu gut, um nicht zu wissen, daß er mir
das Ende der Sache nicht längst hätte mitteilen können.

Sollte ich mich getäuscht haben? War er nicht hartgesotten, ein Kerl mit unteilbarem Kern?

Uns hatte das Leben stets auf der Suche gesehen nach der absoluten Tat, der absoluten Idee, der absoluten Frau ...

Ausgemergelt saßen wir da, hinter unserer Erscheinung trat das Bild von Gescheiterten hervor.

Der Oberst, der mir teure Gleichgesinnte aus Leutnantstagen – was auch immer käme, er rechnete mit einer letzten Chance, lauerte auf die Schlüsselnachricht, erwartete das alles entscheidende Kommando der Bewährung. Aber wenn der Krieg auch jetzt ausbliebe, war das Ende der Karriere banal – Small talks auf einem Nato Defense College.

Und ich? Ein Medikamentenhändler mit dickem Konto und schlechtem Gewissen. Uns war die Sonne untergegangen.

»Ist die Frau tot?« fragte ich ruhig.

Boye drehte mir seinen Kopf zu: »Ja«, antwortete er fest und zögerte, »aber... ihre Leiche – ich habe sie nicht geborgen.«

Zehn Minuten später gingen wir hinunter zum Bootshaus.

Unsere Einsamkeit war nicht zu beschreiben.

Ein braver Kerl in Uniform

Der fünfundfünfzigjährige Arbeiter Karl Fricke gehörte zu den wenigen Männern seiner heimatlichen Region, die über kein Auto verfügten, aber ihn kümmerte dies wenig, denn seine Bedürfnisse nahmen sich bescheiden aus und ließen sich im Dorf befriedigen. Sein Tagwerk verrichtete er auf dem Holzhof einer Försterei, wo er mit einer Maschine kleinere Fichtenstämme schälte, sie auf eine bestimmte Länge zurechtschnitt, zuspitzte und stapelte.

Bis zu seinen fünfzigsten Lebensjahr hatte er überwiegend im Wald gearbeitet, und abgesehen von ein paar mehr oder weniger glimpflich verlaufenden Unfällen war es ihm dabei gutgegangen.

Seinen Nebenerwerb in der eigenen Landwirtschaft mußte er mit dem Tod seiner Frau endgültig einstellen. Ihr einziges Kind, ein handfester Bursche, war als freiwilliger Soldat sechs Jahre in einer bayerischen Garnison gewesen und anschließend »dort unten« hängengeblieben.

Nun lebte Fricke seit fünf Jahren ohne einen Mitmenschen auf einem Anwesen, das er peinlich in Schuß hielt. Ein bißchen Federvieh, Hund und Katze leisteten ihm Gesellschaft.

Was der Förster an Lohn zahlte, reichte, um anständig zu leben und an Dorfvergnügungen teilzunehmen, für ein Auto reichte es nicht.

Dennoch mit seinem Dasein zufrieden, bereitete Fricke einzig ein Hautleiden zunehmend Sorge: Er war um einen Arztbesuch nicht herumgekommen. Der Doktor riet, einen Spezialisten in Cuxhaven zu konsultieren.

Seit zwanzig Jahren war der Holzarbeiter nicht mehr mit dem Zug gefahren, wohin auch. Ging's zum Feiern mal in ein Nachbardorf, nahmen ihn Bekannte in ihrem Wagen mit.

Zur Arbeit wie zum Einkaufen konnte er gut mit dem Rad fahren. Er war ein kräftiger Mann mit gesunder Lunge, Wind und Wetter machten ihm nichts aus, allerdings wurden seine Bewegungen nun schwerfälliger, und in den Gelenken begann es zu knirschen und zu knacken.

Im Bahnhof wartete mit leicht geweiteten Augen der Schalterbeamte – dieser war um Jahre jünger als Karl Fricke, ein kleiner, schmächtiger Eisenbahner von spitzbübischem Selbstbewußtsein, kein typischer Fahrplankundler. Es war ihm ein bißchen peinlich, ein Namensschild tragen zu müssen: Er hieß Pope.

Herr Pope arbeitete erst zwei Jahre in Cadenberge, war in Stade zu Hause und fühlte sich den Dörflern überlegen, die er rasch zu taxieren gelernt hatte; eine Brille half ihm bei seinen Einschätzungen, ein elegantes Modell, das sowohl zu seiner hohen Stirn als auch zu dem grauen Bundesbahn-Pullunder paßte.

Pope war stolzes Mitglied im Stader Tennisclub. Im Aufnahmeformular hatte er damals »Beamter« eingetragen, was eine Zeitlang als Understatement eingestuft wurde.

Unter Kollegen stellte er, wenn es um Weltanschauliches oder die volkswirtschaftliche Lage ging, gerne seine Beziehungen heraus: »Wie mich Dr. Struck informierte ...« oder »Rechtsanwalt Kröger hat mir kürzlich einen Fall geschildert ...«

Vorübergehend machte er sich mit diesen Namensnennungen interessant, da er sie unaufdringlich und geschickt einbrachte.

Herr Pope, ein Spätentwickler einfacher Herkunft, glich das Fehlen einer Karriere mit allerlei nebenberuflichen Unternehmungen aus, unter denen seine Flohmarktgeschäfte, ein besonderes Feld behaupteten: Er handelte mit alten Spiegeln.

Für das Dorf war dieser Mensch kein echter Gewinn, weil er mit Dienstschluß nach Stade abrauschte.

Als Karl Fricke die kleine Bahnhofshalle betrat, wußte Pope, der auf das Knarren der Eingangstür dichter an den Schalter herangerückt war, was sich in den nächsten Minuten abspielen würde.

Tatsächlich suchte Fricke zunächst den alten gelben Fahrplan mit der schwarzen und roten Beschriftung vergeblich. Für den neuen hellen, grafisch ansprechenden Plan hatte er nur einen bekümmerten Blick. Hilfesuchend trat er an den Schalter.

»Wohin soll's denn gehn?« kam ihm der Beamte zuvor.

»Cuxhaven.«

»Das fahren wir an«, versicherte Sigmund Pope und lächelte milde.

»Morgen nachmittag?«

»Sie können um 15.27 Uhr oder um 16.27 Uhr fahren.«

»Und zurück?«

»Die beiden letzten Möglichkeiten haben Sie um 20.25 Uhr und 21.25 Uhr.«

Fricke zog aus der Seitentasche seines Kurzmantels das

Lederportemonnaie, als sei es ein Eisengewicht. Bevor
er den Mund öffnen konnte, tippte Pope mit klacken-
dem Fingernagel auf die gläserne Trennscheibe: »Benutzen Sie bitte den Fahrkartenautomaten. Er steht auf
dem Bahnsteig gleich neben der Tür.« Mehr verriet er
nicht.

Der Arbeiter guckte ratlos und nickte schließlich. Es
paßte ihm nicht, daß ihm ein Automat die Fahrkarte
ausspucken sollte. Andererseits war er ein Bewunderer
der Technik, weil sie dem Menschen schwere körperliche Arbeiten abnahm und bei guten Maschinen alles so
perfekt ineinandergriff und wie geschmiert ablief.

Es war halb elf und der Bahnsteig leer. Ihm gegenüber,
auf der anderen Seite der zwei Geleise, hob sich der
Bahndamm bis an die zehn Meter empor, denn die
Schienen durchschnitten an diesem Punkt einen kleinen Hügel.

Fricke studierte die Anweisungen des Automaten mit
dem gebotenen Ernst, drückte dann die Taste »Cuxhaven«, danach die Taste »R«.

Im Anzeigefeld tauchte die Zahl 13.20 auf – das war
der DM-Betrag, den er zu zahlen hätte. Die Fahrkarte
würde er sich morgen vor Fahrtbeginn ziehen. Das pas-
sende Kleingeld hielte er dann parat.

Durch die Bahnhofshalle gehend, gönnte er dem lau-
ernden Pope keinen Blick. Der Tennisspieler fragte
sich, was dieser biedere Landmann in Cuxhaven vorhaben mochte.

Am Abend dieses Tages geriet Fricke in eine Verlegen-
heit, die ihn übellaunig machte: Er wußte nicht, was er
anziehen sollte!

Zwei helle Sommeranzüge schieden von vornherein

aus, denn im Jahrbuch waren die trüben Seiten des Herbstes aufgeschlagen; ein brauner Anzug hing verschlissen und allzu ärmlich da – und der schwarze hatte seit seiner letzten Benutzung einen hellen Fleck auf dem Revers, der sich mit einfachen Mitteln nicht hatte beseitigen lassen. Blieben die beiden Uniformen; die der Feuerwehr kam nicht in Frage, der Rock war zu auffällig und würde im Wartezimmer Erstaunen hervorrufen.

Mit der Schützenuniform kann ich mich sehen lassen, sagte sich Fricke; das ist Waidmannskleidung.

Mit dieser Ansicht lag er so falsch nicht.

Nachdem der Entschluß gefaßt war, wusch und reinigte er seinen Körper, als wolle er dessen Mängel beseitigen, legte die Garderobe für den nächsten Tag aus, überprüfte seinen kurzen Wollmantel, nähte einen Knopf fester nach, aß ein bißchen, trank Schnaps und Bier, bis sich ein Gefühl der Dankbarkeit einstellte (war sein Leben etwa schlecht?!), überprüfte mit einem launigen Gemurmel seine Geldbörse und richtete gute Worte an den Hund. Das Federvieh war da längst gefüttert.

Fricke wohnte am Ortsrand in der Nähe des Kanals; dort wurden die Leute noch vom Weckruf des Hahnes in den Tag geholt.

Am nächsten Morgen verstand er es, so gründlich auszuschlafen, daß er sich geradezu erquickt vom Lager erhob, den Kopf in ziemlich mustergültigem Zustand.

Karl, war von den Leuten zu hören, sei zwar nicht gerade der Hellste, aber einfache Dinge brächte er auf die Reihe ...

Manche nannten ihn den *guten* Karl, andere sagten *braver* Kerl.

Zunächst versorgte er die Hühner und den Hund, dann leerte er den Aschkasten; die Asche kippte er in eine Senke seines Grundstücks, die zur Hälfte von Brombeerranken überwachsen war und einige verwaiste Kaninchenlöcher aufwies.

Er hatte sich einen Urlaubstag genommen, obwohl sein Termin auf dem Spätnachmittag lag – für ihn war die Visite etwas Besonderes, ein Ausflug, und er liebte es nicht, sich abzuhetzen. Schon wenn er mit den Rad zum Bahnhof fuhr, wollte er auf gar keinen Fall ins Schwitzen kommen.

Karl legte im Ofen Holz auf und schichtete die Eierkohle dergestalt darüber, daß sie in den nächsten zehn Stunden langsam durchbrennen und ihre Glut bis in die kommende Nacht hinein bewahren würde; bei seiner Rückkehr fände er die Wohnküche in behaglicher Wärme vor.

Einen Brief des Arztes und einige bisher verabreichte Medikamente tat er vorsichtig in einen kleinen Leinenbeutel, auf den ein Weihnachtsmotiv gedruckt war – Weihnachten war ja nicht mehr fern.

Nachdem er seine Schuhe geputzt und die Fingernägel gereinigt hatte, nahm er heißes Wasser vom Ofen, sich zum zweiten Male mit Andacht zu reinigen. Anschließend legte er saubere Unterwäsche an – aber noch nicht die Uniform, denn es war ein Abstecher zum Friseur in Rente Friedhelm Grüneklee fällig, einem in der Nachbarschaft lebenden bärbeißigen Gesellen, der im letzten Krieg ein Auge verloren hatte, von allen geliebt wurde, aber niemanden liebte; er tat jedenfalls so. Sein Leben lang hatte er nur Herren bedient, aus »guten

Gründen«. Seit zehn Jahren im Ruhestand, schnitt er vor großem, tiefhängendem Spiegel noch einem Dutzend älterer Männer die Haare. Diesem Kreis Auserwählter durfte sich Karl Fricke gelegentlich hinzugesellen.

Grüneklee war immer zu Hause und las mit dem gesunden Auge Geschichtsbücher, weil er zwei Jahre in einem Internierungslager hatte zubringen müssen.

So hat jeder sein Schicksal, und ein einäugiger Friseur ist ungefährlicher als der einäugige Schreiber von Geschichtsbüchern.

Karl ging die paar Schritte zu Fuß.

»Rasur und Haarschnitt«, sagte er.

Grüneklee arbeitete eine knappe halbe Stunde, in der er fünf Sätze sprach; sein Kunde brachte es auf drei Sätze und zählte zwölf Mark in die Hand des Meisters, der ohne jedes Lächeln meinte: »Dann bis nächstes Jahr.«

Und ohne jedes Lächeln entgegnete Fricke: »Jao.«

Drei junge Burschen drängten ungestüm und rücksichtslos an ihm vorbei ins Abteil, einer schleppte ein Kofferradio, aus dessen Lautsprecher wüstes Geschrei kam.

Karl Fricke wurde wütend, aber er unterdrückte einen Protest, wandte sich um und nahm das nächste Abteil, das er bis zur Mitte durchschritt, ehe er sich setzte – hier war er der einzige Fahrgast. Obwohl die Fahrt nur zweiundzwanzig Minuten dauern würde, zog er den Mantel aus, damit er die Uniform nicht unnötig einzwängte; außerdem war der Zug gut geheizt, seine Luft trocken.

Karl legte den Leinenbeutel mit den Medikamenten

neben sich auf den Sitz und guckte aus dem Fenster des augenblicklich Tempo aufnehmenden Zuges, alle Geräusche der Fahrt im Ohr: das schleifende metallische Geräusch der Räder auf den Schienen, die dumpfen oder hellen, immer klagenden Laute der Waggons, den wechselnden Widerhall des ganzen Gefährtes, ging es vorüber an Gebäuden unterschiedlicher Art und Größe. Schon war Cadenberge verlassen, schon die erste Flur durcheilt, der Bahnhof des Nachbarortes Neuhaus, ein ungeliebter Außenposten, überholt, und man konnte die Minuten an einer Hand abzählen, in denen man in Otterndorf, das sich sommers zum lebhaften Ferienort wandelte, einen Halt einlegte. Der Arbeiter lehnte sich genießerisch zurück.

Kai Schmidt, Frank Rudnick und der Libanese Mehmet la Roche hatten sich vorgenommen, durch alle Abteile hin und her zu rasen, vielleicht ein paar Vorhänge abzureißen, einen Sitz aufzuschlitzen, auf jeden Fall Rabatz zu machen und den Schaffner herauszufordern, den sie von seinem Furzplatz hochjagen würden.

Sie besaßen keine Fahrkarte und wollten in Otterndorf gleich wieder aussteigen, um den Ort unsicher zu machen.

Frank Rudnick hastete mit einer Bierdose in der Hand voran und riß die Tür zu Karls Abteil mit wildem Kriegsschrei auf. Dieser ahnte Unbill, als die Musik heranheulte.

Rudnick stoppe abrupt und schrie: »Guckt euch diesen lächerlichen Schützenkönig an!«

»Schützenaffe!« brüllte Kai, Mehmet riß das Radio hoch und grunzte: »Uniformarsch!« Vergeblich versuchte er, das Radio lauter zu stellen.

Die drei drängten zwischen die Sitze, standen unschlüssig, bis Rudnick sah, wie der stumm bleibende Karl mit seiner Hand den Leinenbeutel abdeckte.

»Der Alte hat Angst um seinen Kram! Zeig mal her, was du da hast!«

Die Augen des Burschen standen kalt über einem ekelhaften Grinsen; er stemmte eine Faust in die Hüfte, nahm einen Schluck aus der Bierdose und rülpste.

»Pack den Beutel aus, du Seifenstinker!« krähte Kai und verzog sein Gesicht zur Grimasse.

Mehmet schwenkte das Radio über seinem Kopf und jaulte zur Musik.

Der Arbeiter preßte die Lippen zusammen, sein Atem ging schneller und kürzer.

»Du willst wohl zur Goldenen Hochzeit«, meinte Rudnick gönnerhaft, trank hastig und rülpste wieder. Er war siebzehn, hatte seine Lehre gerade nach einem halben Jahr abgebrochen und lebte nun, dem Vorbild seines Vaters und eines älteren Bruders nacheifernd, von dem, was er anderen Leuten wegnahm. Der Ortspolizei war er als Kleinkrimineller mit Aufstiegschancen bekannt.

Frank schlug jetzt mit ruckartigen Bewegungen Bier so aus der Dose, daß ein Dutzend Spritzer auf Karls Uniform trafen.

»Wahrscheinlich will er eine Alte besuchen und hat Fotzenspray im Beutel.« Beifallheischend schaute Kai nach diesen Worten von einem Kumpan zum anderen.

»Damit sie nicht nach Fisch stinkt«, ergänzte Mehmet, der erst vier Jahre in Deutschland war, aber das Wichtigste wußte. »Quatsch«, grölte Rudnick und spritzte wieder ein bißchen Bier auf die Uniform, »guck dir doch diese Schweinebacke an – das is' 'ne schwule Sau!«

Karl Fricke hatte die Entwicklung der Jugend während der letzten Jahre kaum mitbekommen. Im Aufstehen, sein Gesicht lief blau an, senkte er den Kopf, sich die feuchten Flecke auf seinem Tuch zu besehen. Mit der Linken legte er den Beutel, mit der Rechten seinen Hut auf die Gepäckablage.

Die drei Jungen, Mehmet und Kai waren sechzehn und nahmen an einem Berufsgrundbildungsjahr teil, traten ein wenig zurück und grinsten.

Der Arbeiter schaute sie ruhig an.

Mehmet nahm sein Radio herunter und stellte die Musik ab: »Und nun, Opa?« fragte er gierig.

Karls Füße suchten nach einem festen Stand; wie aus weitester Ferne vernahm er das Lied des dahineilenden Zuges.

»Los, weiter!« drängte Kai. »Diese alte Flasche bringt's nicht.« – »Uniformarsch!« Mehmet fand Gefallen an diesem Wort.

Rudnick grinste nicht mehr; er machte den Arm lang und ließ den Rest des Bieres mit einem Ausdruck lässiger Überheblichkeit über jene Stelle der Uniform laufen, die bei feierlichen Anlässen ein rundes Dutzend Orden und Auszeichnungen schmückte.

»Das hat jetzt ein Ende«, brachte der Gedemütigte mühsam heraus, und eine Sekunde später schlug er mit einer kurzen, runden Bewegung zu.

Rudnick, der die Erfahrung etlicher abwechslungsreicher Schlägereien für sich hatte, wich in seiner Selbstüberschätzung nur amateurhaft zurück und bekam den Schlag so nicht ins Gesicht, sondern auf den Hals, dessen Kehlkopf seitlich getroffen wurde. Er sackte nach hinten weg und rang, von Kai aufgefangen, verzweifelt nach Luft.

Mehmet, dem Platz geschaffen war, trat augenblicklich mit aller Kraft zu, und er trat nicht irgendwo hin, sondern auf Karls Kniescheibe, an der ein Band riß.

Der Schmerz ließ den Arbeiter zwar aufheulen, aber er blieb stehen, stand auch noch, als die Fäuste und Tritte von Kai und Mehmet eine halbe Minute lang ihr Ziel an seinen Kopf, Bauch und Unterleib fanden: Sie waren recht gute Schläger, rücksichtslos, konsequent und ohne jedes Mitgefühl für ihr Opfer, dessen Fähigkeit einzustecken sie in rasende Wut brachte.

Von Karl ging keine Bewegung aus; leicht angehoben standen ihm die Arme vom Leib – ein Abbild erstarrter Hilflosigkeit.

Die Jungen hatten ihren Angriff mit ununterbrochenem Geschrei geführt, einer wüsten Abfolge von Flüchen, Schmähungen und Drohungen; der Landmann konnte das Geschehen auch nicht fassen, als sie endlich von ihm abließen, um dem zu sich findenden Rudnick hochzuhelfen, der seine Kraft langsam wiedergewann, mit der Hand nach seinem Hals fühlte und dann einen Satz herauspreßte, der seine Kumpane elektrisierte:

»Wir ... schmeißen das ... Schwein raus.«

»Der ist fertig! Der macht uns nicht mehr an«, versuchte Kai den Anführer des Trupps umzustimmen, denn er zweifelte nicht, daß Frank Ernst machen wollte.

»Gib ihm den Rest«, zischte Mehmet, »hau ihm noch ein paar in die Fresse.«

Rudnick bekam wieder gut Luft, und er fühlte das Blut in seine Muskeln strömen: Während er mit seiner rechten Faust den Unglücklichen an der Krawatte nach vorn riß, wuchtete er ihm die Linke auf die Nase; sie brach.

»Guckt mal, wie das Blut fließt«, schrie er begeistert, »mach Musik!«

»Wir halten in einer Minute«, stellte Mehmet fest, drehte gehorsam das Radio auf, und Rudnick riß im Rhythmus der Musik mit der Krawatte, die er sich um die Hand schlang, Karls Hals hin und her – der Waldarbeiter sackte mit einem Stöhnen auf die Sitzbank und erhielt im Kippen noch einen harten Schlag von dem Siebzehnjährigen, der ihm sogleich den Schlipsknoten so eng gegen den Hals zog, daß dem braven, rechtschaffenen Fricke die Sinne zu schwinden drohten – mit verzweifeltem Japsen suchte er Luft zu holen, bekam sie aber nicht.

Mehmet hielt das Radio hoch über seinen Kopf und deutete aus dem Fenster: »Wir laufen ein.«

Kai stieß sein irres Stakkato-Lachen aus und zeigte mit gestrecktem Finger auf den Zusammengeschlagenen, über dessen entstelltes Gesicht eine einzelne dicke Träne lief: »Der heult, ha-ha-ha-ha!«

Karl begann sich zu winden. Vergeblich mühte er sich, eine Hand bis hoch an den Knoten zu bringen, um ihn zu lösen.

Rudnick hatte von ihm abgelassen und befühlte den eigenen Kehlkopf: »Beim nächsten Mal mach ich dich kalt.« Blitzschnell nahm er den Schützenhut und den Beutel von der Gepäckablage, stopfte beides unter seine weite Jacke und machte den anderen ein Zeichen.

Draußen blitzte das Rotweiß der Schranke auf, die die Straße von Otterndorf nach Bülkau für die Durchfahrt des Zuges sperrte.

»Otterndorf!« Karl hörte die Stimme des Zugbegleiters, aber der rief gar nicht.

In den fünfziger Jahren war er mit seiner Fußball-Mannschaft oft in Otterndorf gewesen. Und im Som-

mer hatten sie sich nach einem Spiel mit den Fahr-
rädern so manches Kopf-an-Kopf-Rennen geliefert,
wenn es über den Deich ging – die Schiffe! Ja, sie
schauten sehnsüchtig auf die vorbeiziehenden Schiffe,
vor allem auf jene, die in die weite Welt hinausdampf-
ten und dabei die schwarze Kugelbake in Cuxhaven
passierten, die man bei klarer Sicht mit bloßem Auge
ausmachen konnte.
Bei Otterndorf weitete sich die Elbe, deren schleswig-
holsteinisches Ostufer als ein baumbestandener Land-
strich eine spärliche Kulisse bildete, die zur Nordsee
hin in Bruchstücke zerfiel, immer niedriger wurde und
schließlich im Wasser verschwand, eine horizontale Linie der Vermutungen und Ungewißheiten.

Ich würde gern eine Seereise machen, dachte der Arbeiter, und dann fielen ihm auf einmal viele Dinge ein,
die er liebte: die Maiglöckchen vor seinem Haus, der
Geruch des Heus, der Gesang des Zaunkönigs, frische,
kühle Buttermilch im Sommer, die Stimme seines Sohnes ...
Ein Wort hätte er gern gesprochen, aber sein Mund
zuckte kaum.

Gleichzeitig mit den Halbstarken, nur eine Waggon-
länge von ihnen entfernt, stieg der Schaffner aus. So es
ging, suchte er solchen Burschen auszuweichen. Eine
Handvoll Fahrgäste stieg ein, der Zug fuhr in der nächsten Minute weiter.
Auf Karl Fricke wurde man erst in Cuxhaven aufmerksam, und da war er mausetot. In seiner Nähe hatten
zwei junge Mädchen gesessen und sich über Gott und
die Welt unterhalten.

Überfressener

Da liegst du, liegst da mit heillosen, zusammengekniffenen Augen und wartest auf den Schlaf wie auf eine Betäubung, wartest auf eine Dunkelheit, die dich verschluckt, die nichts verlangt; aber deine Gedärme liegen schwer in deinem Leib, winden sich gleich trägen Schlangen, und dein Magen, dein Kopf, dein Hirn sind prall von dem, was du – wie unter dem Zwang einer tötenden Gewohnheit – in dich hineingewürgt hast.

Und getrunken hast du unmäßig, literweise, durcheinander – du konntest nicht genug bekommen. In deinem Kalender drängen sich die Gelegenheiten, anzustoßen, die Gläser klingen zu lassen, die Pokale zu leeren, die Fässer anzuzapfen: Hoch die Tassen!

Jetzt, da du von sinnloser Gier aufgebläht und gemästet bist, hast du dich zur Ruhe hingeschlagen – und du betest um den Schlaf.

Du liegst auf dem Rücken, Schweiß tritt in kleinen Schüben aus deinem rosigen, unappetitlichen Körper und erkaltet, du bewegst dich unruhig, und dein Atem geht flach.

Du liegst, aber in deinem Kopf taumelt es, es dreht und schwingt und wankt, und die Übelkeit nähert sich dir in einer dicken, von Gestank begleiteten Woge.

Aber – du kannst dich nicht entleeren, du hältst das Gift, es steht in seinen ausgewaschenen Kammern, und die Kehle wurde dir verschlossen, du bist gezwungen,

zu verdauen; jemand drückt dich auf den Boden, lastet
auf dir mit den Zentnern eines grimmigen Lächelns,
und du fühlst, daß er sich an dir rächen will.
Dies ist der Augenblick ... Die fette Speise soll aus deinen Poren steigen! Die Haut soll von dir platzen, und
du sollst ihre Stücke vor die Geier fallen sehen – zur
Strecke hat dich deine Gier gebracht!
Du wolltest sagen: Ich kann nicht mehr!
Satt war dir nicht genug: Du wolltest in silberne Kübel
speien, wenn du gegessen hattest, und dann von vorn
beginnen. Dein einziger Genuß war die immerwäh-
rende Völlerei, das Gelage ohne Ende Sinn deines Lebens, unaufhörliche Feste sind deine Tage.
Nun steigt ein fetter Dunst aus deinem Leib und um-
gibt dich mit dem Gestank einer höllischen Küche –
und plötzlich sind sie da und knien auf dir, und sie sehen dich kalt an.
Dein Elend ist ihnen widerlich. Ihre reinen Gesichter
sind dir Fratzen. Die Klarheit ihrer Augen erschreckt
dich. Was haben sie vor?
Noch sehen sie dich nur an und halten dich mühelos
nieder.
Du willst dich erheben, du willst sie abschütteln, die
wachsenden, anklagenden Gespenster deines Gewis-
sens – es sind doch nur Schatten, die über dir sind, aber
du bist ohne jede Kraft, du hast dich jeder Fähigkeit zur
Gegenwehr beraubt, du hast das Gute in dir ausgelaugt.
Immer neue, riesenhafte Gestalten dringen in das
Halbdunkel deines nächtlichen Zimmers und umstel-
len dein Lager. Riesige Kinder beginnen mit kleinen,
unbeholfenen Schritten heranzutreten und dich mit
großen, tränenlosen Augen, den entsetzlichen Augen
der letzten Hoffnung, anzufassen.

Du weinst. Du hast jedes Recht dazu verloren, aber du weinst. Du liegst im Dreck deines Reichtums, du hast dich beschmutzt mit der Unzahl einstudierter, mechanischer Worte des geschäftsmäßigen Mitleids, du liegst im faulenden Bett deiner Gefräßigkeit, wälzt dich schwerfällig durch die Gosse deines Wohlstands und beginnst nun zu jammern, zu faseln, zu flehen. Du weißt, du bist gestellt.

Es sind ungläubige Kinder, aber sie sammeln sich in dieser Nacht, in diesem Raum, neben dir auf deiner Brust, an deiner Kehle – zu einem Kreuzzug.

Jedes Kind trägt ein Kreuz, eingebrannt in die Haut über dem Herzen. Die Herzen schlagen schnell wie bei jungen Vögeln.

Die Kinder haben einen Bauch wie du und einen wunderschönen Totenschädel mit zwei ungeheuren Augen. Du willst in ihnen lesen, aber die Zeit dafür ist verstrichen. Die Augen tasten dich jetzt ab.

In deinem Körper winden sich die Schlangen. Deine Bauchhöhle ist eine Schlangengrube. Ah, du hast die lieben Tierlein gut gefüttert. Deine Tiere hast du gut gefüttert.

Und die Kinderaugen sehen deine dicke, weiße Haut. Messer klirren. Messer klirren für den weißen Mann. Kinderhände greifen nach den Messern, Klingen wetzen einander.

Aber du hast noch deine schlanken, weißen Hunde – und hetzt sie los. Ihre Fänge sind fürchterliche Waffen, ihr Biß ist tödlich, ihre Lungen rauschen wie Orkane, unermüdlich sind die Läufe deiner Hunde: es entgeht ihnen keine Beute.

Und doch, da du deine Befehle herausschreist, läuft nur ein Zittern durch ihre mächtigen, austrainierten Körper, und sie entspringen unter dem Gewitter herniedertosender Messer, und das Bild kalter, zuckender Wolfshunde zergeht im tiefen Nichts einer unermeßlichen, auslöschenden Furcht.

Und du willst dich entwinden, du drehst dich in deinen düsteren Ahnungen, die heranfliegen wie schwarze, vom Sturm getriebene Vögel, Unheilsboten der Finsternis, deren Schreie dich durchglühen, deren Schwingen deine Haut verbrennen, deren Schnäbel dir wie stumpfe Eisenkeile in die Seite schlagen.

Und die Kinderhände setzen einen Schnitt an: Und sie lassen dein Blut in einen Bottich fließen und rühren darin herum. »Laßt euch Zeit mit diesem gemästeten Schwein!« sagt einer, er sagt es ohne Groll, und auch die Verachtung in seiner Stimme zeugt eher von Desinteresse. Aber es soll in Ruhe geschlachtet werden, du sollst geschlachtet werden.

Und das Bild deiner angeschwollenen, barocken Anatomie ist der großen, unaufhaltsamen Welt durchsichtiger Menschenwesen im Kopf: die Halbnackten, die Halbtoten, die Immerkranken, die bei lebendigem Leibe Verwesenden, die Ausgespuckten, die Vergifteten, die Verschacherten, die Alleingelassenen, die Insektenmenschen aus den Slums und Shanty-towns – sie treten an dich heran und teilen deine Glieder, dich zu fressen. Aber du hast noch einmal Glück, denn da sie beginnen, dir das Fell abzuziehen, gelingt dir ein Schrei, der dich hochschrecken läßt, und du stolperst in dein Marmorbad und kotzt dich aus, eine halbe Stunde lang.

Danach geht's dir besser.

Und du blickst erleichtert in deinen von Sternen eingefaßten Spiegel und erwägst eine Kur in Baden-Baden. Es ist wieder Zeit dafür.

Untertemperatur

Es ist April, der Dampfer macht gute Fahrt, seine Schrauben lassen das Meer gurgeln, Möwen setzen sich auf diese Fährte, und ich beginne, die kleine Seereise zu genießen, hänge faul über der Reling, und ein paar süße, erquickende Entspannungsschläge machen meine Sinne bereit für die Bilder einer herrlichen Natur: das leichtbewegte Meer erstreckt sich bis in lichte Horizonte, über weißblauem Himmel wandert die große, alles beherrschende Frühlingssonne, der frische Wind trägt den Geschmack des Meeres auf die Lippen, und während das Auge sich am Spiel der Seevögel erfreut, das Ohr ihre munteren Schreie empfängt, beben die Nasenflügel, da sie die Urstoffe des Lebens so nahe und stark wittern, daß sie gar nicht genug bekommen können von diesem Genuß – da taucht Dagmar auf, eine Frau Mitte Dreißig, nicht direkt eine Schrulle, und sie weiß, was sie will – mich.

Während ich gebannt auf das Meer blicke, redet sie dreißig Minuten ununterbrochen über Gott und die Welt und sagt schließlich: »Ist es nicht eigenartig, wie rasch man sich manchmal näherkommt?«

»Ja«, nicke ich, »allerdings...«, denn ich habe zu unserem Gespräch außer einem gelegentlichen Knurren nichts beigetragen.

Daß ich in England ein paar Tage herumwandern will, hat sie aus meiner Erscheinung geschlossen, und daß ich sie mag, muß sie aus meinem Lächeln schließen, und so, während ich ihr kaum zuhöre und mich an der hübschen Seefahrt ergötze, schon ein paar heimliche Probleme des Alltags zu vergessen beginne, fährt sie fort mit ihrem etwas theatralischen Monolog und spricht von Brücken, die sie hinter sich abgebrochen hat. Zum Glück ist ihre Stimme leise und angenehm. Mich hält sie jedenfalls nicht für schüchtern.

Sie begleitet mich auf einem Rundgang über die Decks der schmucken Fähre, dann ist es dunkel, und wir essen Abendbrot.

Über die Zeit bis zweiundzwanzig Uhr läßt sich nichts Bemerkenswerteres berichten, als daß sie eben herumgeht.

»Nun ist es auch an uns, schlafen zu gehen«, mahne ich, da sich die Passagiere, überwiegend Familien mit Kindern, zurückzuziehen beginnen; Dagmar indes hält an meiner Seite tapfer durch bis Mitternacht. Sie wird Ruhe finden in einer Kabine unter Deck, ich selbst habe für die Nacht einen Platz im Schlafsessel gebucht.

Ich lausche gerne dem Gebrumm zuverlässiger Motoren, und ich liebe es zu wachen, wenn die Welt zu schlafen scheint.

Auch das Meer verhielt sich völlig ruhig.

Am nächsten Morgen bin ich wirklich in die hinterste Ecke des Schiffes geflüchtet, sitze dort in der Mitte von Engländern, die eine Mauer des Schweigens um mich bilden, ich sitze eigentlich mit dem Rücken zu jeglicher menschlichen Gemeinschaft, habe den Blick aus dem Fenster gerichtet, die glatte See zu betrachten und einen in der Ferne dahinschwebenden Dampfer – wer sollte mich finden?

Dagmar findet mich. Sie hat den Geruchssinn einer

Schäferhündin und will sofort einen Apfel mit mir teilen, den ich ihr schon am vorausgegangenen Abend
nicht aus der Hand gebissen habe und in den ich auch
jetzt nicht beißen werde, denn ich will nicht hineinbei-
ßen in Dagmar.

Wie ich denn geschlafen hätte, fragt sie scheinheilig.

Der Steward hat ihr eine wunderbare Einzelkabine zu-
geschustert: »Ich hab mir überlegt, ob ich dich holen
soll. Du hast doch bestimmt nicht gut gelegen.«

Ich lag schlecht. Ich lag schlecht auf einem Restaurant-
stuhl, und Jugendliche, die sich auf krummen Touren
befanden, schlichen mehrmals an mir vorüber; aber mit
Dagmar in einer Einzelkabine – der Herr hat seine
Hand über mich gehalten.

Nein, ich schiebe mich nicht auf ihren guttrainierten
Bauch (»Ich bin sportbegeistert.«); zwanzig Minuten
Frühgymnastik hat sie hinter sich: »Aber stramm
durch!« Sie spannt die Oberarmmuskeln an.

Arme Mehrmalsverlobte! denk ich so bei mir, du bist
nicht die Schlechteste, und dein kleiner Arsch würde
federn.

Gegenüber dem House of Parliament wird sie wohnen!
Bei einer sehr gut aussehenden Freundin und deren sehr
gut aussehendem Freund, einem Computerspezia-
listen: Dort wartet ein großes Zimmer auf uns, auf Dagmar und mich ...

»Nee«, sage ich gedehnt.

Nach einer Pause berichtet sie mir von einer früheren
schlechtbezahlten Arbeit bei der BBC: »Ich bin so ge-
spannt, wie's diesmal wird. Ob ich einen Job finde.«

Linksverkehr? Sie hätte keine Ahnung, wie der eigentlich funktioniere; damals wäre ein Wagen für sie uner-
schwinglich gewesen.

Und da taucht auch schon Harwich auf: »Ja«, wiederholt sie, »also – ich habe in meinem Auto einen Platz
anzubieten.«
Ihre Hartnäckigkeit ist bewundernswert; sie lächelt verlegen.

Nun sitze ich neben ihr, und sie spricht nur noch vom
Linksverkehr, vom Autofahren überhaupt, und ich
denke mir nichts weiter dabei, runter vom Schiff, dessen majestätische Luke sich gelassen öffnet, geht es eigentlich ganz gut, der Zöllner will wissen, ob wir das
Auto in Großbritannien verkaufen wollen – ein erstes
Beispiel englischer Höflichkeit.
Es wird ernst: Links halten – und gleichzeitig hinein in
den ersten Roundabout: »Ich möchte mal wissen, wer
hier eigentlich Vorfahrt hat. Wie ist das in England mit
den Verkehrsregeln...?«
Ihr Hauptproblem liegt indes woanders: Sie kann die
Spur nicht halten. Und sie fährt sehr dicht auf. Wir
schwimmen so dahin. Ein ums andere Mal atme ich tief
durch. Ich hüte mich, ihre Fahrweise zu kritisieren.
Wir müssen nach London rein, ich will heute noch zu
den Waterloo Stations und Poole bei Tageslicht erreichen.
Dagmar ist sich völlig im klaren darüber, nicht Auto
fahren zu können – selbstkritisch ist sie! Ich versuche,
nicht zu verkrampfen.
Sie fahre eigentlich nicht gern Auto, aber man könne
im Wagen so viel mitnehmen.
Tatsächlich hat sie ihren Kadett bis unters Dach vollge-
stopft, und es ist gar nicht so leicht gewesen, den Beifahrersitz freizumachen. Sie hält das Steuer so fest wie
ein Gewichtheber die Hantelstange. Ihr Oberkörper

liegt schräg, der Kopf ist pfiffig vorgestreckt. Wir schließen vom Zustand der Autobahnen auf den Zustand der britischen Wirtschaft, eine Gemeinheit.

»Aber die Züge sollen hier unglaublich fix fahren!« meine ich verzweifelt und denk: Einen von ihnen hättest du erwischt!

Doch wir kommen voran, denn wir fahren Meilen und nicht Kilometer. Der Verkehr wird dichter, London taucht auf, und der Schweiß auf meiner Stirn trocknet – wenn's mich jetzt nicht erwischt, erwitscht's mich nie.

Ich habe mich mit dem Sicherheitsgurt an den Sitz geknallt, als säße ich in einem offenen Doppeldecker hinter Weltmeister Stössenreuther. Zweimal überholt Dagmar – Lastwagen! Ungeheuer, riesige Autos, langgestreckte Ungetüme, an denen vorbeizukommen uns jeweils knapp vier Minuten Zeit kostet. Eine Boxrunde dauert drei Minuten, und dann sitzt auch noch ein Arzt am Ring.

Ich sage kein Wort; ich werde mich hüten. Andererseits könnte es gefährlich sein, einsilbig zu wirken. – Ein falsches Wort, und sie reißt das Steuer herum.

Über die Bremsen hat Dagmar sich ernst und kritisch geäußert; sie fährt ja vorsichtig. »Wenn man überholen will«, erklärt sie mir strahlend, »muß man nach rechts ausscheren – ist das nicht komisch?!«

»I-ja. Urkomisch.«

»Muß sonderbar für die Engländer sein, wenn sie auf dem Kontinent fahren«, murmelt sie gerührt.

»Ausgesprochen sonderbar«, stimme ich hastig zu; bin selbst den Tränen nahe. Solange ich hier neben ihr hocke, werde ich ihr recht geben. Meinetwegen kann sie den größten Senf erzählen, ich werde nicken; das ist das wenigste, was ich für mich tun kann. Nur keine Widerworte.

Am Stadtrand beginnt sie einhändig zu fahren; sie hat an Sicherheit gewonnen und sucht mit der freien Rechten nach dem Stadtplan. Es ist ziemlich eng im Auto, wir können uns nur vorsichtig bewegen, weil die Haushaltsgeräte von hinten nachrücken. Ehrlich gesagt, es wäre mir unangenehm, mit einem Eßgeschirr und ein paar Kellen und Tassen im Bauch in die ewigen Jagdgründe zu wechseln, aber für eine richtige Frau ist es wohl wichtig, die Küche immer dabeizuhaben.

»Kochst du gern?« frage ich, um mal den Spieß umzudrehen.

Ihr L-Lieblingsthema! Und was ich alles bei ihr probieren soll...

Mir vergeht nun auch noch der gesunde Teil meines Appetits.

Inzwischen ist für Dagmar klar, daß wir ein Jahr in London wohnen werden.

In dieser hoffnungslosen Situation schenke ich ihr ein Lächeln. Es gibt Momente, in denen man nur seinen eigenen Vorteil im Visier haben darf; da hebt man gefälligst die Hände und läßt sich abführen. Kurz vor dem Erschießen ist immer noch Zeit.

Auf meinem Schoß liegt der Stadtplan; ich habe früher einmal chinesische Augengymnastik gemacht, verdankte diese Anregung einem einsichtigen Kollegen. Und meine Aufgeschlossenheit gereicht mir endlich zum Nutzen: Ein Auge vorn, weil weiterhin Lastwagen mitmischen; das zweite orientiert sich auf der Karte – und beobachtet Dagmar.

Leider kommen nun von hinten, da kann ich nicht auch noch hingucken, verdächtige Geräusche.

»Der Wagen war gerade erst in der Werkstatt!« schimpft sie. Wird sie ärgerlich?

»Das kann nichts sein«, suche ich schnell zu beruhigen, »höchstens eine kleine Schelle. Diese kleinen Schellen lösen sich leicht ...«, und ich weiß: Jede Sekunde kann die Auspuffanlage unter die Räder geraten ... Nur weg von dieser Frau. Keine Woche kann es dauern, und die Eingeborenen tragen sie zu Grabe.

Aber wir kommen dem Geräusch auf die Spur: Es ist der zweite Gang! Etwas Schreckliches geht im Getriebe vor, wenn Dagmar den zweiten Gang einlegt.

Flüsternd gebe ich meine Anweisungen – ein Unsinn. Dagmar hat sich für einen großen weißen Kühlwagen entschieden, an den klebt sie sich; wir sehen deshalb nichts von London, wozu auch.

Gibt Dagmar das Steuer auch nicht aus der Hand, so läßt sie sich doch steuern, wir erreichen die richtige Brücke, überqueren die Themse, und ich genieße mit einer Mischung aus Wehmut und Bewunderung das unvergleichliche Bild der Tower Bridge – welch ein Flußübergang!

Die Innenstadt brodelt, wir halten uns rechts, kommen heil durch den Hexenkessel, stoppen: Bis zu den Waterloo Stations sind es für mich noch dreihundert Meter, und Dagmar muß nur drei oder vier Straßen weiter. Wider besseres Wissen erkläre ich ihr mit ausgesuchten Vokabeln den Weg auf der Karte, werfe mir den Rucksack über und halte den Daumen nach oben: »Du wirst das finden, Dagmar!« Tatsächlich zweifle ich genau daran. Man kann sich nicht jeder Frau annehmen: »Dir ein Lebwohl!«

Der Zauber dieses Grußes erschließt sich beim Abschiednehmen nicht jedem ganz, sie will mir noch eine

Telefonnummer aufschreiben, da habe ich schon die
Beine in die Hand genommen, um einem Tunnel zuzu-
eilen, der mich ihren Blicken entzieht: Wenigstens einmal in meinem Leben bin ich ein Traummann gewesen. Ich erschaudere.
»Wenn Sie sich beeilen, kriegen Sie den Zug noch«, der
Schalterbeamte weist zu einem Bahnsteig. Und wie ich
mich beeile: Ich sitze, ab geht die Bahn.

In Minutenschnelle trägt es uns zur Stadt hinaus; der
Bahnhof von Wimbledon fliegt an mir vorbei wie ein
Tennisball – herrlich. Bei Einhaltung dieser Geschwin-
digkeit kann ich zur Teestunde in Poole sein. Tee in
England – man stelle sich das vor! Mein Gegenüber,
ein wohlbeleibter Mann mit wachen, energischen Gesichtszügen, studiert mit dem Ausdruck eines großmü-
tigen, kalten Spottes die Zeitung.
Er läßt sich viel Zeit für die Artikel, schlägt die Seiten
aber heftig und geräuschvoll um, so als sei das Gelesene
ein für allemal erledigt.
Seine Brille sackt ihm allmählich bis zur Nasenspitze
durch, das rosa Doppelkinn liegt unbeweglich auf dem
Schlipsknoten, läßt diesen verschwinden; ich bin mir
nicht sicher, ob der Mann überhaupt atmet, diese Not-
wendigkeit scheint für ihn nicht zu gelten.
Der ganze Leib strahlt die Seelenruhe einer höheren,
unerreichbaren Souveränität aus.
Wir fahren in einem komfortablen Reisezug mit blauen
Sesseln, und ich muß an Prince Charles denken: Er ist
doch bestimmt ein sympathischer Kerl, umweltfreund-
lich, kunstinteressiert, vorzüglich ausgebildet bei allen
Waffengattungen – und dennoch schmunzele ich über
Seine Hoheit.

Natürlich sind Nase und Ohren alberne Kriterien, aber
es gibt einen Haufen sehr vernünftiger Leute, die ihnen
eine furchtbare Bedeutung beimessen.

Im Zug sitzen übrigens viele schweigsame Engländer,
die mir sehr ähnlich sehen, auch die Engländerinnen
sehen mir ähnlich; davon später. Ohne unhöflich sein
zu wollen, auch ohne das Ergebnis nachfolgender, sehr
fairer Betrachtungen vorwegzunehmen, muß ich an
dieser Stelle dies eine festhalten: Der Anblick von Engländerinnen ist im allgemeinen sehr ernüchternd, baut
aber Feindbilder nicht von vornherein ab.

Ohne Übergang schickt sich der wohlbeleibte Herr in
einen halbstündigen Schlaf; irgend etwas beflügelt ihn
dabei, mir zweimal gegen das Schienbein zu treten –
wahrscheinlich unvergessene Abenteuer, die ihn anregen.

Als der Gentleman erwacht, kommt er sofort zur Sache:
Woher ich denn sei?

»Lower Saxony.«

»Ahhh, Germany!« nickt er freundlich. mustert mich
wohlwollend – und streckt mir, sich vorstellend, tatsächlich die Hand hin: »Harris.«

Zu meinem Plan zählt, unter keinen Umständen die
Landessitten außer acht zu lassen, nicht etwa jemandem die Hand zu geben und dergleichen.

Mr. Harris packt meine Rechte und bewegt sie auf und
nieder, ganz als bediene er eine Pumpe – nun, da fehlt
eben die Übung. »Was haben Sie vor?«

Nachdem ich meine Absicht erläutert habe, in Cornwall zu wandern – augenblicklich gratuliert er mir zu
diesem Entschluß, indem er wieder nach meiner Hand
greift, um sie herumzuschütteln (er war früher einige
Male in Deutschland, bringt aber wohl was durchein-

ander) –, gebe ich preis, in Poole einen Pfaffen besuchen zu wollen, den ich in Brasilien kennenlernte: »Wahrscheinlich fallen ihm und seiner ganzen verdammten Familie die Augen aus – die rechnen doch niemals mit mir, haha!«

»Engländern fallen nicht die Augen aus«, antwortet er bescheiden – um sogleich aufgeräumt fortzufahren: »Wandern in Cornwall! – Sie haben sich das Beste ausgesucht: Erstklassige Jahreszeit, wenig Touristen. Ich gratuliere Ihnen ...« Bekümmert nimmt er zur Kenntnis, wie ich meine Hände in den Hosentaschen verschwinden lasse, denn er will mich schon wieder anfassen. »Was können Sie an einem Tag marschieren?« will er wissen.

»Dreißig«, behaupte ich glatt.

»Meilen oder Kilometer?«

»Ich werde nicht mehr als zehn Kilometer am Tag marschieren. Will meine Tour genießen, enjoy, you know.«

»Sehr vernünftig, sehr vernünftig«, versichert er mir und guckt mit bettelnden Augen auf meine Hosentaschen.

Ich sehe ihm an, was er denkt: Schade, denkt er, und weil er das tut, ziehe ich langsam meine Hände hervor und lege sie auf die Oberschenkel.

Ich weiß wirklich nicht, warum ich die Engländer so mag; Kindheitserinnerungen, vermute ich. Da gibt es was an den Tommys, das ich ungemein schätze – nicht etwa das gewisse Etwas der Frauen, das gewisse Etwas englischer Frauen gibt es nicht: Es gibt das gewisse Etwas der Engländer. Und andere Völker haben das nicht.

Engländer haben Geheimnisse, die sind so geheim, daß sie nicht einmal selbst davon wissen. Bedauerlich sind nur ihre Kriegserklärungen.

»Ich war kürzlich in Südamerika unterwegs«, erkläre ich nicht ohne Stolz, weil Deutsche weltoffen sind und über jeden Kontinent herfallen, gewissermaßen zweihundert Jahre nach den Engländern.

»Were you?« fragt er mit Noblesse – um mir von seinem Leben in Afrika zu erzählen. Bald berührt unser Gespräch politische Themen. »Die Europäische Gemeinschaft? No! Diese Portugiesen, Spanier, Griechen ... Für die müssen wir bezahlen. Wir – die Engländer und die Deutschen – Warum? No ...«

»Zahlen die Engländer auch?« frage ich überrascht.

Mr. Harris schenkt mir ein schmales Lächeln; er weiß einen kleinen Scherz zu schätzen: Sind wir nicht beide konservativ, was! Eigentlich wollte er mir schon wieder die Hand schütteln, aber nun habe ich eine kleine Distanz geschaffen.

Das hohe Tempo des Zuges verwischt meine Eindrücke von dieser Landschaft deutscher Farben: Fast so schön wie im Weserbergland, geht es mir durch den Kopf.

»Woher kommen Sie?« fragt Harris den jungen Burschen neben mir. »Kommen Sie aus Kanada?«

»Nein«, antwortet der Angesprochene verlegen, »ich komme aus Yorkshire.«

»Yorkshire?! Oh, ich glaube, die Leute sprechen kein Englisch in Yorkshire.«

Gutgelaunt wendet sich der Alte an eine Dame, die auf der gegenüberliegenden Seite des Ganges sitzt: »Sind Sie nicht auch der Meinung, daß die Leute in Yorkshire kein Englisch sprechen?!«

»Ich weiß nicht recht«, gibt sie vorsichtig zurück. »Ich bin auch aus Yorkshire.«

Stimmung!! Wirklich, alle strahlen.

Nun will Mr. Harris wieder mir einen Gefallen tun: Er
erzählt die wundersame Geschichte eines deutschen
U-Bootes, das zum Schluß versenkt wird.
Selbstverständlich nicke ich dankbar, denn ich weiß,
was ein guter Wille ist.
Draußen vorm Waggon wächst bereits Heide, und ich
sehe Pferde, die dort viel Platz haben. Auf Bildern ist
englischen Pferden zumeist der Schwanz gestutzt; vermutlich nur eine Unsitte der Maler.
Wir halten an einem Autoparkplatz vor, dann direkt in
Southampton, und schon zischen wir auf Bournemouth zu. Mir kann überhaupt nichts passieren, weil
ich zusammen mit Mr. Harris die Eisenbahnkarte der
British Rail studiere: »Eine gute Karte«, entscheidet er
und nickt wie auf Kommando ein.
Er scheint zu sterben, dabei haben wir uns eben noch
angeregt unterhalten. Aber er kennt die Strecke und
schlägt im richtigen Augenblick die Augen auf.
In Bournemouth findet er einen Weg, mir dreimal
die Hand zu geben, und – er überwacht mein Umstei-
gen!
Als wir uns zum dritten Male verabschieden, denke ich:
Verdammt guter Empfang ...
Die Umgangsformen der Tommys sind natürlich ein
Teil ihrer Taktik.

In einem Triebwagen geht es gleich gemächlich weiter;
nach wenigen Minuten halten wir in Parkstone, wenig
später steige ich in Poole aus. Es sind nette, gepflegte
Orte mit netten, gepflegten Menschen.
Die Sandbanks Road ist leicht zu finden; es handelt sich
um eine endlose, schön geschwungene Straße. Zum
Glück wohnt der Pfarrer vornan. Ein Bus nimmt mich

ein paar Stationen mit, aufmerksam schaue ich nach draußen, um ja nicht die gesuchte Hausnummer zu verpassen.

Es bietet sich dar das Bild einer zivilisierten Welt: Solide Häuser in einem gefälligen Zustand, frischgestrichene Zäune, saubere Mauern, gehegte Vorgärten, reine Trottoirs.

Wie freuen sich Mr. und Mrs. Cartridge, als ich hinter ihrem Rücken auftauche! Denn sie ziehen gerade um. Sie wickelt Tassen ein, er telefoniert mit seiner Gemeinde, und beide strahlen mich auf Kommando an, wie nur Schaufensterpuppen strahlen können, wenn man sie unter Strom setzt.

Aaah! ruft er gedehnt und lacht ein wenig hölzern: Brazil!

Ooooh! schallt es aus ihrem Munde hintendrein: Tatsächlich, unser Freund vom Flamengo Strand!

Ist ein Mann erst vierzig, ruft ein Rucksack auf seinem Rücken bei gleichaltrigen Betrachtern recht unterschiedliche Empfindungen hervor; meines Erachtens überwiegt dabei bei gutsituierten Bürgern das Gefühl der Skepsis und Abneigung, denn der Rucksack gehört in die Bergwelt, im Wohnviertel des Kleinstädters ist er ein verdächtiges Symbol, ein Utensil des Vagabunden, der sich weder einen Lederkoffer noch einen erstklassigen Gasthof leisten kann.

Ich soll Tee trinken, verharre aber im Seiteneingang (die Vordertür war verstellt) und genieße den Anblick gefaßter Gesichter: Ja, schaut nur, hier steht der Mann, der Mrs. Cartridge am Fuße des Zuckerhutes die Handtasche zurückeroberte, der trainierte Athlet mit den schnellen Beinen und der harten Rechten, ich bin's tatsächlich, der Schrecken der Strandräuber ...

Das Ehepaar wirkt nach außen hin ruhig und beherrscht, und ich bin nicht so gemein, zu bleiben. Mit einer frommen Geste verabschiede ich mich, und meine fröhliche Bemerkung gilt den Überraschungen, die man einander bereiten kann; man kann's auch sein lassen.

Ja, bestätigen sie: Wie lustig alles ist! Haha.

Nach ein paar Dutzend Schritten auf dem Trottoir entdeckt mein Auge bereits das tröstende Schild: »Little Haven – Bed und Breakfast. Vacancies.«

In diesem feinen Häuschen komme ich nun unter, ein hübscher Garten gehört dazu, die Büsche leuchten in allen Farben.

Die sympathischen Wirtsleute weisen mir ein lichtes, sauberes Zimmer zu. Mir wird gesagt, wann es Frühstück gibt. Drei Übernachtungen kann man mir zunächst anbieten, am Wochenende ist man ausgebucht.

Ich habe noch die Kraft für einen Abendspaziergang, der mich an die Parkstone Bay führt; in der Bucht liegen hundert Schiffchen.

Um einundzwanzig Uhr fallen mir die Augen zu; ich fühle mich gut angekommen in England und schlafe zehn Stunden; die ungemütliche Nacht auf der Fähre ist vergessen.

Am nächsten Morgen weckt mich ein Klopfen an der Tür, und ehe ich reagiere, tritt ein schnauzbärtiger Mann ins Zimmer und balanciert mir in leicht gebückter Haltung eine Tasse Tee auf den Nachttisch.

Mein Gott, durchfährt es mich, was geht hier vor? Nur langsam lockert sich der Griff um meine Walther PPK: Ich halte es nicht mehr für vertretbar, die Welt unbewaffnet zu durchstreifen, nachdem Irre in der Sozialordnung entwickelter Gesellschaften einen hohen Rang einnehmen.

Mr. Duran, der Hausherr, serviert mir in liebenswürdiger Weise; als sei ich sein altes Muttchen. Aber auch seine Mahnung: »Frühstück um Punkt acht Uhr!« Und dabei lächelt er wie ein Hauptmann, der um neun Uhr dreißig das Erschießungskommando für jene kommandieren wird, die ihren Platz im Frühstücksraum zu spät eingenommen haben.

Es gelingt mir, mich über dem Waschbecken ganz klein zu machen. Aus Gründen der Anpassung und Sicherheit ziehe ich mir einen messerscharfen Scheitel über dem linken Ohr.

Wir sitzen zu fünft an einer Tafel, und ich hin dankbar für meine minderen Sprachkenntnisse, denn niemand erwartet ernsthaft einen Beitrag zu den kargen Wortwechseln.

Als ein älterer Herr mit englischem Tweed und englischer Lady am Nachbartisch Platz nimmt, flammt das Gespräch allerdings auf: »Schöner Sonnenschein ... Aber es war sehr kalt letzte Nacht, nicht wahr, war es nicht?... Wirklich, sehr kalt. War es nicht?«

Und alle Engländer recken die Hälse und versuchen, was vom Himmel zu sehen.

»Ob es wohl regnet?«

»Nein, ich denke nicht so.«

»Es könnte regnen, aber es muß nicht regnen.«

»Ja, es könnte. Aber es muß nicht.«

»Ich denke, daß es nicht regnet. So denke ich.«

»Nun, wir werden sehen.«

»Hat es nicht genug geregnet, hat es nicht?«

»Da, wo ich herkomme, regnet es auch genug«, gebe ich zu verstehen und verabschiede mich mit einer kasi-

noreifen Verbeugung, während die Engländer mich
alle anlächeln und nicken.

Auf jeden Fall habe ich ausgezeichnet und einigermaßen ungestört gefrühstückt.

»Ob es wohl regnet?« frage ich Mr. Duran.

Er tritt mit mir vor das Haus und guckt zum Himmel;
der ist blau und sonst nichts.

Schmerzlich verzieht er das Gesicht: »Es könnte sein, es
könnte aber auch nicht sein, könnte es nicht?«

»Auf Wiedersehen.«

Poole ist auf seine Art ein Kleinod. Jeder ist hier ein
Gärtner: Blumen, Blumen, Blumen! Dabei sollte man
glauben, auf dieser Insel wüchse so was nicht …

Mich zieht es durch die Gärtnerei an die Bucht und zur
Hauptanlegestelle. Ein gemütlicher Kai trennt mich
vom Wasser – und schon beginnt die Fahrt auf einem
schmucken Ausflugskahn, der seinen Weg wie von
allein findet. Die Bucht von Poole zählt zu den größten
der Welt.

Der Käpt'n ist ein interessanter Mann – klein, drahtig
und dabei von philosophischer Ruhe. Bevor das Schiff
ablegt, saugt er an seiner einfachen Pfeife, reißt die
Karten ab, zwinkert mir zu.

Und dann gibt er seine exakten, ruhigen Erklärungen.
Noch nie in meinem Leben hörte ich einen Menschen
Wörter so deutlich aussprechen. Ich verstehe jede Silbe;
ein Genuß, ihn sprechen zu hören.

Mehr als ein halbes Dutzend Inselchen heben sich wie
grüne Hüte aus diesem malerischen Naturhafen, und
an den wichtigsten schnurrt unser Schiffchen artig vorbei – Long Island, Round Island, Fursey Island; Brown-
sea Island schmückt eine feste Burg: Auf dieser Insel
wurde 1907 das erste Pfadfinderlager errichtet.

Da der Kapitän dies bemerkt, hellt sich der Klang seiner
Stimme für einen Moment auf, um nach einer kleinen
Pause den Ton einzubüßen: In diesen Tagen würde im
Hafen nach Öl gebohrt – er schüttelt den Kopf. Daß sich
auf einer der Inseln, er verrät sie natürlich nicht, eine
Geheimstation verbirgt, regt die Phantasie der still-
vergnügten Passagiere an, und da sich Kinder an Bord
befinden, gerät der Berichterstatter ins Fabulieren und
weiß einiges zu erzählen von Wikingern, Seeräubern,
der Spanischen Armada und dem Unternehmen Over-
lord: Über dreihundert Schiffe steuerten von hier in
Richtung Normandie.
Die Öffnung zum Kanal ist eher schmal; zwischen
Sandbank und Shell Bay verkehrt eine Fähre, die sich
an einer schnurrenden Kette von einer Landnase zur
anderen zieht.
Wieder an Land, lasse ich mir im Aquarium eine Boa
Constrictor um den Hals legen, durch den ich mir später im »Admiral Nelson« ein Bitter kippe: Das Bier ist
trinkbar, mehr nicht.
Als ich am Industriekai einen kleinen Öltanker namens
»Stade« anlegen sehe, muß ich die heimatlichen Gefühle mit ein paar tiefen Atemzügen und der Flucht in
die Innenstadt bekämpfen.
Der Stadtkern ist neu und von beliebiger westeuropäi-
scher Glätte. Ich nutze die Möglichkeit, im Stehen zu
essen und studiere die Betriebsamkeit der Einkaufs-
straße, ohne Auffälliges zu entdecken. Ein Wort zum
Tee, den ich nun zu trinken habe: die einzige Enttäuschung! Ein Gesöff, das vermutlich abhärtet.
Im übrigen beschäftigen sich meine Augen, wie könnte
es anders sein, bereits seit einigen Stunden mit den
Weibchen der Eingeborenen.

Da mein Aufenthalt in England nur wenige Tage währen kann, halte ich es für angezeigt, bereits am Nachmittag meine Studien im Dolphin Swimming Pool aufzunehmen.

Ich hin insgesamt viermal in diesem Hallenbad zu Gast und kann mir aus diesem Grunde ein Urteil über Engländer und Engländerinnen erlauben, die nicht viel anhaben.

Das Wichtigste vorneweg: Engländer können eigentlich *gar nicht* schwimmen, sie halten sich nur über Wasser. Einige tun dabei allerdings so, als seien sie Amerikaner, was sehr komisch aussieht.

Die Bademeisterinnen sind energisch: Sie tragen ein Röckchen (Engländerinnen sollten eigentlich keine Beine haben) und benutzen ihre Pfeife mit einem mitleiderregenden Fleiß – ein Basketballschiedsrichter ist nichts dagegen.

Wenn Engländerinnen die Hüllen fallen lassen, möchte man sie sofort wieder anziehen. Die gescheiten unter ihnen tragen altmodische Badeanzüge, die den ganzen Körper bedecken; und damit steigen sie dann, ohne geduscht zu haben, ins Wasser. Man fragt sich, warum sie überhaupt schwimmen, denn sie kommen kaum einen Meter voran, und ihre Gesichter sind leichenblaß.

Die Männer sind wohl tätowiert, damit man sie leichter identifizieren kann. Einige von ihnen wagen Kopfsprünge, obwohl sie nicht mal wissen, was dabei zuerst eintaucht.

Vermutlich geben sie einer kleinen Auswahl Schwimmunterricht, aber bestimmt nicht bei der Marine – deswegen gehen die Schiffe auch so selten unter, alles hat Angst vorm Ersaufen.

Die Atmosphäre im Dolphin Swimming Pool ist span-
nungsgeladen, denn einer wird heute noch ertrinken;
darüber ist sich jeder im klaren. Das ist keine Notiz in
der Zeitung wert.

Wer sich hier sicher fühlt, hat eine teure Privatschule
besucht.

Jede zweite Frau wagt es, einen Bikini zu tragen; diesem Mut verdanke ich eine gründlichere Betrachtung:
Meines Erachtens hat die Engländerin mehr Knochen
als die Nord-, Mittel- und Südeuropäerin (das ist jetzt
nicht bloß eine Anregung); es muß einfach so sein.

Sehr leicht zu unterscheiden ist der kleine, geduckte
keltische Typ und der eher normannisch aufragende.
Insgesamt überwiegt die mittelgroße, dünne Erscheinung, die eine ungeheure Zähigkeit ausstrahlt.

Kommen diese Menschen aus dem Wasser, gucken sie
auffallend lange an sich rauf und runter: Sie erfreuen
sich offensichtlich ihrer vorübergehenden Sauberkeit,
denn ehe sie ein zweites Mal wieder im Schwimmbad
auftauchen, hat es geschneit.

Lächelt ein Deutscher eine Engländerin an, wird er sie
nicht mehr los, und so kommt es. Mir bleibt überhaupt
nichts anderes übrig, als mich mit ihr zu verabreden.

Ich warte vor dem Portal und erkenne Mary nicht: Sie
hat sich bis zur Unkenntlichkeit geschminkt und trägt
an den Beinen einen undurchsichtigen, beigefarbenen
Strumpf. Zu diesem Zeug greift in Deutschland, wer
Banken überfällt oder seine Kinder erschrecken will.

Wir gehen spazieren, und sie beginnt operettenhafte,
italienisch klingende Weisen zu summen.

Als es ein bißchen dunkler wird und sie sich an meinem
Hals festbeißen will, laufe ich ihr mit einem langgezogenen Spurt davon.

Ihre Schreie gehen mir durch Mark und Bein.

Das war knapp, denk ich und gönne mir auf meinem Zimmer einen kräftigen Schluck aus der Beafeater-Pulle ... Und dann ihr Parfüm – damit hätte man den Regierungsbezirk Lüneburg benebeln können. Auf so 'ner Insel verfliegt das natürlich ...

Auf dem Tischchen steht ein kleines Radio, ich schalte es ein.

Jemand singt: »The message is clear, the time is near. The message is clear, the time is near ...« Mir ist nicht recht wohl dabei. Der Text wiederholt sich etliche Male, und eine Trommel schlägt.

Offensichtlich eine Musik für Botschaftsangehörige.

Am nächsten Tag marschiere ich zur Küste, die ich bei herrlichem Sonnenschein und strammer Brise zwischen Bournemouth und Svanage ablaufe. Phantastischer Seegang, freier Blick zu den weißen Felsen der Isle of Wight. Segelboote, Surfer, Taucher. Und am Ende der Shell Bay stehen Old Harry und seine Frau im schäumenden Wasser, zwei verwunschene Monolithen.

Gefährliche Klippen, Abbruchstellen. Felsen ganz aus Kreide, rote und braune Felsen, dahinter ein Heidestreifen und Hügel im frischen Grün.

In der Muschel-Bucht beobachte ich eine Engländerin, die ihrem Mann mit Hilfe einer Backform einen Kreis kleiner Sandburgen baut – ohne jede Not! Ihre zwei kleinen Kinder rennen ans Wasser und zurück zum Vater, der sich mit einer Art Kosakentanz warm hält: eine Familie im Urlaub. Da die Temperatur in der Sonne auf vierzehn Grad gestiegen ist, ergibt sich die Badefreude wie von selbst, zumal der Strand leergefegt ist.

Wer kann sich hier schon einen Sommerurlaub leisten. In der Linie der Strandhäuschen stehen ein paar Türen offen; dort genießen einige Herrschaften den Frühling in Wolldecken. Und natürlich werden Hunde spazierengeführt. Ich träume von den spitzen Brüsten des Sommers.

Abends zapft man mir im Public House in Sekundenschnelle ein großes Bier, bis es ohne Schaum über dem Glasrand steht. Auf dem nassen Tresen liegen kleine Handtücher, auf denen die Gläser abgestellt werden. Weil so viel Bier ins Glas geht, trinke ich viel.

Die Gäste sprechen ein mehr oder weniger erträgliches Englisch. »Leider wachsen hier keine Bananen«, sage ich. Daß ich auf ihre Küste ein bißchen neidisch bin, gebe ich nicht zu. Soll doch ein Engländer beschreiben, wie schön sie ist.

Als ich gerade warm werde mit einer Seesoldatin, schwingt ein Barkeeper die Handglocke, und wir müssen alle raus.

Am nächsten Morgen gönne ich mir einen Spaziergang im gepflegten Parkstone, um bei dieser Gelegenheit die Golfanlage zu inspizieren. Leider gerate ich mitten in diesem Ort in eine peinliche Lage: – weit und breit keine Toilette, nur vornehme Villen.

In meiner Not suche ich Zuflucht in einem imposanten Rohbau, den mir der Herrgott selbst im rechten Augenblick zur Verfügung stellt: Im ersten Stock hämmern die Handwerker, im Keller scheiße ich.

Es ist nicht unbedingt eine Denksportaufgabe, zu ergründen, warum die menschliche Notdurft und die sie begleitenden Umstände kaum jemandem einen Bericht wert sind, indes: Wir alle wissen, wie wichtig der Stuhlgang ist.

Und nun das Entscheidende: Was ich in diesen frisch-gemauerten Keller setze, ist der bislang größte Scheiß-haufen meines Lebens! – Aber es handelt sich wohl um eine ganz natürliche Reaktion auf das berühmte Früh-stück und das einheimische Bier. Mir ist, als entleere sich mir der gesamte Bauch vom Magen bis zum Darm. Es sei angemerkt, daß ich zuvor wirklich in der bedau-erlichsten Haltung durch die Gegend stolziert bin, ehe ich mich restlos entnervt und von einem viehischen Schweißausbruch heimgesucht in den besagten Unter-stand flüchtete.

Es ist schlimm, so in Bedrängnis zu geraten und keinen zivilisierten Ausweg zu sehen: Ich war kurz davor, mit-ten auf den Gehsteig zu ballern, bewegte mich x-beinig, hampelte verzweifelt herum und so weiter. Und all die vornehmen Häuser, die hübschen Ladies hinter den Gardinen, ein Gentleman mit seiner Zeitung unter dem Arm, eine langsam daherrollende Limousine mit Chauffeur – nicht auszumalen, wenn man da seinen Allerwertesten aufblitzen läßt. Vermutlich wäre ich festgenommen und in eine Klappsmühle gekarrt wor-den. Das ging gerade noch gut ...

Im Rohbau werden sie ortsfremden Geruch ausma-chen; den Handwerkern fällt glatt die Kinnlade runter. Die Kerle werden denken: Uns hat ein Bär in die Bude geschissen!

Ich selbst staune sehr – und eile vondannen, leicht wie ein Windstoß.

Kleine Wunden

Die Reaktion seines Körpers auf die Belastungen des vergangenen Jahres kam für ihn wie aus heiterem Himmel, war aber nur eine logische Folge: Als von Bargen zur vierten Stunde antreten wollte, zitterten ihm die Knie, und er mußte zunächst am Pult nach Halt suchen.

Immerhin erkannte er den Ernst der Lage, und ein kühler, heller Winkel in seinem Kopf ließ ihn geeignete Worte für seine Klasse finden, bei der er sich für seine Unpäßlichkeit entschuldigte, ihr dann eine zu erledigende Aufgabe umriß, sich eilig, doch in äußerster Disziplin verabschiedete, mit Worten, die wie aus der Ferne und seltsam entstellt an sein Ohr drangen.

Nach Luft ringend, bemüht, weder den Boden unter den Füßen noch das Gesicht zu verlieren, stürzte er über die Flure und Treppen, stieß in einem ihn entsetzenden Aufflammen der Angst die Glastüren auf, überquerte in einer Art Laufschritt den von hübschen Büschen und Bäumen eingefaßten Hof der Realschule, erreichte das Zimmer der Sekretärin, einer voluminösen, nicht aus der Ruhe zu bringenden Dame, meldete sich krank, auch für den kommenden Tag, sah wie durch einen Schleier in ein fassungslos rundes Frauengesicht, keuchte, hastete, nur von dem Willen beseelt, durchzuhalten, auf keinen Fall zusammenzubrechen, zu seinem Auto, rang verzweifelt nach Luft, spürte ein rasendes Herz in seinem Leib, das Glühen seines Gesichtes, warf seine Tasche auf den Beifahrersitz, sich hinter das Steuer, stocherte mit dem Zündschlüssel herum, starrte auf seine rechte Hand, die ihm blau und geschwollen dünkte, suchte nach einem klaren Gedanken wie nach einem letzten Ausweg, rang wieder und wieder nach Luft, riß seine Kleidung auf, kurbelte das Seitenfenster herunter, und dann war er auf der Fahrbahn und konnte fliehen, fliehen, aber sein Herz wollte sich nicht beruhigen und der rettende Gedanke wollte nicht kommen, die Angst blieb, sie bewegte sich in Wellen durch seinen Körper, die mal ihre Höhe, mal ihre Länge, mal ihr Schlagen und Aufschäumen veränderten, und er meinte aus der entsetzlichen Stadt hinauszugleiten in eine schwebende schwarzgrüne Landschaft ohne Himmel und Sonne, und wenn ein Auto auftauchte, nahm er nichts anderes wahr als einen unförmigen Schatten, und er flüsterte: Mein Gott, mein Gott! Laß mich nicht sterben. Es ist noch nicht an der Zeit. Es darf nicht sein.

Und dann versuchte er sich zu einem Lachen zu zwingen, wurde ein wenig klarer, was ihm passierte, wäre ja gleich vorüber, eine vorübergehende Schwäche, die ein Kerl wie er leicht überwand, er, den noch niemals etwas umzuhauen vermocht hatte... Aber er brachte kein Lachen zustande. Und da wartete er auf den stechenden Schmerz, der seine Brust durchschnitt; doch dieser blieb aus.

Statt dessen fiel sein Blick auf den Kuhfuß, den er am vorangegangenen Tage gekauft hatte, und er dachte: Was für eine Waffe!

Das blaugefärbte Stahlstück war etwa fünfundsechzig Zentimeter lang, gerade gezogen und an der einen

Spitze zu einem schlichten Hebel, an der anderen zu
einem Vogelkopf ausgeformt, dessen zentimeterbreiter
Schnabel gespalten war – aber nicht das schlanke Aussehen eines Kranichkopfes, sondern der Spalt im Ei-
senstück hatte ihm den Namen gegeben, weil es, aus
entsprechender Perspektive betrachtet, an einen Paar-
hufer erinnern mochte, an einen Kuhfuß. Von Bargen
würde ihn ewig einsetzen können an seinem Haus, so
viele Nägel, krumme Bretter und Leisten waren zu lok-
kern.

So flüchtig sein Blick auch das massive, sechskantige
Werkzeug erfaßte, so wirkte seine bloße Existenz auf
eine irrationale Weise beruhigend: Er war nicht unbewaffnet!

Ich kann mich wehren, dachte er, und abstruse Bilder
entstanden in seinem Kopf, Bilder von sonderbarer Beziehung zur Wirklichkeit – er sah sich den Anwalt er-
schlagen, der war immerhin ein richtiges Schwein, er
sah den eisernen Vogelkopf in die Brust einiger Frauen
sinken und flüsterte: Ja, trink nur ihr Blut! Sauf dich
satt am warmen Blut dieser Vettel!... Und er sah sich auf
Sabine einhauen, bis sie nicht mehr zuckte, nicht mehr
den geringsten Mucks von sich gab, nur dämlich dalag
mit ihren großen glotzenden Unschuldsaugen... Mein
Gott, sie war nicht unschuldig! Im Grunde hatte sie ihn
erpreßt mit ihrer Weiblichkeit, ihren strotzenden Brüsten, ihrer wilden, immer bereiten, fleißigen Scham...
Diese wunderbare behaarte Scham, in die er mit unglaublicher Lust hineingestoßen war. Und wie sie los-
geritten waren auf ihrem dunkelroten Ledersofa! Auf
dem Ledersofa hatte sie es sich am liebsten machen lassen, von allen Seiten, da war sie in Fahrt geraten und
auseinandergegangen und saftig geworden, diese geile

Pflaume, Mann, es war nicht schlecht gewesen... Eine
Weile beschäftigten ihn seine ordinären Vorstellungen,
sie taten ihm wohl, es bekam ihm, sich die verdammte
Fickerei auszumalen, ja, es brachte ihn beinahe auf den
Weg der Gesundheit, jedenfalls für Minuten, für eine
Viertelstunde gar, und dann stieg er irgendwo in der
Walachei aus dem Wagen und begann loszumarschie-
ren, bis er die Bäume wiedererkannte und die Büsche
und die blühenden Sommerblumen, aber die Luft blieb
dunkel, die Sonne wollte nicht an sein Auge heran, aber
wenigstens schlug sein Herz ein wenig langsamer, und
er konnte fast wieder normal atmen, wenn er lief, fiel es
gar nicht auf, daß er schneller atmen mußte, und so lief
er eben ein bißchen, und er sagte sich, er habe ein
Kämpferherz, und er werde nicht kaputtgehen, keine
noch so schlimme Geschichte brächte ihn zu Fall, dieser lächerliche Prozeß knickte ihn nicht ein, und die
Frauen machten ihn nicht fertig, er wäre bald wieder
auf dem Damm, und dann richtete er die Dinge, und
man würde sich vorsehen müssen vor ihm, denn er
ließe nicht mit sich spaßen ...
Ich muß mich besaufen! – Das war es. Daß er darauf
nicht gleich gekommen war... Sich einmal richtig voll-
laufen zu lassen, allen Frust einfach wegzuspülen, die
Kehle runter, durchs Gedärm und weg damit.
Wird mir guttun.
Schnurstracks marschierte er zum Wagen zurück, voller Freude auf den Genuß und die Entspannung, die
ihm bevorstanden. Saufen bis zur einseitigen Gesichts-
lähmung, ab und zu mußte das sein – wann hatte er sich
zum letzten Mal betrunken? Jahre war es her, mindestens zehn Jahre. Ein Bier beruhigte, zwei Bier beruhig-
ten ein wenig mehr, nach drei vernünftigen halben Li-

tern würde er die Ruhe selbst sein, war doch klar: Die
Gedanken daran ließen ihn tief durchatmen.

Und keine lange Ansteherei in einem Supermarkt! Von
Bargen wurde optimistisch, jagte zur nächsten Tank-
stelle, kaufte einen Flachmann, ein Fläschchen Wei-
zenkorn, null Komma zwo Liter nur, und zehn Dosen
Bier, halbe Liter, und dann trank er im Weiterfahren
zunächst den Korn zur Hälfte und genoß das leichte
Brennen im Hals, und dann ließ er die erste Dose Bier
aufschnalzen und setzte sie an: Mein Gott, das tut mir
gut!

Er fuhr sehr langsam, er fuhr zunächst seine Lieblings-
straßen, er lungerte mit dem Wagen herum, der Motor
summte so wunderbar eine gleichbleibende Musik und
ließ ihn für Momente gar ins Dösen und Träumen geraten, die Angst wich zu ihrer unergründlichen Quelle
zurück, die erste Dose trank er in vier Zügen, für die
zweite ließ er sich Zeit, ganze zehn Minuten, und er
schaute auf die Tankanzeige: Randvoll! Also, alles pa-
letti. So konnte es weitergehen.

Irgendwo hielt er, pinkelte, sog die Luft ein, als könne
sie ihn berauschen, wandte die Augen zum Himmel,
sprach ein Stoßgebet, seufzte, seufzte noch einmal,
lehnte sich aufs Autodach, und seine Lippen spitzten
sich, als wolle er die liebliche, die grüne und satte und
einmalige Landschaft küssen, und tatsächlich ging er
zu einem Baum, umfaßte ihn, hing sich für Sekunden
an ihn, fühlte sich müde, und wieder seufzte er, diesmal
traurig, aber er war nicht in der Lage, auch nur eine
Träne zu weinen.

Kehrte seine Kraft zurück? Lieber Gott, laß mich nicht
zusammenbrechen, laß mich standhalten, du willst
mich läutern, ich habe das verdient, wer hätte sich nicht

beschmutzt, läutere mich, läutere mich getrost, und ich will ein besserer Mensch werden, nur – laß mich nicht fallen, gib mir noch eine Chance ...

So und ähnlich sprach er mit fester innerer Stimme, und er war sich im klaren darüber, wo er abgewichen war vom Pfade der Tugend, und es reute ihn sehr, und voller Schmerz dachte er an seinen armen Vater, der seiner Hilfe so dringend bedurfte und dem er so fern war. Aber die Söhne, sie waren ihren Vätern von jeher nie nahegekommen – auch daher erklärte sich das Unglück dieser Welt.

Wie ich jammere! Was für eine Flasche ich bin! Nein, ich drehe nicht durch, eher jage ich mir eine Kugel in den Kopf, mich stecken sie nicht in eine Klappsmühle – wenn ich doch die Hände falten könnte... Nein, nein, er würde nicht durchdrehen, er müßte nicht in eine Anstalt, dieser Riß in seinem Kopf, der schlösse sich, wenn nur sein Herz ganz ruhig würde.

Er holte sich ein Bier aufs Autodach, öffnete es, legte sich mit dem Körper gegen den Wagen, flegelte sich mit den Armen auf das warme Blech, trank, schmeckte das wunderbare Bitter nach, schmatzte, trank wieder, atmete zweimal tief durch, schüttelte langsam den Kopf, faßte zwei Pferde ins Auge, die dicht nebeneinander in völliger Regungslosigkeit standen, das eine mit der Flanke am Hinterteil des anderen – und dann sah er die Telefonzelle.

Sie stand an einem Ortsrand, wo ein breiter Weg gegen die schmale Landstraße stieß, auf deren unbefestigtem Randstreifen er parkte, halb umschattet von einem heckenartigen Wildgebüsch aus Haselnuß und Kreuzdorn, Holunder und Vogelbeere.

Die Handvoll Häuser lag verstreut, ein Geestrücken

hob sich aus der Marsch, Bäume und Sträucher hüllten
ein Dorf ein, dessen Name ihm nicht einfiel. Gab es
kein Ortsschild?

Die Telefonzelle, sie zeigte mit der Seite zu ihm, war
vielleicht sechzig Meter entfernt, und von Bargen
konnte Personen in ihr erkennen, es mußten Jugendliche sein; manchmal öffnete sich die Tür eine Handbreit. Ab und zu hörte er Stimmen, Fetzen von Stimmen, die eine gute Laune signalisierten, dann wurde
die Tür weit aufgestoßen, jemand flog heraus, verschwand aber gleich wieder in der Zelle. Einen Freund
anrufen, murmelte von Bargen, ja, ich sollte einen
Freund anrufen ..., aber Maslowski ist tot.

Mein Gott, wenn Maslowski noch gelebt hätte, der einzige Freund! Drei andere fielen ihm ein, aber das waren
keine Freunde ... Und Maslowski war auch noch Arzt
gewesen, und nicht irgendein Wald- und Wiesenkrau-
ter, sondern ein Könner, ein richtiger Antiarzt, bescheiden, streng mit sich selbst, weise. Gestorben an einem
Lastwagen, so ein Tier überstand man nicht. Bargen
seufzte.

Wen also anrufen? Eine Frau? Welche Frau? Nein,
keine Frau, die Weiber würden sich nur freuen, daß er
in der Patsche saß, und er könnte es ihnen nicht mal
übelnehmen.

Mit wem würde er jetzt gern ein paar Worte wechseln?
– Mit seiner Mutter. Aber sie war alt, zu alt, ihr mochte
er eine Klage nicht zumuten. Ich will telefonieren! Sobald diese Idioten aus der Telefonzelle heraus sind, steh
ich drin, und dann rufe ich Peter an. Der war zwar jung,
doch der schmisse sich in seinen Wagen und käme an-
gebraust, keine Frage. So eine Telefonzelle inmitten
der Walachei war eine prima Sache. Und ich muß mich

ja nicht abhetzen, ich kann in Ruhe mein Bierchen aus-
trinken und mir überlegen, was ich Peter erzählen will.
Am besten, ich lege die Karten auf den Tisch, kein
Drumherumgerede, einfach sagen, Mensch, mir geht's
dreckig, komm her!
Was diese Penner wohl in der Zelle hielt? Kamen gar
nicht wieder raus. Man kannte diese Typen, pafften
dort rum, kauten Kaugummi, fraßen Süßigkeiten, ver-
dreckten das Gehäuse, renitente Schulschwänzer,
Halbstarke.
Die Wut kam in ihm hoch in einer kräftigen Fontäne.
Mann, das ist Wut! Ich spüre meine Muskeln, ich spüre
meine Knochen, ich hab die Erde ganz fest unter den
Füßen, es ist Mittag, verdammt noch eins, und ich sehe
die Sonne, ich sehe die Sonne, es ist hell, taghell!
Tränen traten in seine Augen, der Spuk war vorüber, er
schaute auf die Dose in seiner Hand, wie angenehm
kühl sie war: Du bist ein gutes Bier! Verdammt gutes
deutsches Bier. Es gibt kein besseres. Von Bargen
spannte die Muskeln seiner Oberschenkel leicht an,
dann, kräftiger, die der Arme, des Bauches, der Brust,
und er kannte sich mit einem Schlage wieder.
Die Telefonzelle fest im Blick, trank er die Dose ruhig
leer, Zug um Zug, zerknüllte sie, warf sie hinter den
Fahrersitz zu den anderen, guckte noch mal zu den
Pferden, deren Ruhe ihm so gefiel, und dann fuhr er
nach ruckartigem Start zur Telefonzelle und parkte
fünf Schritte neben ihr.
Alter Junge, was hat früher an diesen Zellen gestanden:
Fasse Dich kurz!... Und das Anredefürwort war doch
bestimmt groß geschrieben, denn es sprach den Benutzer persönlich an, nicht irgendeinen Benutzer, sondern
den bestimmten, konkreten – den Gemeinsinnigen, der

an seine Mitmenschen dachte, die auch ein Anliegen hatten, die auch telefonieren wollten, dringend, in wichtigen Angelegenheiten, kurz und bündig.

In der Telefonzelle befanden sich drei Jungen und ein Mädchen, fünfzehn, sechzehn Jahre alt, nicht jünger, kaum älter, und er gab ihnen noch ein bißchen Zeit, aber er gab sie ihnen nicht gern.

Er studierte die Gesichter und ihr unnachahmliches brueghelsches Strahlen, seine Vermutung bestätigte sich: vier Jugendliche von der Stotterschule. Ehe man nein sagen konnte, hatten sie ihr Bier schon runter. Jetzt stellte sich nur noch die Frage, wer hätte mehr getrunken, er oder sie? Das Mädchen und ein Junge rauchten, alle hielten sie kleine Bierdosen in der Hand, auf dem Metallbord unter dem Telefonapparat stand eine Plastiktüte, der Nachschub.

Ihrem Gequatsche nach kamen sie aus dem Ruhrpott, sie waren auf Klassenfahrt, und das Mädchen mußte offensichtlich seinem Freund daheim lange Erklärungen abgeben; ab und zu grölte einer der Jungs eine Idee dazwischen, sie lobten das Bier und eine Wanderung, bei der sie leider zurückgefallen waren, hahaha, lahm, fußkrank, Kopfsausen von der guten Luft, sei gar nicht mal schlecht hier, nur weit ab vom Schuß, Hainmühlen, keine Discothek, nur 'ne kleine Wassermühle, und die drehe sich nicht mal, ansonsten Fußball, und abends aus dem Fenster, aber zu Fuß sei alles so weit ...

Und die vermehren sich nun bald, dachte von Bargen, die vermehren sich unter Garantie, aus vier werden vierzehn, die Fickerei kriegen sie hin, und zwar pronto, sind längst dabei. Ich gebe ihnen noch fünf Minuten, die müssen sie haben, wie sie Fünfmarkstücke haben, und dann frage ich höflich, ich fahre nicht weiter, ich werde von dieser Zelle aus mit Peter reden und von keiner anderen.

Einer der Jungen spuckte jetzt auf die Halterung für die Telefonbücher, das brachte Spaß, und ein zweiter tat's ihm nach, und dabei schielte er zu von Bargen herüber und nickte, als wolle er sagen, na, siehste Alter, das ist unsere Bude hier, hier geht's ab, und dann holte er Klimpergeld aus der Hosentasche, denn sie hingen um einen abgewetzten Münzautomaten, den durfte man noch mit Talern füttern, und der Bursche schmiß Geld nach, und dann quälte er sich mit einem der pappigen Hefter ab und riß einem Telefonbuch ein paar Seiten heraus, die suchte er seinen Partnern in den Nacken zu stecken, aber die wehrten sich, die Tür bewegte sich unruhig und Bier spritzte, das Mädchen schimpfte und kicherte, sie ließ sich eine frisch geöffnete Dose an die Lippen setzen, gab den Telefonhörer aber nicht aus der Hand, sondern verpaßte dem Zudringlichsten eine Ohrfeige, alle lachten und grölten, und der Geohrfeigte rief: »Alte, ey! Alte, ey! Paß auf, Alte ...«

Bargen trank selbst und musterte die Telefonzelle: eine durchdachte Konstruktion! Wie überlegt sie zusammengesetzt war, ein kleiner intelligenter Baustein der Zivilisation, kompakt, stabil, eine elegante Tür, ein schöner dicker Griff, der sich gut anfühlte, oben, sichtbar in feiner Linie abgesetzt, ein Dach, sechs Scheiben mit starkem Gummi sicher eingefaßt, gefällig die Rundungen des gelben Gehäuses, und mit Einbruch der Dunkelheit sprängen die Neonröhren automatisch an: Zum ersten Mal in seinem Leben machte sich von Bargen Gedanken über die Bauweise einer Telefonzelle.

Fasse Dich kurz. Fasse Dich kurz — wurde das noch verlangt? Keineswegs. Eine solche Aufforderung wäre autoritär, sie verstimmte die Idioten, und was war wichtiger, als Idioten bei Laune zu halten?! Von Bargen stieg aus, die fünf Minuten waren um; seine Bierdose ließ er im Wagen. Natürlich trank er weiter, warum nicht, es tat ihm gut. Er stellte sich vor die Zellentür und wartete schweigend noch eine Minute, die Schüler blickten ihn an, grinsten blöd, steckten die Köpfe zusammen und sprachen leiser, das Mädchen preßte seinen Mund geradezu auf die Sprechmuschel; sie lachten laut auf, wurden wieder mäuschenstill, als heckten sie etwas aus.

Von Bargen zog mit einem Ruck die Tür auf, er schwitzte: Entschuldigt, ich muß ein dringendes Gespräch führen!

Er sprach bestimmt, aber weder unhöflich noch drohend.

Jaja, noch einen Moment – wir sind gleich fertig.

Ein Junge antwortete für seine Verhältnisse wohl gar freundlich, und von Bargen fläzte sich wieder auf seinen Fahrersitz, indes hörte er das abfällige Gekicher, und er machte sich nichts vor. In Ordnung, dachte er, ich gebe euch noch mal fünf Minuten. Aber er war wieder sehr angespannt, und er sinnierte, wieviel Menschen sich in eine Telefonzelle stopfen ließen – zehn, zwölf, fünfzehn?

Die Vier nutzten ihren bescheidenen Spielraum, leise geworden, aber irgendwie aktiver, einer schrieb was an die Zellenwand, ein anderer walzte Bierdosen unter seinen Füßen, einer suchte dem Mädchen ins Ohr zu beißen, und sie blies ihm den Zigarettenrauch ins Gesicht – lautlos wurde es, beinahe unheimlich; sie spielten vorsichtig, und sie starrten dabei zu ihm herüber, denn von Bargen sah stabil aus, er trug ein T-Shirt, und die Muskeln seiner Oberarme flößten Respekt ein.

Das Mädchen kokelte mit seiner glimmenden Zigarettenspitze die Plastikfolie über den Informationstafeln an, und von Bargen schaute wie zufällig auf den Kuhfuß.

Und dann drehte er den Zündschlüssel einmal, um im Radio eine gute Musik anzustellen: Haydn.

Ein gutes Kammerorchester, und er erinnerte sich einer Irländerin namens Haydn, er war ganz erstaunt gewesen: Sie heißen Haydn? Ja, hatte sie geantwortet, ein normannischer Name.

Eine Zeitlang hatte sie Arbeit in einem Harzer Kurort gefunden, bis sie die Toilette saubermachen sollte – sie war geflogen.

Eine Frau mit wunderschönen Haaren, aber sie hatte gerade ihre Tage gehabt; trotzdem eine schöne Erinnerung: I have my period, you know... Internationale Sache bei den Weibern.

Haydn hatte etwas Optimistisches, und die Oboe hätte von Bargen unter anderen Umständen nachdenklich gemacht, aber er wollte nicht nachdenklich werden, absolut nicht – er wollte recht ärgerlich, einmal richtig ärgerlich werden – mit deutscher Gründlichkeit.

Das Mädchen machte sich breit auf der Halterung mit den Telefonbüchern, und die Jungen holten neue Dosen aus der Plastiktüte und spuckten auf den Fußboden, Chips wurden hervorgekramt und verteilt, die Party lief gut weiter. Und fünf Minuten waren dahingegangen, ohne das geringste Anzeichen.

Von Bargen wollte keine zivile Lösung mehr, aber er wahrte die Form, stieg aus, machte seine fünf Schritte, zog die Telefonzelle auf, tat seinen Spruch der Höflichkeit, wurde abgewiesen, setzte sich wieder ins Auto und sagte nur: Kumpel, das sind jetzt eure letzten fünf Minuten.

War er nicht wirklich korrekt gewesen? Hatte er seine Bitte nicht artig vorgetragen? Gab es an seinem Verhalten irgend etwas auszusetzen? Im Gegenteil: korrekt, artig, anständig. Nicht der geringste Formfehler. Bis zu diesem Zeitpunkt alle Vorschriften eingehalten.

Nach wie vor tröstete ihn Haydn, nunmehr mit Streichern; ein Motiv, der eigenen Seele zu lauschen. Wurde es wieder ein wenig dunkler? Die Luft flimmerte, das Licht bekam Streifen, die Telefonzelle schien die Farbe zu wechseln – ihr Fußboden bestand aus schwarzblaugrauen Steinplatten, die würde nur eine Panzerkette zermalmen können.

Nur wer Ernst macht, wird ernst genommen, sinnierte er. Das war ein Satz von Wert, nicht irgend so ein Zeitgewäsch, von Wert war der Satz. Und sein eigener Wert? Sein ganz persönlicher eigener Wert?

Ich bin nichts mehr wert. Fast nichts. Sehr wenig. Ich darf die Dreckarbeit tun und ein Formular ausfüllen, wenn ich einen Fehler gemacht habe. Ich bin ein Unterhund, und Unterhunde überwachen meine Arbeit. Bevor sie einem Mädchen nachschauen, füllen sie ein Formular aus; nur nichts falsch machen. Auf keinen Fall die Pension gefährden, möglichst viel Notizen anfertigen, vor jeder Stunde die Namenslisten durchgehen und die Fehlenden eintragen, immer damit rechnen, einen Nachweis führen zu müssen, der liberalen Auslegung von Erlassen mißtrauen, viel von der Demokratie reden, mal einen Scherz auf die eigenen Kosten machen, die bescheidene Rolle betonen, Pfötchen geben, klein sein, gefällig, freundlich ...

Wir haben Ihnen das zugetraut, hatte der Rektor unter-
strichen, und man saß da mit dem Schwarzen Peter in
der Hand und mußte die eigene Unfähigkeit benicken,
denn unausgesprochen blieb, was gedacht wurde: Aber
Sie sind im Begriff, die Waffen zu strecken ...
Ja, dachte Bargen, ich kann in einem Scheißhaufen
nicht atmen! Dieser kleine, prachtvolle Kuhfuß!
Er griff sich das Teil und wog es in der Hand: zwei Kilo.
Das Eisen in der Rechten, schlug er das furchterre-
gende Kopfende in die Linke: Ein Spechtskopf! Wenn
dieser Schnabel loshackt ... Besser würde es sein, mit
dem mörderischen Hinterkopf zuzuschlagen. Er stieg
aus, das Eisen in der Hand wie ein Kurzschwert, er registrierte nicht mehr, daß er angestarrt wurde, er sah
nicht, wie rasch das Mädchen den Telefonhörer ein-
hängte, er hörte auch den Warnruf eines der Jungen
nicht, denn er machte nur zwei Sätze und schlug zu.
Mit einem Knall zerbarst die obere Scheibe der Tür, ein
Kreischen, ein Splittern, ein Schmerzensschrei, die
zweite Frontscheibe krachte, und sogleich folgten zwei
Seitenscheiben, und wieder ging es durch die Reste des
Frontglases, das Glas schrie und das Mädchen
kreischte, die Jungen brüllten, und das Metall schep-
perte und ächzte, und das Eisen ließ die Hände
schmerzhaft vibrieren, aber er schlug weiter, schlug auf
die steckengebliebenen Glasreste, haute auf die kleinen Splitter, fetzte Teile der Gummirahmen weg,
wechselte blitzschnell die Griffhalterung, hämmerte
gegen den Türrahmen, wenn er aufgestoßen werden
sollte, er keuchte vor Anstrengung, und in diesem Keu-
chen gingen die Worte unter, die er sich abpreßte, etwas wie: Ich werd euch Mores lehren! Ordnung und
Anstand!... Lebt ihr allein auf dieser Welt, ihr Schma-

rotzer?... Ihr armen Schweine, ihr habt Glück gehabt, ich bring euch bei, was das heißt: Fasse Dich kurz! Habt ihr das mal gelesen, ihr Arschgeigen!? Fasse Dich kurz... Er hätte am liebsten geschrien, aber die Töne kamen nur gequetscht heraus, der Hals tat ihm weh, und seine Zunge war ein Lederlappen. Nur zwei Minuten hieb er drauflos wie ein Berserker, aber es reichte, um alles Glas aus den Fugen zu hauen und das meiste davon zu zersplittern.

Als er die Arme sinken ließ, atmete er heftig durch den geöffneten Mund. Von Bargen stand breitbeinig, und er blutete aus einer Vielzahl kleiner Wunden, war aber nicht ernstlich verletzt: Der Kuhfuß baumelte in seiner unruhigen Rechten.

Der Lehrer besah sich sein Werk und schaute interessiert auf seine Opfer: Das Glas war über sie gesät. Und sie wagten keine Regung. Wenn ihr schlau seid..., dachte er.

Wie einfach das gewesen war: Einmal richtig zulangen! Und diese Wirkung – phantastisch! Galt nicht die alte Regel: Grober Klotz, grober Keil?! Mal ein gut Ding, so ein Ausrasten ...

Mit einem plötzlichen Schwung schleuderte er den Kuhfuß in den nahen Graben; dann lächelte er müde.

Kommt raus, ihr Pfeifen! – Ich werd jetzt telefonieren. Und ihr verpißt euch, aber'n bißchen dalli!

Sie waren nicht tot, dafür leuchteten ihre Augen viel zu hell, sie bluteten ein bißchen mehr als er, aber nicht stark.

»Mensch, Alter, ey...«, brachte einer der Jungen mühsam hervor, und dann krabbelte er fix nach vorn, sprang auf und lief in Richtung Dorf davon, ohne sich umzusehen.

Die anderen drei kamen langsamer und vorsichtiger hoch, zwei von ihnen weinten, und sie behielten ihn im Auge, als sei er ein wildes Tier, und sie schüttelten und klopften sich das Glas ab, sie betrachteten ihre Hände und setzten ihre Füße vorsichtig auf, etwas sagen konnten sie nicht, nur fort wollten sie, aber sie mochten den Blick nicht von ihm lassen, weil er so furchtbar lächelte, lächelte wie einer, den der Geist verlassen hatte, aber das konnte ja nicht sein, denn er hatte nur die Glasscheiben zertrümmert, nicht mehr, er hatte sie nicht umgebracht, obwohl es für ihn ein leichtes gewesen wäre, ihnen allen den Schädel einzuschlagen – was sollten sie jetzt tun? Sie folgten, seitwärts gehend, dem, der zu den Häusern gerannt war.

»Keine Angst«, murmelte Bargen, »haut ab!« Und dann zeigte er ihnen seine geöffneten Hände, die leer waren.

Glasstücke hielten die Tür der Telefonzelle halbgeöffnet. Er zog ein paar Münzen aus der Geldtasche seiner Jeans, und dann trat er auf den Scherbenhaufen und las dieses kleine Hinweisschildchen: Wir möchten, daß Sie sich in unserer kleinsten Filiale wohlfühlen. Falls diese Telefonzelle verschmutzt sein sollte, rufen Sie uns bitte unter der kostenlosen Rufnummer 01171 an.

Bargen machte das; in diesen Dingen blieb er stockkonservativ.

Bitte beachten Sie die folgenden Seiten

Satirische Szenen einer Ehe à la Kishon

Sara *Ephraim*
Kishon
Mein geliebter Lügner

Bekenntnisse der
»besten Ehefrau von allen«

Wir erfahren in diesen köstlichen »Bekenntnissen« ganz Privates über »Sie« und über »Ihn«, über die nicht weniger bekannten Kinder Rafi, Amir und Renana, und über ein langes Leben zu zweit, mit den Aufs und Abs, die das Schicksal eben so bereithält. Und ganz nebenbei gibt Sara höchst raffinierte Tips für streßgeplagte Ehefrauen...

Langen Müller

*Ein Buch für
Frauen und
Männer,
Männer mit
Frauen und
Frauen mit
und ohne
Männer*

Lisa Witasek

Verliebt
verlobt
vergiftet

Roman

Langen Müller

Langen Müller

Das wundervolle Gefühl
des Verliebtseins überrascht
Anna Maria immer wieder
neu – obwohl sie so viele
gute Vorsätze gefaßt hatte.
Ein brillant erzähltes und
unterhaltsames Rondo der
Gefühle zwischen Mann
und Frau.